# 有情

宋亚萍 著

江西人民出版社
Jiangxi People's Publishing House

# 目　录

## 衷　情

寄　情

尘　情

—— 衷　情 ——

## 卑微如字，骄傲如字

　　每一个字，都是一颗发光的珍珠，历经时光磨砺，吸纳周遭气息，慢慢凝聚成一个内核，吐血为字，泅染生命，一个人正是用一个个字铺排出一个江湖的天光云影。

# 向着你，以向日葵的方式

　　我在等待此刻，阳光从背后慢慢包围过来，我想，有一天，你终于会默默站在我的身后，紧紧搂住我，无言且深情。

　　德园1舍6楼642，重庆交大。站在家的方向，站在这里，我的身躯微微向着西南方向倾斜，因为，亲爱的孩子，那是你在的方向。从9月9号你去学校报到，到今天，整整四十五天，思念如同窖存的佳酿，开始慢慢散发芬芳。

　　你打来电话的时候，是我最开心的时候。从你挂上电话开始，我开始了新一轮的等待。一个人在屋子里，我惊喜地到处走动。屋子里到处都摆放着你的相片，各个时间段的你。亲爱的孩子，你不会知道，你一直都用这样的方式陪伴着我。

　　最喜欢看同学偷拍你的那组镜头：你笑起来的样子很像我，你顽皮的模样很像我，你酷酷的样子很像我，你生气的样子很像我。在所有我不能陪伴在你身边的时光，我虚拟着你，你的所有表情一一回流进我的身体。

　　你是我开出的花，是我结出的果，你是另一个我，延续了我。我用"你"的方式征服了世界。当你枝繁叶茂的时候，那个时候，请让我以落叶的名义，低伏在你的绿荫里。以分子的形式，以原子的形式，以质子的形式，以你看不见的方式，从大地的最深处开始，永远只向着你的方向，完成一棵向日葵最初和最终守候的姿势。

2015.10

## "我好想你"

晚上，一个人走在路上，只顾朝前走，不东张西望，不左顾右盼。一群年轻人急促的脚步声响从身后涌上来，超过我，于是，我近距离地看清楚了在前面跳跃着前进的几双长腿。

一看就知道是学生，一看鞋子就眼熟得不得了，简直和我的成宝穿得一模一样：颜色鲜艳的球鞋，束脚裤，黑色羽绒衣。眼睛一热，仿佛我的成宝就在前头，我收不住步子了，紧紧跟着他们，眼睛死死盯着其中一个：一样的后脑勺，一样的发型，当他侧过头，肤色接近，白，脸型接近，发翼下高耸的鼻尖，简直，简直就是我的成宝。

我的目光粘在他身上，看不够；希望他侧过脸来说话，看不够；哪怕只能盯着他的背影，看不够；他渐渐走远。我昂着头，脖子伸得长长的，一直追着他的背影。天寒地冻的，他和几个年轻人一起走进了"0793艺术基地"。是个什么地方？我小跑着追上去，朝门里探看，只看到他和他们上楼梯的背影。

这个时候，响起了如有神助一样的背景音乐，苏打绿的"我好想你"：我好想你，好想你，却不留痕迹……我没有停下脚步，我继续朝前走，朝前走。我走得很快，泪水也涌得飞快。

2016.12

# 在羽翼的恩泽下

　　亲爱的阳宝宝，你妈妈在她四十一岁的时候生下了你，你的出现是你妈妈人生的一次绝地大反攻，你妈妈的人生、你爸爸的人生还有你的人生，你们一家人获得完胜。

　　你的奶奶和外婆她们都老啦，照顾你和你妈妈的重任就落在我的肩上。必须要强调我的重要性，我是你亲爱的花花姨姨。在医院最关键的那几天，是我是我是我啊，一直在照顾着你们。那几天我所有的感受凝聚成两个字，一个是你妈妈的"痛"，一个是你妈妈的"疼"。

　　在医院的那些天，你妈妈一直喊着"痛！痛！痛！"。她的身体被剖开，你从中被掏出来，伤口被缝合，重新黏合，她的身体要经受怎样的过程：在一个切点与一个切点之间，在一个针口与一个针口之间，在一个细胞与一个细胞之间，身体进行重组和再生，她在脱胎换骨凤凰涅槃。不管你妈妈用怎样的姿势，身体总是痛还是痛只有痛。唯有痛才可以惊醒血肉之躯！唯有痛才可以让血肉重新相连！唯有痛才能印证血肉延续的珍贵和伟大！

　　你却淡定极了。你从妈妈的港湾出来，又进入更大的爱的港湾。你仿佛知道谁都会罩着你宠着你爱着你，你一幅懒洋洋的表情，对这个世界爱理不理的。而在你与我们之间，如同安装了雷达，你的喜怒哀乐都能精准地投射在我们的频道上，尤其是特别精准地投射在你和你妈妈之间的频道上。

你妈妈对你的反应真是让我惊异极了。她不用看我就知道我哪里做得不够好，她不用看你就知道你哪里不舒服。她闭着眼睛，忍着痛，发号施令，略加指点。我感觉你妈妈是神仙，我不能做一点点"坏事"，万一你妈妈睁开眼睛，我会被她电死的。你妈妈并不是你，她却通晓你的一切感受，冷了、热了、饱了、饿了，仿佛你妈妈才是刚刚从你肚子里钻出来的虫虫，你的风吹草动她都明察秋毫。你妈妈的身体时时刻刻都在痛着，却一点都不影响她对你全身心的关注和疼爱。

时间一天天过去，一个月，两个月，三个月，四个月，阳宝宝，你马上就快五个月了。一秒，一分，一小时，一夜夜，一天天，一周周，一月月，一年年……从此以后，妈妈的分分秒秒岁岁年年就只能属于你了。亲爱的阳宝宝，你马上快满五个月，意思就是，你的爸爸和妈妈寸步不离地守护着你接近一百五十天、三千六百个小时、二万一千秒，时钟的每一下嘀嗒都体现着你爸爸妈妈的全力以赴。

你刚出生的时候，连脑袋都撑不起来，你的模样让我们很发愁。我非常羡慕抱在别人手上的比你大了一两周的宝宝，更别提那些满月的或者快半岁、一岁大的超级宝宝，感觉你要追赶上他们就是个遥不可及的神话。现在，你演绎了这个神话，你的爸爸和妈妈就是这个神话的产生者和缔造者。

每一位平凡的父母都因为孩子的出现而变得不凡。每一位不凡的父母因为孩子的出现而变得平凡。笼罩在亲情羽翼的恩泽之下，人世间复制着一个又一个的传奇神话。

2015.10

# 嗨，母亲

　　谁会花上多少时间想她呢，更不要说日夜陪伴、照顾。现在，她没有太多吸引力了，在我看来。她懂的我们都懂，她会的我们都会。而她不懂的我们也懂了，她不会的我们也都会了。

　　我最脆弱的时候，也是我最强大的时候。那时，我伸伸手，看她一眼，轻轻嘟囔一声，从梦中她也会惊醒过来，把我当珍宝一样百般爱惜。有那么几年，我也视她如珍宝，总要看着她在视线里才会安心，她的胸怀是世界上最安稳的摇篮，不喜欢与任何人分享她，每一个靠近她的人都是我的仇敌，包括我的父亲。有那么几年，我和她彼此珍惜。修枝剪叶的过程也是挣扎蜕变的过程，振翅高飞的过程也是渐行渐远的过程，轻描淡写的过程也是熟视无睹的过程。曾经，她是我的全世界。多少年过去了，现在，她瘦成长街上一个孤单的影子，模糊成阳台上观望的一个支点，或者，只是我偶尔惦念回望时的心头一热。

　　我们都以为她挺好的。夜深时，从她支离破碎的身体中，一些隐痛迸发，如星光四射，刺穿她结实的身体。她一个人捶着按着揉着，她一个人咬着牙坚持到天亮。天总算亮了，阳光下的她，看起来的确是挺好的。就算她真的不好了，我们又能怎么样呢。不能替她痛，不能替她苦，不能替她吃，不能替她喝。不能把健康塞还给她，也不能把悲伤从中剥离出来。自始至终，都是她一个人，一个人慢慢潜入衰老的深水区。

她一生只维系了一件事情：牵挂每一个孩子。早期，她的牵挂是奶水，从她的血肉中一点一滴挤出来。中期，她的牵挂是汗水。多少年的担心和劳累，让一个风华正茂的女子变成风烛残年的老妇。暮年，她的牵挂是泪水。不请自溢，欲语先流。牵挂最终以一种泪珠浑圆的姿势占据了母亲的身心，永不枯竭。

我们出现在母亲面前。像往常一样，母亲朝我们挥挥手：走吧，都走吧，我一个人好好的。她的表情如同赶走一群恋家的狼崽，果断，决绝。远方，在我们看不见的远方：母亲，尚在人间。

**2015.05**

## 青丝白发

上星期和四姐一起回家，看望母亲的同时，四姐还要给母亲理发，小妹也不约而同回来，屋子里很快闹腾了。母亲早做了准备，洗干净头发，把高凳子摆放在客厅中间，六妹把她购买的专用理发工具——一个大围兜围系在母亲的颈脖处，蓝底白花的图案映衬得母亲的肤色越发白净。母亲的发型一贯简单，短发、中分，两个发夹往耳朵背后一夹，就夹成了我们七个孩子心目中永远的母亲形象。

母亲扎过麻花辫的，在母亲还是女孩子的时候。看母亲年轻时的照片，她的麻花辫扎得又粗又黑又紧实，从脑袋两边结结实实垂落下来，掩映着正中间母亲的一张玉盘面容。二十岁时母亲生下大姐，那时母亲还留着麻花辫。二十一岁时母亲生下二姐，母亲仍然留着麻花辫。二十三岁这一年，母亲生下三姐，她一个人带着三个孩子。在部队任参谋干事的父亲早出晚归，家务事和三个孩子让母亲疲于应付，母亲的麻花辫子再也留不住了，这一年，母亲剪去了麻花辫。父亲是母亲最早的专用理发师，一月一次，时间维持四十余年。父亲走后，二姐和四姐接力，她们的理发手艺无师自通，和父亲的手艺也不相上下。

此时，母亲乖乖坐在凳子上，戴好大围兜，她的样子就像一个小孩子，等着大人给她理发。我坐在一边，手机咔嚓咔嚓，母亲知道我在干什么。我朝哪边拍照，母亲就把大围兜掀上去挡住那一边。母亲机灵地左遮右挡，同时发出好听的开心的声音配合着她自己的俏皮动作。场面有点乱了，大家都笑成一团。我靠近母亲，母亲没有办法再躲闪，她举起手叫嚷：你这样拍照，我的脸会好大啦。回看当时抓拍的照片，多数照片都醒目记录着母亲遮挡时的一只大手掌。

我坐在一边，开始录像。我叫着母亲的名字：贞凤……贞凤……母亲正和小妹专心说话，四姐控制了母亲的脑袋，制止她乱动乱扭。我持续叫喊着母亲的名字，她像没有听见一样。我的喊叫越来越响越来越急，母亲对我的举止视而不见听而不闻。小妹故意揪住母亲的话语注意力，四姐牢牢把控母亲的身体注意力。我的小脾气上来了：贞凤！我叫喊母亲名字的语气和状态就像是叫喊我正在路边贪玩的孩子：贞凤！你再像刚才那样掀下围兜！母亲被我的暴烈嗓音惊醒，马上照做。她的乖乖服从让我的情绪立刻由怒变喜，心满意足，心花怒放。

我回放视频资料，手机里一遍遍传出我的声音：贞凤贞凤……母亲惊慌地转过身：干嘛干嘛。我哈哈大笑。我至少回看了十遍，我也至少笑了十回。四姐忍住笑，镇定地剪着头发，她的手法和阵脚都没有乱。小妹和母亲的深度交流终于告一段落，在我一个人傻乎乎的狂笑声中，小妹靠在沙发上，手挡住眼睛，睡着了，四周安静下来。

理发之后，母亲更精神了，精精神神的母亲开始在屋子里走来走去，炫耀她的种种美食，开始强行地往我们的手里和嘴里塞。这一招很灵验，总能让孩子们落荒而逃。最后的镜头总是：母亲站在门边，手里还有几个没有送到位的水果，她的表情情意绵绵意犹未尽。而我们总是敌不过母亲的一厢情愿，在她的一往情深面前败下阵来，接过她递来的水果，然后匆匆离去。

　　坐在车里，小妹说：只怕以后你看到这样的录像，你只会哭了……我把视频资料发送到"老宋家人"群，叮嘱大家妥善保存。此刻，我又一次回放视频，我又一次大笑不止。大笑过后，泪水突然决堤，模糊了视线里的那些镜头：梳着麻花辫的母亲、中分短发的母亲、青丝化为白发的母亲……

2017.05

# 母爱就是一只饱满结实的粽子

　　端午前一天，七十七岁的老母亲开始包粽子。小客厅一字摆开所有备料，塑料桶里浸泡糯米，小脸盆里是腌制好的小块五花肉，大脸盆里浸泡着花生米和红枣，厨房两口高压锅随时待命。从温水中取出两片浸泡妥当的粽叶，母亲和她的其中一个女儿坐下来，相视一笑，开始了一场旷日持久的体力连轴大比拼。

　　白糯米夹杂着五花肉，与花生米、红枣一起藏身于两片绿粽叶，构成一个完整粽子，它们团结一心，在高压锅中水乳交融。粽子填满了第一口高压锅之后，开火，二十分钟之后，高压锅突突冒气。接下来一整天，这样突突的冒气声一直从厨房扩散出来，香气也跟着突突冒出来，子弹一样突突地占领了每一个角落，占领了楼道和街道……要在中火熬煮两个小时，一锅粽子才可以恰到好处地新鲜出炉。端午前后的这几天，粽香占领了大街小巷，占据了有中国人居住的角角落落，那是属于家的味道。

　　端午这一天，母亲打来电话：我包好了粽子，我让四姐一路给你们带过来了。我马上吼：你又包什么粽子啊，你又这么累干嘛啊，谁和你一起包的？我开始审问。老六。母亲老老实实回答。老六？老六的二娃才刚满周岁，虽然她有公婆一起帮忙照看孩子，但要孩子离开妈妈一整天就很不容易了，而且劳累一天过后的六妹回了家还要继续带二娃……唉哟哟，这样一想一对比，我们其他的孩子马上沦为了坐享其成的不孝子。我心里谴责着自己的疏懒，嘴上继续大呼小叫：干嘛又包粽子啊，你们就不怕累？母亲用微微羞涩的声音继续向我解释：老家亲戚送来好多糯米，不包粽子会很快长米虫的，这次包得少，每家只分到二十个，一会我就让老四给你们大家一路带过去了。

粽子交到我手里还热乎乎的，粽香长了脚一样，很快把我的家占领得结结实实。裹在粽香里做着家务，我一下子变得很安心，而且从嗅着粽香的那一刻起，我忽然就感觉到端午的浓浓节日气氛了。

稀饭配着小菜再配上母亲亲手包制的肉粽，是一顿丰盛的早餐。母亲包的肉粽是世界上最好吃的粽子，货真价实的五花肉，肥肉都融化在糯米里看不分明，瘦肉部分却越发紧致坚实，五花肉混合糯米与粽叶的清香，在高温蒸煮的漫长时间里，食材之间充分交融。向这样凝聚了爱心的粽子一口咬下去，香气飘溅，吞咽的每一口都唇齿余香。

虽然我们去年就和母亲说好，今年端午再不许她包粽子。今年母亲还是"出尔反尔"了，"出尔反尔"的母亲总是会在任何时节，为她珍爱的七个女儿都呈送上一份完整的母爱。我吃着粽子，微微昂着头，闭上了眼睛。屋子里粽香缭绕，恍似母亲粗糙的手掌一遍遍轻轻抚过我的额头，我含泪咀嚼的每一口都品咂出母亲越加苍老却越加厚重的爱……

2016.06

# 荷　行

　　头天晚上，我拨通了母亲的电话，用上了最温和的语气，从商量到恳求再升级为哀求，最终成功说服母亲同意了明天的观荷之行。第二天六点半，六个人挤在一车出发了。小妹是司长，大姐坐镇，妈妈和我和小妹的双胞胎女儿大宝、小宝挤在后面。一出门，一上车，和亲人们一水乳交融，我就如鱼得水活蹦乱跳。

　　我开始耍宝。我对大宝小宝说：小宝你有姐姐我也有，大宝你有妹妹我也有，大宝小宝你们有妈妈我也有，可是，要是你们现在给爸爸打个电话，那我可就办不到了，哈哈哈，我的老爸就在这一路上为我们保驾护航呢……我的胡说八道搅活了一车的混浊空气，妈妈也跟着笑起来。妈妈用爱昵的眼神欢喜地看着我，时不时在我的脸上摸一摸，在我手心捏一捏。一个七十多岁的老人家，她对我这样恩宠这样喜爱，我只有更加卖力地插科打诨啦。

　　小妹揭发了一件事。母亲居然从冰箱冷冻层取出端午节就煮好的小米粥，解冻加热之后让大宝吃下一大碗，大宝回家后开始了持续五轮左右的狂吐。果然，今天大宝的脸色还是蜡黄的。车窗边，大宝对我们展示一个柔弱的浅笑，回应着我们的大惊小怪，而母亲开始接受我们的轮番轰炸。母亲吐吐舌头，虚心接受批评，用认错的羞涩表情作为回应，一再承诺下次绝不再犯此类错误。小妹继续推波助澜：虽然大人的抵抗力会强一些，但以您的身体，以您这个岁数，您要是万一食物中毒，那就不是小事啦。

母亲点头认错，态度诚恳，她的眼神是那种知错认错的懂事的楚楚动人的眼神。母亲就坐在我边上。我说：您怎么能这样呢，一点健康观念都没有，冰箱当成保险柜一样，什么东西都往里面放，什么东西都有保质期的呀知不知道……我顺手在她的膝盖上拍了一下。但是，马上感觉有什么事情不对劲儿了。马上，母亲掏出了小手绢，开始抹眼睛。我飞速瞄了她一眼，她居然哭了，真的，哎哟哟。我大惊失色：老妈，您哭了吗，刚才我打了您一下，您就哭了吗，您小时候打过我多少下啊。我马上在自己的膝盖上重重连拍三下。妈妈破涕为笑：我是流泪眼啊……那么巧那么及时，我拍了您一下，您的泪水就流出来了。刚才的一切都是真的，我那一下恰到好处地拍在母亲的泪点上了，我的内心因此遭受了小小惊吓。

过了一会，母亲开始小反攻：我最喜欢待在家里，看看电视，吹吹空调。母亲有着骄傲的内心，她不喜欢麻烦任何孩子，不喜欢给孩子们带去一点点拖累，虽然母亲享受这样儿女陪伴的过程，但母亲并不想为此而对我们感激涕零。我太懂得眼前这个骄傲能干又要强的老太太的心理波动啦。我体贴地捏捏她的手，我说：是我们，我们最喜欢和您待在一起啦，热乎乎地黏着您。

中途，我们去路边农家借了个方便。我牵着母亲的手走上楼梯走进厕所，我轻轻关好门，在门外等着她老人家。下楼梯时，我夸张地托着母亲的胳膊，弯腰拘背，模仿伺候太后的动作搀扶着她老人家款款下楼，母亲一路乐得合不拢嘴。

荷池近在眼前。从5月末开始，荷花崭露头角，一直到现在的8月上旬，荷池中花影婷婷，粉瓣黄蕊，渲染出逶迤一路的画意诗情。

母亲被荷花的美惊到：啊哟哟，哦哟哟……母亲把这样的感叹词叠加到半开的、盛放的每一朵荷花身上，荷花获得母亲全身心的赞美欣赏。荷花都是见过世面的，不知道这是她们的第几世了，她们听闻褒贬不惊不诧。母亲举起一朵荷花，放在鼻尖上深深嗅着，唇角上扬，她微眯起眼睛，她白里夹黑的发、微皱的肌纹、细长眉梢和优美唇角弧度描摹出一种心平气和、心旷神怡的美。母亲在镜头里似一朵荷，久经世事沧桑，初心尚存，绽放着，从容着，美丽着。

母亲一直躲避着镜头：你们年轻人多照一些，这样照会把神气都照没的……我把太阳帽扣在母亲头上：老妈，您太洋气啦。母亲没有马上摘下来，她笑眯眯看着我，任我咔嚓。最后一个镜头，她终于忍无可忍地张牙舞爪起来：不要再照啦，好啦好啦。回看镜头，母亲从最初的温婉妩媚到最后的歇斯底里，每回看一次照片，我都乐不可支。

在每一个镜头里，母亲都是笑着的。看着荷花笑，看着亲人笑，看着美景笑，不由自主地笑，半强迫地笑，发自肺腑地哈哈大笑。半天左右的时间，她笑得肯定比她独自一人待在家里一个星期的笑还要多得多。荷池，乡村小道，八月一个寻常日子，因为母亲的出现和参与，这一路上所有的痕迹都仿佛被镶上了金边，变得珍贵而精致。

母亲看着远处，不经意说：这附近还有一个好大的庙，在一个天然的岩洞里，我和你爸爸年轻时候来过，我们那时是和姑姑、姑父一起去的，哎，同去的人已经走了两个了……母亲不再言语。小妹的韧劲被激发，她只是向一个摘莲子的老人家问了一个大致方向，车子就向着母亲年轻时探访过的风景义无反顾地行进。

走弯路是必然的，错了再绕回来。最危险的一次，车子拐上了一个水库的坝面，尽头处并没有地方可以掉头，车子于是就在窄窄的坝面上倒车，慢慢地倒滑回来。长长的一路坝面，一车的人提心吊胆，大气不敢出。安全倒回原路，小妹长吁一口气。我不禁被小妹折服，为她的车技，为她说到做到的行动，为她一颗为亲人牵肠挂肚的玲珑心。

　　母亲年轻时到访过的岩洞现在已成为一个山庄，岩洞下修建了一排房屋，麻将房、客房一应俱全，是个冬暖夏凉的好去处，也算物尽其用。在山庄隔壁一扇不起眼的铁门前，母亲在门边端详：这里才是我年轻时来过的地方……母亲说对了。山庄主人证实，里面确有一个更大而深的岩洞，但守庙的和尚耐不住清寂，只在初一和十五上香了事，其他时间就任由着铁将军把门了。母亲抚摸着铁锁，看看周围的参天大树，喃喃：树大了好多……岩洞外观宛如外星景观，岩壁构画出雄奇的样貌，一截土墙掩映着山坡的翠竹，翠竹林垂挂红灯笼数只，镜头相当入画。母亲到处看着，走着，抚摸着，叹惋，母亲的神情带一点疲倦，但这倦容一点都不影响母亲整体的干净和美。

　　感谢上苍，一路上，母亲的心绞痛一次也没有发作。我们把母亲送回家里，母亲马上打开电视，以一个更加开心的笑容扭头莞尔：太好了，电视剧才刚刚开始。

2016.8

## 愿做您的眼

　　您一个人生活了四年多，从父亲走后。作息安排规律，早上四点起床，分别做佳木斯和上饶五妹两套健身操，八、九点钟，您沿着县城走一小圈或者一大圈，一路探亲访友，顺便把菜带回家，午睡起来您一边看电视一边做着高电位理疗。大姐也热衷高电位理疗，因此每天至少都会有一个孩子，有半天的时间可以陪着您。晚上我们散步会走上楼去瞧瞧您，聊上几句。厨房的台面显得油垢，小客厅的地面也灰扑扑的。我们东查西看，对家里的卫生表示质疑。您吃惊地说，啊，我都没有看到有灰尘。另一次，小妹在楼下等您。您从拐角处出现，您径直走了过去，小妹热切而吃惊地叫住您。您停下脚步，更加惊讶地转身。这时我们才发现，您的眼疾真的有那么严重了。

　　要给您做白内障手术的事情我们从去年的夏天一直说到今年，夏天时说太热了怕伤口会感染，还是等到初秋吧。六妹在微信里反复提醒：您的眼疾又加重了，您烧的菜酱色过分深浓，明明有米虫您也视而不见还能甘之如饴……六妹上心着急，一再嘱托，这些嘱托叫人看了心烦意乱的。初秋落了几场雨，周六的这一天，我和小妹带着您去了铁路医院。

　　铁路医院坐落在市铁路新村，现在更名为江西医专第一附属医院，因为眼科技术精湛声名远扬。我们提前预约了眼科主任王雪林大夫，在简陋的主任办公室从八点半等到十点半，做完手术之后的王主任终于出现在我们面前。

婆婆，您的左眼白内障已经发育得很成熟，完全可以手术。王大夫声音柔和，像一位邻家兄弟。于是我们去办理了住院手术，一楼一个干净的小房间，有两张病床，十九号和二十号，您睡在略矮一些的二十号床铺上。

这就住院啦。您有些新鲜好奇，眼神炯炯，四处查看。小病房带了厕所，但是没有配备淋浴设备。您乖乖躺在病床上，护士给您滴了眼药水。过了两分钟，您睁开眼睛，坐起身。一个上午，护士给您滴了两次眼药水，这就是全部的治疗手段，其他什么事情也没有。中午，我们俩挤在二十号病床上，您身子小小地缩在里面，没有占一点点位置，您还努力地把自己缩得更小。您曲蜷着腿，大约占了三分之一的床铺，您把脚缩上去，缩到床铺快一半的位置。我们僵持了一会，我睡在外侧，也努力想要空出更多位置留给您。最后的局势是我们中间空出了一条泾渭分明的空档，两个人侧睡着，八卦图一样互为填补。

醒来后去找护士长，要求在病床可以安排的情况下，尽量不安排病号进这个房间，那这间病房就可以成为我们这几天的自在天下了。张宝琴护士长是目前我见过的最漂亮的护士长，脸色红润，一直注视着我，谛听，点头，眼睛仿佛会说话。"我们应该年纪差不多吧，"她这话让我美滋滋的。我们对视，惺惺相惜的光彩闪耀着。

接洽完毕，我关上房门，在十九号病床上摊手摊脚睡下来，我趴在被子上，您睡在另一张床上，您笑吟吟看着我，问加床需要多少钱。您表示不理解。你加了一张床只要十元一天，我睡的却要二十元一天，我办了住院手续，应该更便宜才是。我开玩笑说，因为护士长关照我啊，我夸她长得漂亮。"你是女的，也喜欢夸女的长得漂亮啊？""就喜欢就喜欢！就要就是！"我愉快地接受了您抛给我的大白眼，在小女儿状的撒娇声中产生了一种类似度假的开心感觉。

医院食堂就在百米开外，人挺多的，您乖乖坐在座位上，我去厨房点菜。午餐我点了冬瓜排骨汤、红烧鱼块和小白菜，我给您装了满满一大碗饭。您说，这么多饭，我肯定吃不完的。每样菜您都尝了一口，每样菜都合您的口味，这让我特别高兴。最后您淋上冬瓜汤，一大碗饭被您吃得干干净净。您抹着嘴说，晚上我就不吃饭了，说定了。扶您走回病房，我去了医院门口的小卖部，配齐了洗漱用品。漱口用的是两块钱的牙刷。您问起价钱，您开心地说这个牙刷很好用。我试了试我的牙刷，确实好用，与超市贵得离谱的也不相上下。午睡后醒来，您吃了两根香蕉和一个苹果，您打着饱嗝再一次叮嘱，晚上我真的不要再吃了。我去开水房兑好满满一大桶热水，我说，您先洗头。您喜欢用很烫的水洗头，这一桶热水正合您的心意。您一边洗一边发出嗤嗤声响：啧啧，水烫得舒服。

洗澡后您显得更白净了。您从来不用护肤品，冬天只偶尔抹一抹大宝，肤色却非常好，是那种天生的细腻白净。您是天生的美人，年轻时是，年老了也是。不论哪种款式颜色的衣服穿在您身上，您都可以用您的无敌姿容与它们吻合，再寻常普通的衣服只要穿在您身上，都会产生一种典雅感觉。最好看的是您的眼睛，虽然现在被白内障暂时遮蔽，却遮不住神采。当然，您的鼻子也是极好看的，细致小巧的鹰钩鼻，唇形也完美，一个美人下巴完整地托住您一张姣好的七十七岁脸庞。我几乎有些崇拜地直盯着您。您被我看得有些不好意思。再一次朝我直嘘嘘：干嘛啊，你这个傻女儿。

六点钟，我说，我们晚上不吃饭，但我们可以吃饺子或者清汤，走吧，我们去食堂看一看。您架不住我的软硬兼施，身不由己迈向食堂。我点了两份水饺，一人一份。我吃了一口，好吃得尖叫起来：全是肉，货真价实啊，您吃一口看看。我诱惑您。您先是摇头，坚决不肯吃。您问了价钱，真的才六块钱一碗吗。千真万确。您数了数饺子：十个，六毛钱一个。您终于咬了一口，这一口激起了您的食欲，货真价实的饱满饺子让您心情愉快，您一个接一个吃起来。我的碗里还剩余了两个，我为难地看着您：我吃不下了。您沉下脸，这么好吃的饺子，你把肉吃完了我就饶了你。您逼过来，大有我不吃完就不放过我的架势。我装作痛苦的表情，艰难而愉快地咽下最后两个饺子。您肯定不知道我在使诈，我在故意逗您开心。我的表现让您很满意。您说，对了，这样才是我的乖女儿。您剔着牙，对我的表现表示满意。您剔牙的这副模样才是最吻合老人家劳苦功高模样的，可惜您只在剔牙时才有这样的气场。

　　房间里的电视居然只有图像没有声音，我忘记了带近视眼镜，这样就和您的白内障处在同一个模糊级别。我们干脆关了电视。您说，晚上我经常睡不着的，这话让我提心吊胆的。走廊上有灯光映进房间，晚上房间里的采光良好。我侧着身子，注意您在那张床上的动静。一个声音冒出来，震了我一跳，又一个声音冒出来，我查找声源，发现这声音源自您，是您的鼾声。这发现让我差点要笑出声，才一小会工夫，您就打起了小呼噜，您的睡眠可不是一般的"不好"啊。您的小呼噜时断时续的，您翻个身子，小呼噜消失一会，过一会小呼噜又冒出来。感觉是您正在睡梦中放着一群牛羊，从山坡的一端跑向了另一端。小呼噜也是您种植下的蔬菜嫩芽吧，一片片一朵朵在你的梦中开了花。

　　半夜您起床上厕所，我及时用声音陪着："小心一点，需要开灯吗，不要怕。"您摸索着回到床上，您说："女儿你怎么这么惊心的，你晚上都不睡觉吗？"我说："我睡着了，只是现在醒了。""那不说话了，我们都快睡吧。"您睡在空调的正前方，您怕热，您只盖了肚子，手脚都露在外面。我把被子裹得严严实实的。我说："您可不要着凉了，感冒了可就不能动手术了，快把手放进被子里，听话。"您听话地将手放进被子里，您的脚又慢慢移了出来。您梦呓一样轻轻地说："你像你爸爸，怕冷。"

第二天，做了相关的一系列检查，实习护士领着我们，在各个科室之间走来走去。您拉着我的手，一遍遍说，要是我一个人，我可不认识路。您一遍遍说，女儿，你真乖，陪着我走来走去。有时候，您像牵孩子一样牵着我。有时候，我像牵孩子一样牵着您。做心电检测时，您在男医生面前褪下了胸衣，神态自若。我看见了我小时候捧过的那一对肉饭碗，她只供养了您七个孩子中的我一人吃到五岁，现在，她们向两边盘伏，有了一定程度的萎缩，乳头还是小巧而精致的，花蕾一般挺立着。您的表情显露出一种破釜沉舟的坚决。这些敞露都是必须的，为了更好地生长。

回到病房，滴几次眼药水，别无他事。操场上、走廊上到处都是蒙着一只眼睛的病人，那些是刚刚做完手术的病人。他们看人的方式是独特的，或者头格外抬高一些，俯视，辨别，或者头格外低一点，直瞪，专注辨别。属于眼睛的毛病是多种多样的，有眼部肌肉抽搐不止，造成半边脸部表情异样需要治疗，有眼睛长了息肉需要割除的。来自周边地区的各类眼疾患者集聚这里，通过医生们的巧手，修复心灵的窗口，重新接纳光彩和明亮。

手术定在第三天。这天上午，姐妹们都来了，众人簇拥着您。您躺在病头上，接受最后的消毒。头天晚上您休息得蛮好，但是您脸色看起来不太好看。我们一直坐立不安地等待着，从八点一直等到九点。九点一刻，终于有手术室的护士前来接您了，一伙人又簇拥着您涌向手术室。

手术室门前的逼仄走廊里全是人，全是等待手术的病人和家属，空气非常不好，居然没有空调，热浪加上紧张气氛，我只觉得呼吸困难。您在一个墙体风扇前坐下来，您小小的身子挤在人群中，我在人群中忽然就找不到您了，您像一只鸢鸟隐身了。

　　您脸色不好看，您喝了一口水，脸色暗沉，眼里布满了紧张情绪。我忽然觉得您白头发都显眼起来了。又等了快一个小时，十点左右，手术室的门打开，护士念着您的名字，核对信息。我帮您脱下鞋子，换上无菌鞋，一条长长的通道，两排全是手术室。您脱下鞋子，我扶着您，您身子有些发抖，唇色发白，您颤巍着又无畏地独自一人迎向了长长通道。现在，您要一个人去冲锋陷阵了，一个人奔赴您的战场，您把背影留给了我们。

　　泪水忽然涌出来，鼻子酸得难受，泪水满眶。我靠在窗户边，秋风吹熄了我的泪水。我数着时间，嘀答嘀答嘀答……每一分每一秒都难以捱过。仿佛很久很久，十点二十分，手术室的门推开了，我第一个发现了您。我高兴地叫起来："老妈出来啦！"您的左眼盖着白纱布，您以一个独眼英雄的形象重返人间。

　　将您安放在轮椅上，这回您是个像模像样的病人了，老老实实地乖乖地坐着，任凭我们推着您进出电梯，上坡，走廊，您回到病房，轮椅撤走，这短暂的货真价实的道具撤出舞台。您的精气神都回来了，元神归位，躺在病床上，您说话的声音都饱满丰盈起来。

　　医生告诉您，不能朝左边睡，会压迫到刚刚做了手术的左眼神经，不能大声说话，要静躺，好好休息。探访的亲友络绎不绝，您不停地说话，提这个要求，说那个条件，您本性里的好客和面面俱到浮出水面。亲友们陆续走了，姐妹们散去了，我关上房门，您安心睡下。您说："妈的，才几分钟的手术，感觉眼睛里轻轻一刺，一直有东西流出来，医生不停冲洗冲洗，搞得我这么紧张。"我微笑着，学您的腔调："妈的，才几分钟的手术，搞得我这么紧张。"

　　午饭我炒了三个菜，端进病房吃。辣椒炒肉，炒豆腐干，小白菜，您用小调羹小口小口吃着。手术还是影响了心情，我们都没有什么胃口，菜多出一半。您用一只眼睛，情绪复杂地看着我把这些菜都拎出房间，这回您没有再啰唆，也没有强迫我把它们都吃完。您睡下了，很快，那令人愉快的小呼噜一个一个冒出来了，如同春天田野中竞相涌现的小蘑菇一样，告知我们，您的眼前将重新回归一个彩色的春天。这天晚饭我们吃了清汤，半夜时我饿醒了，又不敢发出任何动静。可要说惊醒您估计是不太可能的事情，隔壁病房里聊天的声音、他们房间电视节目的声音、走廊上踢踢踏踏路过的动静……都是巨大的响动，可这一切都没有影响您均匀的小呼噜一朵一朵地盛开出来。

第二天，您的精气神比刚入院时更好，整个人有一种完成任务的大功告成和如释重负。早餐我们吃了炒粉，您口味偏重，炒粉您是喜欢吃的，您吃得满意开心。饭后，我搀扶着您在操场上散步。我说，您这个样子很宝贵的，也许下午就不用再蒙着纱巾了，我们赶紧来合影留念。我举起手机，您调皮而聪明地躲在我背后，挡住一只眼睛。您得意地说，这样拍照别人就看不到我另外一只眼睛了。我也调皮而聪明地把手机举歪了一点点，这样，您蒙着纱布的左眼、调皮的笑容和机智的表情都被我恰到好处地抓拍。

午后，医生撤去左眼纱布，您惊奇地发现，原先右眼视线更好的优势位置已被左眼成功取代。您惊诧地说，哟，怎么现在我的右眼更模糊了呀。王大夫哈哈大笑："婆婆，是因为您手术很成功啊。这样良好的改变让你不太适应。"您说："哎呀，我走路有点一只脚高一只脚低的感觉，路变得不平了。"我也哈哈大笑："就是这样的，因为您还不适应，就好像有人不习惯戴着墨镜走路一样的效果，您适应几天就好啦。"

医生几乎没交代其他事情，不用打针不用吃药，只需要关注眼药水正常滴入即可。我们躺在各自的床上，聊天。我问您，这些孩子当中，谁做过的事情最让你印象深刻。"你呀，你十六岁那年，我唠叨着让你好好念书，谁也不知道你突然就掀翻了桌子逃跑了，我拼命追你追得我都快断气了，你这个家伙脾气太坏啦，没见过别人像你这样坏脾气的，当年如果不是你说要考北大考清华，我也不会对你倾注下那么多希望，你这个泡泡啊……""还好我没有考上北大清华，不然就没有我这个泡泡照顾您喽。"我高举双脚，在床上踢来踢去，乐不可支。

第三夜开始，撤下纱布之后，您用清晰的目光长久地注视着我，忧心忡忡："都是你在照顾我，搞得我好像只有一个女儿一样，你老公打电话会说，怎么你妈妈只养了你一个女儿吗。"我听得直发笑。第三夜开始您睡不舒服，一直说腰痛。病床太硬了，您连睡了几夜，腰痛是难免的。第四天早上，您满走廊寻找另一个病号。您说："她明明是和我同时做手术的，我前她后，她就住在我们隔壁，我怎么也找不到她了，她肯定是出院了，医生为什么不让我们出院啊。"

您派我出马，一次次往大夫办公室跑，要求办理出院手续。王大夫说，再观察一个夜晚，正常情况，明天可以出院。您絮絮叨叨，明天就可以出院，那和现在下午的时间出院有什么区别啊，为什么要多睡一个晚上啊，再多睡一个晚上，我恐怕要转到别的病房去了，我的腰受不了啊。您有点恼火。医生的话对，您说的也对。我不知道该听谁的。您弯着腰，慢慢踱到王大夫面前，您表情很痛苦，再一次诚恳申请：我想回家了，只需要观察，我回家也是一样观察的，请王大夫批准我出院吧。王大夫被您缠得有点无可奈何："好吧，我给你办理出院手续。"

回到病房，我们兴高采烈地收拾行李，所有的水果和洗漱用品都要带走，哪怕暂时拿回家后我再偷偷扔掉，只要不被您看见，您就不会生气不会唠叨，而只要您不会唠叨不会生气，我就耳根清净眼界清净啊。外甥的车子载着我们冲出医院，驶入人流和街道的一刹那，我突然有种奇异感觉。这个驻扎在闹市中的铁路医院我们才待了几天而已，却仿佛与外界隔断了几年一样。此时此刻，我和您一起，我们一起新鲜地重返人间。

2017.10

# 当时只道是寻常

你喜滋滋从房间里抱出一箱橘子，打开，你往我们手里放了几个新鲜漂亮的。我从箱子里挑出唯一一个坏了的橘子，你一把把它从我手里抢了过去。

那个坏橘子一部分表皮已经发白起霉了，你扔掉坏死的那小半部分，剩下的大半个橘子你往嘴里一塞，你一边吃一边微微皱眉。从你一把抢过橘子，筛选，下肚，你动作快得无法想象。我在一边目瞪口呆地看着你，根本来不及去抢回来，我眼睁睁看着你麻利地爽快地完成这一系列动作。

对你这样的动作我一点儿也不吃惊。从小我们都是这样对待坏了的食物的，削去坏的那部分就以为是和坏的部分恩断义绝再无瓜葛。那些年我们一直是这样过来的。多少年了，多少次了，你把发馊的食物稍微加热就填补进饥肠辘辘的身体。我吃惊的是过了这么多年，这样的坏习惯却还一直在你身子里根深蒂固。当着我们的面你尚且如此，一个人的时候，你又会往你的身体塞下多少这样的有害物质呢。

吃惊的同时，我照样吃着橘子，我的大喊大叫并不能阻止你。你的行为表现得很淘气顽皮，仿佛一个孩童在故意使坏，和我们对着干。

你边吃边对我眨眨眼，希望用这样的表现展示你一直以来的良好质朴风范，从而获得我们似贬实褒的内心赞许。

晚上七点，我和小妹散步一圈，路过四楼，小妹扛了一箱猕猴桃要给你送上来，你喜滋滋打开之前我们送来的一箱橘子，然后就有了之前的那些举动。我蹲在客厅继续吃着橘子，这时候，几个橘瓣从头顶洒落下来。小妹太气了，语言不足以表达她的气愤，她愤怒扔掷出手里的橘瓣，橘瓣散了一地。你像个犯错的孩子，不知所措地看着我们。小妹摔门而去。我站起身，用恨铁不成钢的眼神看着你，我们一而再再而三的警告你都充耳不闻，你总是拿自己的身体不当回事，拿我们的关心不当回事，你让我们情何以堪。

我跟着小妹一起下楼。你一路追了下来。下了一层台阶了，你没有停下脚步。我也没有停下脚步。下了两层台阶了，你没有停下脚步。我也没有停下脚步。下了三层了，再下，你就追到一楼了。女儿，女儿……我听到从漆黑的楼道里传来的你切切的喊叫。我停下脚步，调转方向，从你手中接过四个橘子。你捂着胸口站在楼道上，好半天说不出话。你说不出话，你眼睛红了，你抹着泪水，你说："女儿，何必呢，你们何必来看我呢。"

我只想快快远离这一切。小妹头也不回，开了车绝尘而去。

下楼来，遇见的全是自己人。四姐在，阳宝一家人都在。我转述了过程。换一批人上楼去安慰你，你这个让人头痛的又让人心疼的老太太。

第二天，你打电话问我，问我们要不要去乡下表哥家喝酒。

第三天，我正在接电话的时候，有未接电话的提示音一直在响着，是你的未接电话，提示响铃整整三十声。你说你有一件很要紧的事情，只想与我说。于是我们像闺密那样，窃窃私语了整整十五分钟，我们愉快地分享了一个秘密的大白过程。

之后，之后，之后……

之后，你消失不见，之后，四楼的房子已另易其主。

许多年之后，我和小妹、四姐、六儿，我们还是一起散步。当我们扛着水果，茫然不知道该扛给谁的时候，我们一起抬头去看四楼。如果，那时你还在四楼，如果，你还会为我们打开家门。那时，哪怕你非要去吃一个坏了的橘子，就算是面对再淘气顽皮的你，我们都会满心欢喜。

2016.11

# 十一月

十一月，母亲住在我家，这个月成为这一年中分量最重的月份。

我让母亲七点半打开房门，这个时间我刚好把早餐准备妥当。母亲捧着碗，像个客人，神情多有打扰的羞涩与歉意。母亲把菜放进粥里，菜的味道混淆进粥的清淡，这不是正确的吃法。我多次强调，让她夹菜，母亲却坚持这样的吃法。母亲尽可能避免筷子与菜的频繁接触，尽量减少她的痕迹，让我们的生活保持原状。

半碗饭，半碗汤，一点菜，母亲的中餐晚餐都吃得少。为了以示公平公正公开，我都想过要买几套餐具来，这样一人一份，饭菜和汤都明摆着，这样就可以避免母亲再为谁多吃一口少吃一块的类似"大事"而产生多次"纠纷"了。因为和母亲一起吃饭，我才有了"多"与"少"的意识。母亲会从她汤里夹出几块肉给我，因为她觉得我碗里更少。有时哪怕是蛋汤，母亲也能从蛋花的厚薄中比较出彼此的分配不均来。我一次次吞咽下母亲额外钦赐的各类食物，肚子在围裙下迅速鼓成小圆，胃一次次接近饱和。

母亲对食物的珍惜让我觉得每一类食物都在母亲的筷子之下晋升为幸福佳肴，唯葱与蒜除外。汤里放葱，肉里加蒜，提香提鲜效果上佳，母亲也赞成这样的做法。但母亲的口腔有着特殊异禀，对葱与蒜的敏感无以复加。裹在辣椒里的一粒蒜，会被她雷达一般的精准味觉清扫出口。母亲说，我也许前世吃多了葱蒜，我就是咽不下去，但它们的香味我是可以接受的。我从豌豆肉片汤中的大快朵颐中回过神，母亲埋着头，正精挑细选葱段。葱段被她小心贴在碗口，碗沿像纹了半圈好看的绿葱纹。

这个月，托母亲和我一起住的福，我才想着用心去烹饪不一样的美食，香、营养、软烂，这些是必要标准。母亲说我炖的红烧鸭好吃，那一只鸭掌被母亲慢慢吃成了熊掌级别的珍品。母亲说我炖的排骨莲藕汤好吃，莲藕烂得像番薯，不对不对，像毛栗子。母亲总是反应机灵。这时候的母亲有点像我们的孩子，说着好听的话想方设法讨好我们。这时候的我们有点像母亲，每天想着制作不同口味的美食，讨好着"母亲"这一个小孩子。

母亲和我住在一起，我才发现母亲其实缺少蛮多东西，棉毛衣旧了，胸衣也该更换了，去年买的厚裤子旧了起球了，要准备几条薄的、略厚的、厚实的各类裤子，我替母亲准备着划算着，这样，以后在不同温度下，母亲都会有合适的得体服饰了。快递拿回家时，母亲像个小孩子一样，冲出房门："今天又给我买了什么东西啊，啊呀呀，你真是太'讨厌'啦。"母亲乖乖换上新裤子，让我在需要裁剪的地方做好标识，我把新鞋子轻轻给母亲套上脚，一身都崭新的母亲开心又激动，像个孩子一样在屋子里走来走去。

还是要分苹果吃，一个再小的苹果，母亲也坚持要与我一起分着吃。一个人一半，母亲在剖开一半的苹果中仔细甄选，她永远只会选更少的那一半，把多的、更红的、更甜的一半留给她的孩子。母亲吃下了什么，就一定会要求我也吃下相同的什么，母亲从不担心她自己少吃或者没得吃，母亲只会担心她的孩子少吃了哪怕半口。

我都说了无数次了，早饭母亲大人不必操心，但头天晚上我一定要再次向她强调：明天早上还是七点半哦，我会煮早饭的哦，你安心睡觉就是哦。如果哪天忘记了这一番强调，六点半的时间点，她老人家一定会极其小心地打开房门，过道里她蹑手蹑脚的走路声一定会被更加精明的我捕捉，被当场捕捉的她像个犯错的小孩子，又蹑手蹑脚退了回去。

我都说了无数次了，中饭母亲大人不必操心的。我紧赶慢赶赶回了家，母亲像个炫耀的孩子：我做好饭了哦。我打不开电饭煲的盖子，气压还没有消减，电饭煲的显示屏没有任何记录，母亲只晓得把插头插上，天知道饭是怎么被她煮熟的。我麻利地做好几菜一汤，获得母亲的无数次夸赞："做我女儿时都没教过你烧菜，现在这么会烧菜，真是了不起啊。"我们觉得很平常的每件事情，母亲都觉得非比寻常。让母亲觉得开心的其实是，在这样的一饭一粥之间，她感受到了凝聚其中的、她的孩子们对她付出与回报的那一份情意吧。

更深厚的情意就隐藏在我与母亲的相视一笑中，隐藏在我逗乐母亲的哈哈大笑中，隐藏在我与母亲的散步聊天中……那些时刻，必定是因为我们都共同感受了温暖与陪伴而觉得安心幸福。秋风起，冬风起，天晴，下雨，黑夜来临，这些都不会再让母亲感到害怕，因为我们就在她的身边，牵着她的手，一起在生命的道路上慢慢行走。

母亲睡在宽敞明亮的主卧，三个房间像是三片树叶，延展出一个家的根系脉络。只住了一个月的母亲，才刚刚融进根系的这片树叶就要撤离了，嫁接到另一个女儿家的根系中去，开始她新一轮的适应咬合。十一月的倒数第二夜，我失眠了。去年那次去大姐家接母亲来我家住，大姐有事不在家，母亲迟迟疑疑地不肯走，说等下大姐回家看见我不在家肯定会难受的。我当时大笑，说怎么可能，又不是小孩子，看见妈妈不在家就哭哇。母亲接到我家时，大姐的电话也跟着到了，大姐在电话里果然哭了。这时想到明天晚上，我家里也要见不到母亲了，我的泪水就那样流了下来。

我开心的是，母亲就在我眼前，我们在一起，还有好多好多幸福的时光共度。

2019.12

# 再一次惦记着

　　大年三十的这天下午，我们一起去了父亲那儿，四姐烧了很好吃的六个菜。佳宝说，我一进门就闻到那个香啊，可是四姨都没有让我吃一口。四姐对她说，谁都不能吃，那是给外公吃的。今天母亲没有跟着一起来，我们几个人嘻嘻哈哈走在路上，我带头走在前面，阳光照在每一级台阶上，向着父亲走去的每一步都沐浴在春风中。大家开着玩笑，感觉这是一次小放风小郊游。

　　父亲所在的位置独门独院，前面是一片开阔空地，我们一个大家庭的所有人就算全到齐了也可以站得下。我第一个走到父亲面前，我对着那张刻在石板上的父亲的俊逸头像打了个招呼："嗨，老爸，过年啦，我们来看您啦。"我哼着小曲，在空地前用粉笔画了一个大圈，把纸钱堆放在圈圈里，据说这样我们烧给父亲的东西才会被父亲悉数收到。画圈圈的时候，我觉得自己很有点类似孙悟空，在施展法术。而父亲一定也准备就绪，正搓着手乐呵呵等着过大年。

　　下午，春风很大，春风把火苗和浓烟吹得东倒西歪，我们几个人跟着风的朝向不时改变方位。有人给老爸点了根烟，有人给老爸又敬了一次酒，有人清除附近的杂草和芒刺。我说，你们还记得与老爸与外公印象最深刻的一件事吗，都说说。

　　三姐说：我还是五六岁的时候，忘记了是因为犯了什么事老爸要打我和二姐，我们俩拼命朝床里面爬去，可我被老爸一把抓住了，我心里说完了完了这下肯定要挨打了，可是没想到老爸一把拎过我的腿，把我放到一边，又接着去抓二姐，他抓住二姐打了好几下，二姐号啕大哭，我心里那个庆幸开心啊，今天二姐没有一起来，老爸有时是会偏心的，更偏爱我。三姐一边描述一边哈哈大笑。

　　四姐说：格格还小的时候，有一次在老爸那，我又发脾气打格格，老爸用手指着我骂我："你走，你带不了孩子，我来带，我带了七个孩子也没有像你这样打过她们。"三姐补刀："你脾气一直坏，特别是和老居谈恋爱的时候，总是生气和发翘，动不动就摔门而去，说老居我们走，你真是好可恶啊。""哦哦哦，我怎么自己什么也记不得了。"四姐在一边装傻充愣。

　　六妹说："我对老爸印象最深刻的一件事就是，我还是四五岁的时候，也不知道是犯了什么事，老爸突然把我拎到房间，关上房门，然后掐着我的脖子把我狠狠扔到床上，使劲打了我几下。那种恐慌感觉让我从此看到老爸就非常害怕。老爸有一个很好玩的动作又让我印象深刻，我们家一有什么美味的东西要开吃了，老爸的第一个动作就是去关厨房的小门，门吱吱呀呀地一阵响，邻居们于是都知道，我们家又要吃好吃的东西了，老爸的这个动作让我回忆起来满满都是开心和温暖。"六妹的表情已经完全看不到当时的恐惧，而转成为一腔浓浓爱意。

　　老爸多数时候很和蔼可亲，可有时也会发脾气的，有一个问题我一直搞不明白。四姐向大家发问："小时候我们家经常包饺子吃，可是每一次包饺子包到最后老爸是一定会发脾气的。他满头大汗，把擀面杖一扔，说，我真懒得再包啦……"哈哈哈……说到这个情节，现场几个姐妹人人发笑，个个心中有数，彼时场景一一再现。那时候我们都还小，除了老妈是得力助手，其他七张嘴都是等着吃的，老爸一个主力军从开始要一直忙到结束，没完没了地忙，他肯定是要发脾气的了。老爸发了一会脾气，抽了一根烟，气消啦，老爸又继续回到包饺子的战场，继续为他的孩子们卖力出汗。

下午一起来的还有六倪堂弟，他一直在拨弄纸钱，笑眯眯听着我们说话。他说："那时候我住在小房间里，伯伯不让我抽烟，我一掏出香烟，伯伯就把我的香烟没收了，我于是下楼再买一包香烟，我在楼下抽，不敢当着伯伯的面抽，晚上我睡着了，第二天醒来发现口袋里的香烟变成了两颗水果糖。伯伯站在我面前笑呵呵地说，你一定要戒烟，你想抽烟的时候就吃水果糖吧。"每一年，六倪堂弟都会风雨无阻前来祭拜父亲，也许父亲当年对他的关心和宠爱让他感受到了一份与父爱等同的深情厚意。

佳宝说："小时候，每天早上外公都会牵着我去菜场，菜场里的人都会和他打招呼，'老头子，你来啦。'后来，后来变成了外婆领着我去菜场了，菜场里的人问外婆，'老头子去哪里了？'外公那个时候已经走掉了……"那是多少年的事情了，那时的佳宝只有三四岁吧，现在已满十八岁的佳宝已经出落成水灵灵的大姑娘啦，她有点北方妞人高马大的味道，个头高出我一大截。她背转身，抹着泪花，一句话都说不下去啦。

我一直在脑子里搜索有关父亲的深刻情节，没有哪件事情是特别深刻的，可是有关父亲的每一件事情都历历在目清晰可见。他每一天劳累的身影、每一次愠怒、每一份慈爱、他的音容笑貌、点点滴滴都融化延续烙印在我们的生命和记忆里。父亲就是用这样的方式继续存在着，存在在每一个人的生命和时光里。动画片《寻梦环游记》里说，当世界上最后一个人抹去了关于另一个人的记忆，那个人就真的消失了。我们最亲爱的父亲会一直被他的子子孙孙惦记着追忆着存在着。

2018.02

## 疲倦的舅舅

　　因为外甥女的谢师宴，舅舅来了，所以才见着他老人家。谢师宴酒店的包厢名称叫北京厅，电话里说起来就是我们在北京相见，像很气派很有面子的一件事，一群远亲近邻于是就在"北京"欢聚一堂。我和亲戚们一一打过招呼，转了一圈才发现角落里坐着舅舅。

　　舅舅毫不起眼地坐在那儿，衣裤松松垮垮，皮肤是老人才会有的那种灰黄，关键是他的精神一点儿也不好。我见过舅舅很精神的模样。春节时我们回老家拜年，舅舅居住在祖屋里，小厅堂摆放下两张八仙桌，他专门杀了一条狗来犒赏我们。祖屋被狗肉的浓香包裹得严严实实，舅舅坐在主位上，抿下一口杨梅酒，大声招呼我们喝酒吃肉，昏黄灯光烘托出他红光满面的笑容和热气腾腾的盛情。

　　舅舅的头发胡须年轻时就白了大半，木匠出身的舅舅身体却很好，他一边做着手里的木工活，一边眼神发亮地看着你说说笑笑，花白须发映衬得他特别精神饱满。此时，舅舅耷拉着脑袋，不言不语，也不知道笑，他抬头看我一眼，神情有一种说不出来的疲倦。那种疲倦和他收割回来的疲倦等同，和他犁田回来的疲倦等同，和他做了一整天木匠活的疲倦等同，甚至和一个孩子的疲倦等同，真实，真情。

　　母亲说舅舅是一早坐了邻居的摩托车出门的。他要抓紧扶手才可以坐得稳，因为路面颠簸，急转弯很多，他要抓得更紧才可以一路平安抵达县城。可是，在某个急转弯的拐角，摩托车翻倒了，邻居和他一起被甩到地下，舅舅的手肘被沙石划破，伤口处血肉模糊。我看一眼伤口，身子打颤，不忍再看。

舅舅是母亲最小的弟弟，她是有多疼爱他啊。虽然都是七十多岁的老人家了，他们紧挨着位子坐在一起，姐姐一遍遍抚摸着弟弟划破的手。给她最疼爱的小弟夹菜、盛汤、拿点心，每一样食物都摆放在小弟面前的盆子里。弟弟吃下喝下了，姐姐露出赞赏的微笑，姐姐才开始吃她的食物。可是整个酒席除了舅舅，每个人都吃喝到位开心欢喜，舅舅不是平时那个诙谐风趣的舅舅了，舅舅只是一个受伤了的小孩子，心情沮丧，食欲不振。

酒席接近尾声，舅舅起身，要去赶班车回家。他走出空调营造出来的初秋气候，一头扎进盛夏的火热，他要穿过一路的火焰山，回到他的出生地和归宿地、他的源头和他的根去。他手肘的这点小伤不算什么，过几天就会烟消云散，由这点小伤带来的隐痛也会烟消云散，他在县城的几个孩子根本就不会知道曾经发生过的这样一件小事。

我陪着舅舅走出包厢，目送他进电梯，我松出一口气，我又长叹一口气。我努力要忘记刚才的推搡，舅舅真是臂力惊人，我和母亲费了好大的劲才制止了他的动作，制止他掏出口袋里我们悄悄塞进的一点点安慰金。舅舅走出酒店，坐上班车，回家去。只要回到那间祖屋，今天发生在县城的一切喜悦和伤痛都隐身为一只秋虫的唧啾了。舅舅化身为故乡溪水边的一棵老枫树，舅舅正在斑斓老去。

2016.8

## 颤动的手指

　　双手放置在键盘上，除了大拇指，其他指头轻伏，保持这个动作，
这时我的左手有微妙的怪现象发生了：悬空的大拇指像悬空而出的一
小截树枝，无风自动，以奇怪的微小震动幅度左右上下地抖动。半年
前我发现这个症状，左手平素少有锻炼，这半年来敲字繁多，玩手机
更是多得离谱，超负荷的运动量让左手，特别是大拇指不堪其累了，
终于它开始不由自主地抖动，它是以这样的方式无声地发出警告。
　　中午，和舅舅一起同桌喝乔迁酒，七十岁的舅舅就坐在我隔壁的
位置上。舅舅的右手用筷子夹着一块米糕、一只炸虾，当他的右手停
顿在桌上，夹着的米糕或者炸虾都无一例外地在筷子的夹击中开始微
微舞动，这舞动不以舅舅的意志为转移，舅舅右手的大拇指和食指乃
至整个右手都呈现出一种无风自舞的状态。看舅舅夹菜，这状态带有
一定的表演性质。每样菜肴均以颤颤巍巍的抖动舞步停歇在舅舅的筷
子上，似蝶儿停在花枝上，羽翅张翕，片刻之后，再纷纷落进舅舅的
口腔。这状态让我眼熟，心领神会。
　　在老家灵峰村，七十岁的舅舅每天要做许多事情。打理菜地和农
田，另外还要放三头牛。从早上起床舅舅一直就要忙到天黑，舅舅身
体零件都不同程度地磨损了。当舅舅弯下腰给菜地除草浇水的时候，

当舅舅清理稻田为收割作准备的时候，当舅舅翻山越岭追寻三头牛踪迹的时候，他的所有关节特别是双膝，在每一步的抬起和落下之间都产生着剧痛。剧痛像凝固的水泥顽固强大地控制着舅舅的身体，剧痛也是随着行走发射出的颗颗散弹，每一步行走都带着刺痛钻射进舅舅的体魄。

"如果不做事这痛就会缓解一些，但是我不可能不做事的，我不能放着菜地不去种菜，不能让稻田空着，不能让牛饿着肚子……"清瘦的舅舅慢条斯理地说话，他像一片秋天的落叶那样单薄。像抖落爬行在脚边的一条蛇，舅舅对右手这样的抖动见怪不惊。在我的眼前，舅舅只不过是把进餐的速度放慢了一些，让自己可以夹稳一些。来自身体传递出的所有预警舅舅都心知肚明，但他身不由己，也无能为力。

时间风化着我们的肉身，似瓷胚产生不易察觉的暗纹，身体的坍塌从一根手指头颤动的裂隙开始，漫延到手掌、手臂、上肢，当抽掉最后一根骨头，身体倒塌，泥坯回归大地。

在餐厅的鼎沸人声中，这一刻，我专注于舅舅的右手，我情绪复杂地注视着它们，没有人察觉出我的左手也在微微震动。这热闹的午宴仿佛是一场贯穿始终的生命盛宴，我的左手大拇指敲击出默契的暗语，迎接并传递着来自舅舅右手的震颤，我们保持相仿的震颤幅度。这一刻，仿佛是某种程度上，生命的另一种相通与接力。

2017.10

## 和全世界最可爱的你一起散步

晚上六点四十，我们开始去散步。你花了五分钟关闭游戏，换好鞋子，蹦蹦跳跳地下楼等我。

你喜欢沿着街道的边缘行走，哪里偏就走哪里，哪里路不平就走哪里。你踩在下水道的水泥边框上，高一脚低一脚走着，你从来都是跳跃着前行的，身体扭动的幅度很大。我原先不太明白为什么你一上街就满头大汗的，还以为小孩子都会这样。现在才知道，哪怕是走一样的路程，你的运动量都会比我们大很多。我一次次叫住你，捏着你的手，把你拉回来，拉近我，拉到安全的距离之内。捏着你的手就知道你还是小孩子，嫩嫩的、小小的、肉肉的手，手感很好。你一次次挣脱。你现在不太习惯让我、让任何人牵着你走路。这一回，我悄悄加大力气拽紧你，我把你的手夹在胳肢窝下，忍住笑夹紧，看你怎么逃。从让我掌控一只手到只握住三个手指到最后一个手指也没有，你悄悄地挣脱。你甚至都没有发现我的故意，你只是下意识地一次次地要从护佑的掌控下挣脱。

"我们比赛来说一个词语吧，比如上马——马上，正说反说都可以的词语。"你这样提议，跃跃欲试。我知道好戏就要一路上演。你脑子转得太快："上山——山上，牛奶——奶牛，上海——海上，刷牙——牙刷……"我只有听和点头的份。你看着路边五花八门的店铺名称、广告标语，眼睛一溜扫过去："快枪手——手枪快，哈哈，这个也可以哦！"你开心叫起来。我还是一个也没有想出来。我傻傻地看着你，佩服你的机智和脑洞大开。

冷饮摊点前，我问你想要一个什么口味的冷饮。我又说你还是只来一瓶水吧，这些冷饮都是高热量的。你很听话，只要了一瓶水。拧瓶盖时，卖冷饮的漂亮姐姐做出一个奇怪动作，一只金龟子绕着她的脑袋飞了一圈，她用惊吓的表情目送它的远离。紧接着，金龟子停留在你的胳肢窝。你拧着瓶盖的胳膊就僵在那里，还没等你搞清楚状况，虫儿飞走了。你惊魂未定。你说："妈的，为什么，为什么它对我的胳肢窝这么感兴趣啊？"

走到学校的小卖部，你叫住我："快来看！是投币的水晶球。"一个圆形大玻璃缸里装了好多颗小小的跳跳水晶球，投下一块钱就可以扭动转盘，从底下滚出一颗水晶球。因为水晶球里包裹着不同的动物造型而给孩子们带来吸引。我们投进一块钱，滚落下来一颗水晶球，里面包裹着小兔子的造型。"是兔兔耶！"two two 是二姨的昵称，你高兴极了。"明天我就可以送给二姨。"你朝地下抛出跳跳球。跳跳球在地面上蹦跶，你跟着水晶球一次次下蹲，就是捕捉不到它。水晶球轻快地跳到马路中间，我大声制止了你的行为。

我牵着你的手，密切关注水晶球的走势，我们在川流不息的车流中开始一场小冒险。就在水晶球要窜到另一边的车道之前，我灵巧地用脚踩住了它。我拉紧你的手，在车流中一动不敢动。你追问水晶球的去向。我拣起水晶球，略带一点骄傲地把它塞进你手里。

走了四十五分钟，你满身是汗，你背上的衣服湿透了，矿泉水被你一饮而尽。你对我说："花花姨姨，你怎么不去服装店里看看衣服？""哈哈，你不是最讨厌我看衣服的吗？"我很奇怪你的念头。"我想吹吹空调休息一下啊"你如实回答。我马上拐进一家服装店，你跟着走进来又扭头退出去。"怎么啦？""坑爹啊，没开空调。"我们在一家开了空调的服装店里蹭凉。你坐在风口处，接受老板对你微胖的好身材的夸奖，十分钟后，我们继续前进。"要是我妈妈一会又去这家服装店，老板会说，你又来啦。""我和你妈妈有这么相像吗？""像，眼睛，身体都像……"你滔滔不绝。我看着你，装小可怜的表情："你这么说，我心里有一点点委屈，我和你妈妈相差了十岁，我的十年时光去了哪里……"你体贴地靠近我，黏糊糊的语言："你更漂亮，你更温柔……"

"我妈妈啊，她就是暴力狂"一说到这个话题，你突然来劲了："如果我是这个"你用手里的矿泉水作比方，朝地下猛地一砸，瓶子惊天动地滚落开去，"她就是这样对我的，我习惯了，从小就这样"你逼真演示着。"要是你有个风吹草动，你妈妈就胆颤心惊了。""是的。安安，你在哪里你在哪里啊？"你装出惊恐万分的表情，模仿妈妈在游泳池一下子没找着你的表情："她就会吓得要死的，'啊啊啊，宝贝，你在哪里啊？'"你继续加戏，"啊啊啊，可我更吓，吓死，要是我一下子也没看见她的话，那我就得穿着泳裤上街了。"你模仿着游泳的动作，在大街上袅娜游动。我笑得走路都东倒西歪了。

又听见你哼唱这首乱七八糟的神曲。我第一次听你唱是在某个晚上，你兴奋得一塌糊涂，你唱着这么一首乱七八糟的歌，歌名居然就叫："浙江温州江南皮革厂倒闭了。"更奇葩的是歌词："江南皮革厂倒闭了，王八蛋黄鹤老板，吃喝嫖赌，欠下了 3.5 个亿，带着他的小姨子跑了，我们没有办法，拿着钱包抵工资，原价都是 100 多 200 多 300 多的钱包，统统 20 块，统统统 20 块，黄鹤王八蛋黄鹤王八蛋，你不是人，啊啊啊啊大甩卖，啊啊统统 20 块……"我不知道你胡诌了些什么，这神曲以及你神一般的模仿让我目瞪口呆。

排除了歌词的莫名其妙，你哼唱的节奏把握得很好，声情并茂，简直有当歌星的潜质。你这么一个小屁孩子，配合着这么一首莫名其妙乱七八糟的歌曲，真是吻合贴切。我陶醉在你美妙的歌声中。你旁若无人地唱着。我想悄悄录音，又怕影响你的水平发挥。我再三征求你的意见。"不可以"你始终这样一句。我再三强调你的歌声是如此美妙如此动听，你心软了。你总是很容易心软下来："好吧，录吧。"你对着手机，用小小的声音唱起来，像耳语一样的声音，完全没有之前的收放自如。我还是满心欢喜地看着你。我一遍遍回放着录好的歌曲。你的点点滴滴我都觉得是可以珍藏的美好。

走回小区。你忽然说出一句咒语：阿姆斯特朗回旋喷气式闪电光合离子炮……然后你默契地看看我，发出巨响爆笑。关于这句咒语啊，我听你说过无数遍了，可是我就是不可以流利地一口气说完整。我一路跟着你的极快语速，一路结结巴巴地念着笑着……

我们到家了，好快啊，这一段路。要是一个人散步，一个人走这样长长的一段路，我会走得寻常普通，走得心平气和。可是，有了你，亲爱的小安，有了你这一路陪伴，你是多么好的一个幌子啊，让我的孤单不会暴露得那么明显。最好的是，你是一个多么活力而朝气的小宇宙啊，从我们出发的第一步开始，每一步都走得风生水起，每一脚都踏出智慧的乐趣和欢乐的光芒。

你今年十岁，四年级在读，身材微胖，是游戏高手，成绩永远占班级前三。你把你懂的一股脑都告诉我，从不隐瞒，从不遮掩。你像山泉水一样透明清澈，你像晨风一样净爽清新。在你的童言无忌中，在你的嬉笑怒骂中，在我们无数次的哈哈大笑中，我是多么的感激你：最可爱的小安，你赐予我一段最美妙的散步旅程。

**2016.07**

# 故 乡

　　母亲总回老家。老家有个风吹草动，母亲就应声而动了。母亲七十六岁的身体跟随着早班车的晃荡晃荡，从县城出发，一路晃荡，直晃荡到四十公里开外的老家灵峰村。

　　母亲一说要回老家，我的心情就跟着天气的变化而变化。晴天时，想象着母亲和老邻居一起坐在老房檐底下晒太阳聊家常。雨天，湿气漉漉，掺杂家禽粪便的路面泥泞又肮脏，山冈、农田、邻人、家禽，一切静默在雨水里，世界好像被遗忘了一样的死寂。这样的死寂还持续了那么多年，长辈们的足迹遍布这些山川河流。因为有他们的涉足，我想象中的死寂气息又沾染一些亲切的因素。

　　外婆和舅舅住在下周村，和我们住的灵峰村相距有几里路程。灵峰村放电影时，母亲就让我和四姐去邀请外婆过来看电影。我和四姐，我们那时才六七岁大小，两个小毛孩子就勇敢出发了。一片阴森禁山是我们的最大障碍，路过禁山那一地段，我和四姐手拉着手，大气不敢出，也不敢东看西看。山路越静，我们越怕。最怕的是中间一个拐弯路段，呈上坡走势。山体一面是光秃秃的沙地，后面是更加茂盛的树林。路过那，我们总会拼命地跑。不知道听谁乱说，说沙地后面的浓密树林中坐着一个老鬼，他不停朝下面撒着一拨拨的沙子，还会把小孩子抓去吃掉。我们跑得满头大汗，终于走出禁山，梯田那边舅舅的房子露出明亮一角，我们长吁一口气。奇怪的是，虽然每次我们都会那么害怕，但每次邀请外婆看电影的重担还是会落在我和四姐的头上。

我们气喘吁吁一脚迈进舅舅的石头门槛，外婆睡在左边厢房里，厢房白天也是乌黑隆咚的，人从光亮处走进房间要适应好久才看得清房间物件。外婆的声音从暗处响起来："花，你过来。"外婆枯瘦的手抓住我的手，同时我的手里多出一些东西，几颗红枣、一块冰糖或者一把瓜子，那是她给予我们的小小奖赏。外婆整日坐在床沿上，她最后可以坚守的阵地就是一张老花床，她从窗口老远就看到了我们的动静，早早备下了一把零食。老花床正上方的木板楼上，上面放置着属于外婆的另一张"床"，那是老屋。更加乌黑隆咚，它神秘诡异地蹲在暗处。小时候，我从来不敢独自待在外婆的房间，感觉一进门就有一双看不见的手掐紧了我的脖子，我变得呼吸困难寸步难行。

八岁那年，大姐带着我和四姐到县城去念书，只有寒暑假才可以待在老家，关于老家更清晰的记忆只是与亲人的一次次别离。高中时全家搬到县城居住，老房子被表哥拆除重建，而从此关于老家的一切念想都只能从模糊的记忆去搜寻了。

之后很多年，每一次与老家的远观近处，都觉得她变得更加面目全非，我有一种受伤的感觉。仿佛一条忠诚的家狗一次次试图去亲近主人，却一次次被她陌生的气息给呛退回来，为此深感困惑苦闷。在老家，细小陈旧可亲的一切痕迹都消失不见了。黄土屋子消失在泥土中，篱笆院门消失在泥土中，月季花树消失在泥土中，如同外婆和所有的前辈亲人们一起消失在泥土中一样，彻底，决绝。迎风而长的新事物是如此陌生，与我毫不相关。再过几年，我与老家打个照面，我们都会被彼此互认为陌生人。

　　我要闭上眼睛，老家的模样才会从脑海中活灵活现显映出来。我睁开眼，重新审视眼前的这个故乡，从新景物的方位上一步步对应回去，倒带，这样，我落下的每一步才算是真正回到故乡。一些大事物还没有被改动，在故乡，山冈朝向明确，河流走势分明，梯田轮廓清晰。站在灵峰村的村口，地势陡降，再朝前一步，就此踏在故乡之外。而稍稍探回身子，多好的感觉，我还被故乡牢牢地搂抱在怀中。

2016.11

# 回乡偶书

赞外公走了，九十六岁高龄，一大清早我和母亲就回了老家，赶在他老人家上山之前去祭拜。

赞外公和凤凰外婆是我们村子里最德高望重的两位老人，他们以前是我们的老邻居，就住在我们房子的后面一排。夏天的夜晚，凤凰外婆坐在她的屋前、我们的屋后乘凉。她摇着蒲扇，聊天，最清晰入耳的是她打哈欠的声响："啊哟喂嘞嘞嘞……"她独特的打哈欠声响在清朗的月华底下，回响在我童年深深浅浅的半梦半醒之中。我自小对此耳濡目染，这影响根深蒂固，我只要犯困，一开口打哈欠，发出的声响一定是和凤凰外婆如出一辙的"啊哟喂嘞嘞嘞……"，我不管我的"啊哟喂嘞嘞嘞"有多么引人注目，我就是无法终止。如果不让我把最后尾声部分的一长串"嘞嘞嘞"说完整那简直是一种折磨，那就不是我的打哈欠，也不是凤凰外婆的打哈欠了。每次，我发出这样的声响，我掩着嘴注意看周围人的反应。熟悉内情的人朝我会心一笑，她们说，凤凰外婆来了。

凤凰外婆是不会来了。她去年走的。一年之后的今天，赞外公随她而去。赞外公的老屋已经摆放在大路上，接受着亲朋旧友的最后祭拜。屋子里，凤凰外婆的十六寸遗照摆放在香火桌上，她正笑吟吟注视着人群的远远近近，聆听着鞭炮声响的起起落落，她正走在回家的路上，迎接赞外公的最终回归。

我又一次在凤凰外婆的照片前面怔住。去年送她最后一程时，也在她的照片面前怔住良久。画面中是我见过的最慈祥、最和善典雅的一位中国乡村老奶奶，蓝色毛线帽子包住她的满月面容，蓝色布衣衫和蓝色毛线帽呼应烘托着，凤凰外婆有一种说不出的庄严和美。她一生经历过的风雨苦痛都化作了和风细雨，化作她眉梢似有还无的柔情，化作她唇角似有还无的笑意，化作她满脸铺天盖地的细密皱纹，无遮无留对世人敞开与接纳。

不远处，母亲被人群包围，她一点儿也没察觉我的远离。母亲和这个说话和那个寒暄，和这个点头和那个招手。一个年轻人在母亲面前停下来。"你是……"母亲迟疑了半秒。"我是……"母亲恍然，几分钟的热切交流马上展开。我只是个陪衬的，我只需要在一边点头微笑，我是母亲身边的一只花花猫。

我这只花花猫只是随便对那几个女孩子眨了眨眼睛，她们就黏过来了。我知道她们是我亲戚，这是肯定的，但我真不知道我与她们的辈份。我觉得她们可以叫我姐姐，可经过核实，我居然是她们的姑婆。这一声姑婆的尊称几乎让我腿软了半截。我很快直起腰板，接下来，我这个姑婆带着这几个小不点儿开始了一段欢乐旅程。

离送赞外公上山的时辰还早，大人们都在寒暄，我们打算去不远处的小学校探险。我们老家门前的一大块水田已经易容成为一所中心小学了，在老家，视线所及的范围都盖满了高高低低的楼房。以前一推开院门，满目绿水映青山，说不出的田园风情，现在，屋顶遮蔽了目光。屋顶之上，中心小学广场上的国旗一角高高飘起，提醒着我们最远处正绵延着灵山的一段秀美曲线。

因为是星期六，教室门紧锁，我们从窗户里一间一间教室慢慢看过去，最里面的一个房间是一个小型幼儿园。孩子们跟屁虫一样，跟在身边，他们叽叽喳喳说，"我们会来帮幼儿园打扫教室。""那你们最喜欢哪个老师？""哪个都不喜欢。""为什么？""因为老师会打人会骂人，因为我们没完成作业，老师打人非常痛，有一次把一根水管都打断了，我们的手也被打出血来。""下次你们对老师说，老师不能体罚孩子，你们要学会自我保护。""什么是自我保护？""就是保护好自己啊，不让自己的身体受到伤害，对一切来自别人的恶意打骂你们都要勇敢拒绝。"孩子们吐吐舌头说："我们不敢说。"

这些孩子多半是祖辈在家里看护他们，父母亲在外面凭力气挣钱，村子里留守孩童和留守老人占了一大半。学校里的年轻老师，孩子们是有多想靠近他们，因为他们身上有着与父亲、母亲接近的味道吧，所以此刻，他们简直是带着一点点小贪婪的神情与我寸步不离的。

参观了一圈教室，孩子们兴高采烈提议，我们去参观学校的厕所吧，每个人的表情跃跃欲试。她们指着学校角落的一幢新建筑说，那儿是我们刚刚建好的新厕所呢，非常好呢。我有一点点尴尬，更多的还是好奇。在孩子们的簇拥下，一大伙人涌向厕所。水箱里传来哗哗声音，每隔几分钟，水箱里的水自动冲下来，冲走污垢，厕所干干净净的，没有异味，地上和墙壁上都贴上了淡黄色瓷砖。女孩子们嘻嘻哈哈轮流上厕所，最后一个女孩子走出来，她拿起摆放在一边的拖把，小心地把脚印一一抹去。门外，一个更小的男孩子靠在门边，笑嘻嘻恭迎我们。"哇，你在偷看我们吗？""不是，不是，他肯定没有偷看，他站在这里，看不到我们的。"另一个女孩子替他作解释。

厕所的一面背山，山上站立着村子里最古老的一株枫树，传说有蛇精住在枯空的树洞底下。现在老枫树挨着热热闹闹的学校，蛇精是喜欢静修的，应该早就逃走了吧。喇叭响了，锣鼓敲起来了，送赞外公上山的调调开始了。小孩子耳尖,报告动静,一伙人一窝蜂又冲回来。人群中找到母亲,我牵牢母亲。可我两只手不够用了,衣角都被孩子们牵满。我大声说:"不要牵着我啊,你们自己好好走。"鞭炮一路狂响,孩子们都不松手,我简直是踉踉跄跄被孩子们拖拽着前行一路。

揖别两位老人家的合墓,母亲站在大路上,朝舅舅家的方向发呆。我还是想去舅舅家看看他。好吧,去吧,反正热闹得很,五六个孩子跟前跟后。一起去一起去。他们兴奋地叫叫嚷嚷。她们把蒲公英的种子扯下来一路上吹着,一柄柄小伞借着风力朝我飞拥过来。半路遇见一个水果小贩,我说一句,买点水果。她们眼睛都发亮了。"可以买桂圆吗?""可以。"她们往塑料袋里抓着桂圆,往嘴里塞一个,看一眼小贩,看一眼我,又塞一个,笑得欢天喜地。小家伙的脸叫寒风吹得干干硬硬,结了一层小痂。我掏出护手霜,往每个人手心里挤一些,教她们往脸上和手背上乱抹。一个小姑娘怯生生问:"刚才涂的那个有毒的吗?""啊呀呀,你中毒啦!"我吓她。她满脸通红,窘在阳光下,汗水从鼻翼处细密地渗出来。

吃饭时,我有点窘了,五个小孩子围住我,每一个都可怜巴巴要求跟我同桌。母亲拉了两位大人坐下来,凑齐一桌。母亲说,我都不好意思了,全是小孩子呀。席间,我打了一个电话,我对飞说,你两点钟赶到,我们两点钟回去。

这个电话有点影响了其中一个小姑娘的胃口。"你两点钟就回去呀?"她向我确认。"是的。""你为什么不吃了晚饭再走呢?""不可以哦,天黑了路上不安全哦。"她有点郁郁寡欢,挑着几片年糕,啃着一个苹果,一直若有所思地看着我。

饭毕,礼成,坐在表哥门前晒太阳,等飞儿的车。三个女孩子坐在对面的长板凳上,其中一个负责看手表,数着时间。两点差二十分。她报告。过了一会儿,她又看看手表,两点差十分。她宣告。最后,她简直要惊叫起来，两点差两分，两点了。她们带着一种恐慌的表情看着我，等待着可怕的事情发生。

两点，飞儿时间掐得很准，车子稳稳停在我们面前。飞儿有点小得意："时间准吧？""准！"我说出最后一个字。我不敢朝那个方向看女孩子们一眼。我直接上车。我没有摇下车窗和她们说再见。孩子们就在不远处，蔫不拉几的，趴在桌子上，眼睛朝向车子的方向。我没有摇下车窗。就像她们经历过的那些鞭打的痛一样，她们经历过突临的甜也会很快被她们遗忘的，当她们睡醒之后。我希望。

我说，那个地方是我的老家，我的故乡。我不害怕我的远离，我更不害怕我的靠近，因为时间从来不会让我们疏离。

2016.12

# 轻轻地喊你的小名

　　社坞头，我说出这个地名，我们家里十个有八个是要傻眼的，我再提示说这是我们老家的某个地方，她们肯定只用大眼瞪小眼回应我。我急得忍不住要咳嗽几声了，社坞头啊，我们打小就从那儿经过，去外婆家去舅舅家啊，来来回回我们经过了多少趟啊，最重要的是，那座山是唯一属于我们家的且具有林权证的一座山，占地八亩，二姐是林权证主人。

　　如此解释大家终于恍然，哦哦，是那座山啊。当年二姐因为年龄的原因保留了农业粮，也因此她分到八亩山林。我们只晓得那座小山是我们家的山，这里出产的一草一木一花一叶都是属于二姐的属于我们家的，但我们却一个也叫不出这座山的名字。

　　我其实是五十步笑百步。因为二姐的林权证丢失，去林业局核实时，在小地名那一栏，我才发现了许多陌生的小地名：社坞头、大满、黄圩山、平岗凸、琊山、荷岭圩、龙头凸、上牛形、下牛形、大坪、葛山凸……我念着这些好听的闪闪发光的地名，却一个也对不上号。属于它们大致的轮廓走向闪现在我的脑海，它们沉默地构成属于家乡的千沟万壑，而此时我的唇齿间才第一次涌出它们确切的小地名。

　　老家所在地属于灵峰村新茗组，归属新茗组的小地名有"茗洋关、上棚圩、礁金湾、屋背、落山蓬、上篷圩（上棚圩）、麻地湾、山后坳、油榨背、狗形、天罗湾、小湾、横圩、山后坳（山喉坳）、谢家共十五个小地名。要用茗洋腔念出这些地名，记忆才可能在乡音中一一复苏，当年，我的小脚板曾经丈量过这里每一寸山体的起伏绵延，当年，我的稚嫩身影曾经在山岭之间穿行而过。

"油榨背"自这些地名中脱颖而出，乡音与记忆在这三个字上达到最佳吻合点，油榨作坊的背后那一整片山就叫油榨背。油榨作坊坐落在村子外围的溪水边，除了榨油时那儿会热闹非凡，其他时间油榨作坊像一个黑黝黝的怪物日夜蹲伏，小时候我们不管何时走过，内心都会无端恐惧。不敢仔细看破旧的门窗，总觉得里面要么有只眼睛在窥视，要么会有只手试图把我们拉扯进去，几个小伙伴结伴通过，我一定不敢走在最后。油榨坊的背后，一溪之隔的对面山头，那儿就是油榨背。

乡下孩子都要去砍柴火的，柴火是唯一的燃料来源，柴火变身以炊烟的模样从烟囱中袅袅钻出，柴火产生的温暖喂饱了每一间灶头和每一个胃。六岁时我第一次和姐姐去砍柴，去的地方就是油榨背。我是跟着去玩的，我没有柴刀，因为我几乎拿不动柴刀，但这丝毫不能阻止我的砍柴热情，我力所能及地把眼前的植物一根根折断，掰下来。别人是把柴火一捆捆背回家去的，我手里握着一大束柴火，像抱着一大束娇艳花朵，乐滋滋回到家。

我打小就和三姐特别亲，三姐带着四姐和我一起去油榨背砍柴，我六岁左右，四姐九岁，三姐十六岁，我们时常一起扮鬼吓四姐。四姐可怜兮兮被夹在中间，左边三姐张牙舞爪地扑将过来，右边我一张变形扭曲的鬼脸迎上去，她夹在中间吓得嗷嗷大叫，要是一边再来个坟堆助兴，她更要吓得鬼哭狼嚎屁滚尿流了。这样的游戏我们时常进行，四姐总是那个倒霉孩子，次次要被吓哭。

　　有时我们和村里的其他孩子一起去砍柴，走到油榨背地段，眼疾手快的家伙伸出手，这儿那儿一比画："我定了"。这个动作表示手指所画之处，这一小片柴火都只归他所有，除他以外，别人不能任意砍伐。没有及时"定"山的人只能走向更偏远的地段。有一次，大姐、二姐和三姐一起去砍柴，大姐也圈定了一块地盘，三姐才不理会她这一套，就在大姐圈定好的地盘大刀阔斧砍起来。大姐眼睁睁看着柴火纷纷卷倒在三姐的柴刀下，她在一边生气发火叫嚷统统不管用。她没办法了，她把刀往地下一扔，她坐在地下一直盯着三姐，一直盯到二姐和三姐都砍好两捆柴，她俩背着柴火回家去了，她还是一个人坐着，坐在油榨背的山上，好像她变成了一株生长在油榨背的植物。夜晚就要拉拢黑色的帷幕了，这时的大姐肯定很害怕吧，老爸找上油榨背，墨色山体烘托出大姐一张被吓得煞白却仍旧任性的脸，老爸把她领回了家。

　　姐姐们去县城读书，打柴火的重任落在四姐和我身上。四姐应该是记恨的，恨我以前和三姐扮鬼吓她一个人，我和四姐一起上山去打柴火，现世报轮到我头上。我一般在吃晚饭时告状："四姐今天在山上，又用刀背砸我的背。"我抿下一口饭，不看四姐，一字一句说得清清楚楚。四姐放下碗，乖乖站到大门边去，她肯定知道，接下来老妈会罚她没有晚饭吃。我们都知道再接下来会是什么。明天，我还要是和四姐一起结伴去砍柴，也许她高兴会忘记了砸我，也许我高兴了会忘记了告状，我们就那样懵懵懂懂地渡过了孩提时光。

　　除非有伴，不然我和四姐不敢去油榨背那么远的地方砍柴，以成人的眼光观察油榨背，它距离村子不过两里远，因为它地处在一个背弯处，处于浓密植物的深深怀抱，从而让小时候的我们觉得它遥远神秘。我和四姐一般就在"屋背"砍柴，屋背显而易见就在屋子背后，它是紧挨村子的一座小山。村子里的鸡鸣狗叫就在眼前，最大的一点好处是小山就在路边，水渠上面就是"屋背"山。我和四姐弯一下腰砍一下柴再抬头看一看路，要是路上出现了一个人，别管他是挑粪的还是走亲戚的，我们轮流着和他们打招呼，叔叔伯伯阿姨奶奶的一串乱叫，这样的交流让我们感受到莫大安慰。从山包走下来，要经过一处小而深的腹地，那儿杵着一个坟堆，几株茶树围簇。我们挑着对我们而言是蛮沉重的两捆柴，缓缓绕过小路，屏住呼吸穿过腹地，小心脏跳得扑腾扑腾地。去年回老家，我壮着胆子在屋背的腹地前停下脚步，仿佛风也止步于此，茶枝静默，坟冢无语，对视片刻，毛发直竖，我快步逃离。

上山打柴时，我特别羡慕那些在水边放牛的家伙，多悠闲自在啊，把牛儿缰绳系好，人就可以去溪水里摸鱼虾啦，游个泳啊打个盹啊都不在话下。我们家没有地，所以我们家不需要养牛，所以我们只有羡慕别人放牛的份儿。在老家，我们唯一可口诵嘴念的小地名就只有社坞头。九二年，我们家在县城买了房子，那是我们待在老家的最后一年。

这一年，社坞头的山茶喜获丰产，飞飞上我们家来帮忙一起采摘茶籽。刺蓬会刮破飞飞穿去的整齐衣裳，他于是换上了父亲穿过的旧军装，一把柴刀别在腰上，飞飞变身成为一个朴实的乡村小伙子。我也是一身旧衣裳，围裙一扎，一个标准的小村姑模样。在社坞头，在那株最大的山茶树下，飞飞站在树杈上采摘高处的油茶果，我在树下捡拾，飞飞挑着满满一担油茶走在前头，我在后面紧紧跟随，心生一股夫妻双双把家还的小甜蜜。

这一幕幕场景都深深印刻在故乡的山水之间，我们自小与它们相依相偎，自孩童成长为少年，至青年，至壮年，至暮年，至灰飞烟灭……与山水共渡的时光恒久印刻在草木间、泥土里和每一位远行人的心上。社坞头是属于故乡的其中一位沉默不语又修为高深的老者吧，个头瘦小的清癯模样，和别的山峰一起，分别以大满、黄圩山、平岗凸、琊山、屋背等一一命名，他们携手并肩，蛰伏山林，摹画出了故乡的四季风光，织就出了岁月的轮回场面。

再靠近故乡，我要轻轻喊出每一座山峰的小名。雨丝飘落，是他们湿润的目光，黄叶摇晃，是他们震颤的回应。再多的表现也不能有了，再走一趟山上的小路吧，好比是又一次细细的抚摸，再吃几个野果，是他们所能倾囊捧出的一种特殊礼遇。坟堆也没有什么好怕的，向群山学习，无言深情地接纳一切。再回到故乡，我要轻轻地喊出每一座山峰的小名，好比是在异乡途中，忽然有一个乡音喊出了你的小名，回头刹那，你忍不住泪流满面。

2018.08

—— 寄　情 ——

# 在有限的时光里

一

我的第一个正式工作单位是自来水厂，在泵房工作。泵房位于厂区最后面，一大排平房隔出两个空间，一大半空间作为水泵房，里面摆放了四台抽水机，日夜轰响，地面和建筑一起跟着微微震颤。另一小半空间是工作地点，地面铺满橡胶皮垫，与一侧几万伏的电源箱起到隔绝作用。监测水压的仪器附带了台面，成为大家共用的唯一一张办公桌。我们的工作就是巡视察看，监视蓄水池、水泵和电机的运行状态，确保泵房二十四小时正常供水。工作性质是三班倒，一周以内，大家平均排到两个白班、两个中班和两个夜班。

上白班的人比较多，班长上的是正常班，一两个孕妇因为特殊情况也安排上正常班，加上上三班倒的两位同事，四五个人挤在不足两平方米的小空间，说说笑笑，打打闹闹，白班时间很快就过去了。四点半左右，班长和孕妇都下班了，我对泵房以及水厂的美好记忆多半来自这之后的时间。

空落的厂区只有过滤室和泵房仍有人值班，因为相隔较远，两边的人很少走动。五点钟，泵房里，我的晚餐已经喷香出炉。钢精锅里是煮好的面条，配上一股脑倒下的所有调料，还有刚刚从泵房一边的菜地采摘来的新鲜青菜，一锅面条花花绿绿，色香味俱全。五点半，沿着泵房周围的马路，我开始散步。水厂地势较高，厂区后面的低洼处是大片的农田和菜地，远处坐落着零星民宅，感觉泵房像一个孤岛，浮起在暮色里。路边绿树成荫，杂草旺盛，这时要小心蛇的突然袭击，我们闯进了它们的地盘，惊扰了它们的清静，它们不慌不忙地移过路面，慢慢滑向草丛深处。泵房里也经常会看见它们，懒洋洋的身躯盘卧在潮湿冰凉的水泥地面上，我们从不惊慌，只用扫帚轻轻拂走它们。

　　每个星期，总有一天我会拿着扫帚走出门去，泵房后面的马路除我之外几乎无人踏足，暴雨过后，残叶满地。我一路清扫过去，内心沉静，步子安稳，洁净的路面在身后渐渐清晰，如同疲倦妇人拂开乱发之后显现的一抹光洁额角。勤快的同事正在山坡上开垦菜地，有一句没一句地搭着话，他收工回家了，路面上留下了一串渐行渐淡的脚印泥泞。

　　那时我正怀着成宝，六个月之后的孕妇才可以享受正常班的待遇，值夜班时，飞儿就来陪着我。一张单人床被安置在逼仄的橡胶皮垫上，床边紧挨着几万伏高压的配电箱，当时居然都不知道潜在危险，也从来不会担心害怕。风雨交加的夜晚，因为胡思乱想着鬼魅而彻夜难眠的恐惧已经被身边簇拥的温暖替代，飞儿挨着配电箱的那一侧睡下，搂抱着我还有肚子里的成宝，一切都是那样安稳妥当。半夜十二点，因为供水量减少需要更换一台水泵，飞儿起身，门被打开，泵房的噪音声响巨大，声音又小了下去，门被关拢。飞儿正在娴熟更换水泵，我迷迷糊糊地醒来又迷迷糊糊地稳妥睡去。

# 二

五六年之后，我被借用到一个政府部门去做打字员。每天早上七点钟，我是一定要踩着自行车出门的，赶在单位里四位领导上班之前，把他们的办公室打扫干净。那儿还有一个大会议室，如果头天开了会，维护会议室的整洁也是我的工作范围。会议室很大，随便几个烟头，几双足迹，一口唾沫的痕迹都会让我累得满头大汗。八点钟，同事们陆续上班了，他们的身影从走廊那边慢悠悠晃过来。冬天，同事说远远看我浑身上下都冒着热气，真是一个朝气蓬勃的人。我站在打字室的窗户边微微喘息，背上汗渍清晰，我一口气喝下两杯冷水，这一个小时的热身让我脸色红润浑身舒畅，看起来我当然是热气腾腾的模样。做这些杂务从来都没有让我苦恼过，除了刚开始工作产生了一点点自卑情绪，但我很快就适应了，并自动屏蔽隔离种种不适感。

每天的七点十分，我早早到达大楼，从走廊望去，远远看见我的打字室，微风掀动着蓝色窗帘，我步履轻快，心情愉悦。一个小时的忙碌过后，我给自己泡上一杯清茶，音乐流淌，我满心喜欢。最好的是这房间里只有我一个人，房间的另一边堆叠杂物，这一边就是我的天地了。我在房间的墙壁上张贴了好几张满意的照片，办公桌摆放了一些绿色植物，还有一些我喜欢的书和杂志，案板下压着我喜欢的诗句。我在电脑桌前坐了下来，开心敲下今天的第一个字。运气好，我可以有一整天的时间随心所欲地敲字。房间里配备了空调，冬暖夏凉，我在心里暗暗感激可以有这样好的环境和待遇，和泵房的嘈杂和高压电还有毒蛇相比，这里简直是天堂了。敲字之余，天色不知不觉暗下来，推门出去，走廊里早已空无一人。一个人慢慢踩车回家，一个家的温馨就在不远处等候，那时过着的每一天都充满了希望和力量。

　　当时的服饰打扮都被自己忽视，也忽视了别人的衣着打扮，因为根本没有条件去考虑，所以一切都自动断离舍。有些同事家庭条件很好，她们衣着光鲜地出现在我的面前，可我笨拙到甚至连一句赞叹的话也不会说，因为我真的认不出那些衣物的高级精致。她们悻悻然离去，与我保持着距离。她们向我解说一份打印修改稿，我低低坐着，她们微微伏身，暗暗保持脑袋的高昂，眼神自上而下地俯视。我盯着屏幕，聆听点头，很少与她们有眼神交流。

　　让我难过的只有一件事，可能当事人毫无察觉，今天这样回放，泪水还是不争气地涌了出来。当时不知道从哪里得到一盘檀香，喜滋滋地立刻在打字房间点燃，香味袅袅娜娜游走，游走出门缝，游走到走廊上，心里还很为自己的创举得意扬扬。深深嗅着香味，感觉这是多么好闻的一种香味啊。领导推门进来，吸了吸鼻子：什么味道，厕所里点了熏香吗。我张口结舌地看着他，窗帘边，檀香的一线游丝正若有若无扶摇而上。领导看见了这缕香，没有说话，带上房门，我一个人傻乎乎地哭了很久。

　　之后换了单位，很长时间都没有再靠近那间打字室。有一次经过，当年的同事为我打开房门，那儿已成为一间仓库，蛛丝和纸张缠绕堆积，废墟一样。环顾四周，我忽然眼眶湿润，就在这废墟里头，我可是收获了好几年的奔波与幸福。几年后再一次路过，那儿已安装上了铁门，不知道里面要镇守什么宝贝。

三

　　工作最终调动到现在的这个事业单位，最初几年却是我感觉最辛苦的时光。办事大厅一边设置了一个大铁笼，挂牌"登记簿股"，只有股长和我两个人，全县的房产信息就在这儿被我们悉数录入电脑，那是多大的信息量和工作量啊。从早上八点钟进入那个笼子开始，除了上厕所，我几乎不曾休息过，埋在堆积如山的资料里，我的精气神就那样被消耗了磨损了。有同事站在铁栅栏外看着我，他说，不管远看近看，都感觉是一幅残忍的画面，一个美人终日低头做事，敲不完的字，输不完的资料，一个美人就这样沦为机器人。

　　别人都不像我这么傻，他们推三托四，反正工作是做不完的，也不在乎多拖一天两天，再说他们的工作量也根本比不了我这个股室的烦琐。他们聊天、玩电脑、打麻将、赴饭局，忙里偷闲，不亦乐乎。我是一只终日啄食的母鸡，我啄得筋疲力尽老眼晕花。股长把那些资料摆放在我面前，那些资料是一根根逐渐叠加的稻草，我是一匹可怜的瘦骆驼，距离被压垮为时不远。三年后，我终于调离了那个岗位，我终于从那个铁笼子成功突围，代价是割掉了身上的六斤肉。同事随手拍下当时的我，照片中，长卷发的我从资料堆中坐直身体，令人印象深刻的是我的眼神。从那个空洞凹陷的眼眶中散发出来的眼神，忧郁苦闷，虚无缥缈，简直是落难人间的天使啊。

　　我离开登记簿股，那儿随后增加了四位同事，他们整天把忙和累字挂在嘴上，我只是听听，看看，笑笑，继续我手头上不多不少的工作。调到了初始登记股之后，我只与开发商打交道，录入简单的信息资料，清闲自在。幸福时光，由此开始。我是从登记簿股那个荒蛮之地进化而来的，之前的高强度跋涉和艰辛都还流淌在我的血液里，我眼明手快一气呵成处理完所有资料，这样的工作量实在是小菜一碟。老余股长看在眼里喜上眉梢，以后他常对我说的一句话就是，你慢点做啊。我轻松搞定手头工作，坐在位置上看书发呆。这时，我发现一边有一位姑娘，和我的神态类似，也在看书发呆。她就是我的杨妹妹，我们相视一笑，为终于发现了彼此而欢欣鼓舞，骨子里我们是习性如此相近的两姐妹。

上班中途，我们俩会偷偷到附近的小公园溜达一圈，看看光影，闻闻花香，再若无其事地走回单位，那种感觉很像是逃课的孩子，平白收获了一些额外经历而暗自开怀。溜达时也是我们最开诚布公的时间段。杨妹妹的父亲在那段时间突然辞世，走在路上，她述说着缅怀着，说着说着就忽然就说不下去了，声音变成啜泣。小竹林边，飒飒风起，啜泣是来自风的另一种呜咽。

继老余和老杨之后，章走近，小玉走近，最后跟着小雯子，加上我，六个人的小团队是很可以在单位形成气候的。六人亲如同兄弟姐妹，朝夕相处，喜忧共享。两年之后，我的岗位换到了办公室，跟在领导身边，察言观色了两三年，之后调到如今的工会。从此，江湖上的一切凶险都离我远去了，我隔岸观火，风轻云淡。

## 四

最初的一段时间，有点难以适应这样终日无所事事的感觉，就算你一天两天缺席没来，也不会有人关注到你，就算关注到了，也只有极个别的人具备了评说你的资格。日子一下子变得天高云淡，世界无限开阔起来，也仿佛无限缩小了，我从一个工蜂的位置进化到如今的德高望重或者也是可有可无，这样的改变不知道可喜还是可悲。

我仿佛提前进入了退休期，每天睡到自然醒，窗外日光明亮，鸟鸣清脆，掩映了之前八点的人仰马翻——多少人赶班赶学一路狂奔，一波热闹消停下去，新一波热闹又涨上来。人们来去匆匆，总有事情可做，总有方向可去。我就僵在这个点上了，僵在家的位置上了。振翅，随便哪里都可以去，翅膀还硬着呢，偏偏哪里都不想去。在屋子里泡一杯上好红茶，一口一口啜饮，滋润身心，却身心寂寥。

因为工作关系，偶尔要与那些退休的人见面，忽然就觉得对方面目呆滞神态痴蠢，整个人从语言到眼神与在岗时判若两人，从前那一件有趣蝉衣被迅速剥落，蜕变成如今的一截僵死长虫。关注了他们的微信，一个人或者一群人在大街小巷大小公园里没日没夜狂奔暴走，更像是丢了三魂六魄的人在人间跌跌撞撞疯疯成魔。一段时间之后，一个人忽然不走了，走不动了，再见时的场面更加恐慌。头发转眼全白了，要拄着拐杖才能前行，又添了中风加面瘫，涎水横流，一具曾经饱满鲜活的身体终于叫岁月啄食得百孔千疮面目全非。

那会是不远处的另一个我吗，我心生感叹，一个人需要长久消磨的终究只是一个人的时光啊。时光走到此时，这样的一声叹喟越加真切厚重，一个人需要长久消磨的只是一个人的时光。在一个人的时空里，胸有丘壑，淡定自若，不急不躁，闲庭信步，行到水穷，坐看云起，这才是一个获得大自在的人。

可以消磨时光的好东西还是很多，音乐，文字，家长里短，春秋四时，一切有益身心的元素皆是滋养，滋养出屋子里这一颗越加通透的心。从此时起，我将从容安排每一天，阅读，书写，漫步，远行，和另一个自己相亲相爱。

时光走过泵房，走过打字室，走过铁栅栏，走过办公室，走到空无一人的此处。此时，看着镜子里的那个人，她的短发，她的笑颜，她微陷的眼眶，都令我心生欢喜……我伏在岁月冷静的镜面上，与不同时期的一个个自己相顾相拥相怜相爱，如坠万花筒，缤纷旋转，定格出此刻场景：日子喧嚣，内心繁花。

2017.5

# 干杯，爸爸

我们到达洛阳，报了少林寺、龙门石窟一日游，大清早我们坐在大巴车上，却不能马上出发。从洛阳各处发出中巴，中巴陆续把游客集中到大巴这儿，等所有名单上的游客都到齐了大巴才可以发车。可在我们大巴名单上的最后一辆中巴车迟迟不见踪影，大家都在张望，恼怨似气球如水花，一波波鼓胀，一阵阵冲涌，我努力不受这恼怒情绪影响。

最后的那辆中巴终于出现了，最后走下车的是一对父子，两个人微微晚了几秒钟才从中巴车里一前一后钻出来。父亲高高壮壮的，儿子更比父亲高出半个头，两个人都背着一个款式相同的双肩包。儿子开始走在前面，快走到大巴车时停下了脚步，他仿佛知道车里的人都在看着他、他们，他眼神却不和车里任何人交流。他静静等在车门前，父亲走近了，父亲站在了他身后，他才跨上车，于是我们看见了儿子黝黑的脸上印刻着极清秀好看的眉眼。儿子坐在位置上，父亲放置着行李，儿子一直盯着父亲的动作。父亲远远呼应着儿子的眼神，朝他挥挥手，这动作护罩一样落过去，呈现一种习惯已久的保护姿势。

事情跟着来了。导游说过的一段话是不算数的，相同的话爸爸势必会重复说一遍。其他任何人说过的话都是不算数的，儿子只听从爸爸嘴巴里说出的每一句真言。外界的任何光影声色经由父亲过滤，一一投射儿子的身心。车厢里回响起特殊的倒带和重播，父亲努力地细语轻声地转述内容。儿子认可点头，轻声回应。进入少林寺，导游说："不要踩门槛哦，有讲究的。"儿子站着那儿一动不动，直盯着爸爸。爸爸对他重复一遍："你不要踩门槛，有讲究的。"导游说："这是一棵有着1500多年的银杏树……"听到这里，儿子吃惊地张大嘴巴："1500多年啊，1、2、3……"他开始数起数来，看样子他打算就要耐耐心心一直数到一千五百下才会停止下来。父亲把手指竖在唇边："嘘，你只要说出一千五百这个数字就可以了，不用数那么多下的。"儿子得意自己的突发表现，坚持数数。父亲在他耳边轻声阻止，说了好几遍之后，儿子终止了这个行为，两个人一起慢慢朝前去。

参观龙门石窟时，石窟安装了雾化设置，雨幕一样，一排喷气过去，雾气帘幕一样垂落下来。儿子显然被这个雾化设备迷住了，儿子站在雾帘底下，很享受的表情。雾气一股股冒出来，儿子置身阵阵迷雾，陶醉惊喜。我们登上台阶，去参观高处的佛像。低处，父亲陪着儿子一起，一起站在雾帘底下，他们一起来回穿梭在阵阵雾气里，雾气让四周的一切都模糊了、远离了、静谧了、安全了，他们全身心地享受这个突然涌现出来的独特意境。我捕捉到来自低处的、父子俩因为极其愉悦而发出的笑声，父子俩手拉着手儿，雾气腾腾中，他们变得生机喜悦。

游客中有一名来自马来西亚的女孩子，清清瘦瘦的模样，她和我一样，眼光也被这对父子吸引。我们交流眼神，流露出对这对父子共同的同情和喜爱。一路上，女孩子的目光始终跟着这对父子，远远的关注，无声地体恤，但她始终克制着自己，不至于表现唐突。在休息地点，女孩子从冷饮销售处买来很多支冰淇淋，她把它们一一分发给同车的游客，当走到这对父子面前时，冰淇淋也很自然地被分发给了他们。

父子俩并不习惯接受来自他人的礼物，他们对视，用眼神交流，决定接受来自眼前的冰淇淋。两个人走到树荫底下，他们身子挨着身子，头挨着头，手上的冰淇淋也要挨在一起了，他们专心开始品尝。

我努力地不朝他们那个方向看，我眼角的余光感觉得到所有的动静：吮吸、舔舐、品咂、啜饮……冰淇淋和雾帘是一样的，迅速地让这对父子隔离了，让他们成为了世间最快乐的一对父子。父子俩顽皮地用冰淇淋碰碰杯："爸爸，干杯！"儿子黝黑的脸上闪现光芒。"干杯！"父亲的眼睛也有光芒。他们的光芒只为彼此闪耀。我一边微笑一边品尝，手中的冰淇淋仿若美酒一杯。我扭过头，和身边坐着的乖巧的马来西亚姑娘，悄悄地愉悦地也用冰淇淋比划了一个碰杯的祝贺小动作。

大家重新坐在大巴车上，大家都在安静等待着，很多人朝窗外看。父子俩还坐在树阴下，儿子拉住了起身的父亲，父亲只好又坐了下去。还需要再给他们几分钟时间，等待他们两个人的世界默契吻合，再与其他人的世界吻合。只需要再多给他一点点时间，他们就会高高兴兴地上车，踏上一段崭新的旅程。

我一直盯着他们看。看起来，坐着的儿子更像长辈了，背宽体健，枝繁叶茂。父亲侧在一边的身影萎缩，是一株老树的形象，竭尽全力，渐至佝偻。还需要一路跟随相伴多久呢，还可以一路追随呵护多久呢，还可以一路牵引指导多久呢。父子俩高高举着冰淇淋棍子，最后做了一个碰杯的动作。他们俩高举着冰淇淋棍子，以胜利的姿势，以征服的姿势，以前进的姿势，向着大巴车奔赴过来……

2017.07

## 聚拢在一个寻常早晨

他早早来了。相比于之前一个温暖冬天，这一两天的冷显得突兀，让人难以适从。他还是早早来了。这个聋哑的缝补匠，一米四左右的个头，年逾五十，租住菜场附近，独居至今，两年前他开始在旭日农贸市场摆设了一个修补摊位。

一件风雪衣的帽子将他捂得严严实实，他单裤里面还套着秋裤，显得裤管鼓鼓囊囊的，一双毛线鞋露出脚跟，灰色棉袜露出来，好比是严严实实的被窝底下漏空了，漏出一个窟窿，风于是结结实实倒灌进去，吹僵了他的四肢百骸五脏六腑。但他的手却一点儿也不抖，年深月久的裸露操作让他的手老茧叠生，肤色酱黑，指弯处灌注了污垢，泥浆一样加注层层金刚护罩。

他手头正缝补一个电脑包，电脑包的带子松了，他正用尼龙线加固。他缝纫好了一边，想要再继续加固另一边的带子。电脑包的女主人正焦急等待，时不时向马路上她停放的车辆张望，她担心着收费员要收取停车费用，她时刻留心。他专注眼前的提包加固，外界的风声雨声不曾入耳。他补好一边的带子，女主人一把就抢过了电脑包。他抬头，一把抢回去，着急比画：另一边啊另一边加固……女主人扔给他皱巴巴的五块钱，急匆匆走远。他用力摇摇头，沉浸在一种不满和懊恼的情绪中。不让一个职业修补匠完成他的既定程序，这真是令人万分恼火和沮丧的事情啊。他非常不解气，用锤子重重砸了几下地面，发泄怨气。他用力地甩了甩头，接过一个男人递过来的一双女靴，开始另一单生意。

小摊位的一边放置了一条破旧的沙发凳，还有一条小孩子坐的塑料凳，供人们歇息坐等。他坐在缝纫机前面，并没有比缝纫机高出多少。他的小身板蜷曲在缝纫机面前，摸索，靠近，若远若近，他微微蜷曲的身躯和缝纫机合为一体，陈旧顽强。

一个中风的人从不远处慢慢走了过来。他的右半身受损严重，他的行动完全依仗左半边身体的得力执行。他左手挂着一根拐杖，一瘸一拐地，慢悠悠走进了视线。他再心急火燎的，也只能保持这样慢悠悠前进的频率，向着目标，以漫不经心的姿势靠近。一辆摩托车停靠在边上，几乎要挨着缝补摊的旧沙发，这个中风男人远远目测距离，慢悠悠走近，正好穿过车子与凳子之间的间隙，他缓慢地将拐杖斜放一边，他的身子精准地落座在旧沙发凳上。

他坐了下来，侧过脸看着聋哑人，阳光照耀出这个中风男人的一张清俊面容。有着如此清俊姿容的人一般都会有着微微尖刻的个性，所以，几年前的某个时刻，年深月久尖酸刻薄的累积终于令他失控而至中风，这几乎是在所难免的情节。中风之后，他的锋利得到缓解。他对自己妥协了，也顺带对这个世界妥协。换作是他健全的从前，他断断不肯将自己安置在这条破旧的沙发上，与一个缝纫小贩朝夕相处。中风男人侧过脸，正好与我打了个照面。眉宇之间，他往昔岁月的尖刻都收拢了锋芒，他微笑地注视着我。

小贩取出我的鞋子，对着破损的鞋跟一阵咿咿哇哇，将他的小指头比一比，又伸出大拇指再比一比。中风男人好脾气解释："他说你以前的鞋跟上得不好，他会给你补得很好。"他和这个聋哑小贩相处了很久了吧，此时，他允许自己沦落至此，充当了小贩的义务翻译。中风男人要的只是消磨时间，小贩只需照管好自己的生意，中风男人的加入无形中增强了交流筹码，生意明显好转。可聋哑人的表情和语音都太夸张了。他好心情地想与我多加交流，他咋咋呼呼的表达只会让路人以为我们在争吵。我坐在一边，只用微笑应对他。

聋哑人把我脏兮兮的鞋子抱在怀里，虽然隔了一层袍子，我还是微微感动于他的不嫌不弃。他用钳子一样的手凭空拔下了鞋跟的残皮，他仔细修剪出一块上好的熟胶粘贴在鞋后跟，粗糙的手指像绣花一样熟练地做着这些活计。然后，他炫耀一般，让我看粘贴好的鞋后跟。透过熟胶皮，隐约看到里面有三个小孔，那是即将要钉入钢钉的小孔。他指指鞋，对我夸夸大拇指，又指着三个小孔，对他自己夸夸大拇指。中风的男人微笑着继续解说："他是说你的鞋子质量好，他的手艺也很好。"我对他们俩都竖了竖大拇指。

聋哑人把即将要钉入的小钉子含在了嘴里，这也许是他习惯了的工作手法，这个动作让我内心震惊了。他从嘴里掏出小钉子，把那含有他体温和口水的小钉子逐根钉入，从此，我这双皮鞋该拥有一对怎样牢不可破坚不可摧的鞋后跟啊。

一个七、八岁左右的胖女孩一直在一边注视着，修补匠微微异常的外形、夸张的脸部表情、惊天动地的咦咦哇哇，还有他缝补的手法都令她着迷。胖女孩先是在侧边看，渐渐绕到后边，最后直接走到前面，一直盯着聋哑人看。在她的关注下，修补匠的表情显得很得意，他修补得更加卖力。他干脆地掀开帽子，花白头发就是另一顶帽子，热气挥散出来。他朝胖女孩咧嘴笑，指指太阳，指指自己：晒热了，出汗了，热得脱帽子了。

我坐在小塑料凳上，视线降低，农贸市场前面的这一块空地变得高大饱满，隔壁的针织铺、水果铺、早点铺都立体生动起来。此刻，熙熙攘攘的人群接纳众生也掩饰了众生，人人面容模糊，个个想法混沌。这样一个放松时刻，人们摊手摊脚一起晒着太阳，聊家常，开玩笑，无论贵贱，勿论悲喜。人群聚拢走散，如同尘灰。暮色中，人群遁隐，天亮之后，人群纷纷聚拢，聚拢在这样一个寻常早晨。

**2017.02**

## 在春雨里大声哭泣

　　雨声铺天盖地，电视声响很大，但楼上的动静更大，是那个女孩子的哭声。这次没什么前奏，春夜，在铺天盖地的雨声中，她裂帛的哭声凌厉如一阵烟花的爆响异军突起。把电视调成了静音，我闭上眼睛，等待这一场烟花的消散。

　　这一年多的时间，楼上的女孩像突然膨胀了一样，不再是一年级时瘦小灰暗的模样了。她被春雨浇灌了几个年头，现在开始慢慢饱满。经常会遇见她。她下楼，我正上楼。一张红润亮堂的脸庞在我的上方闪耀着，她居高临下对我摆动左手，说上一句"Hello！"记不起来她这一句"Hello"是从什么时候起属于我的。每次见面，她大大方方洋洋气气地把这一句"Hello"抛给我，不管在哪里。楼梯上、过道间、路边，只要遇见。

　　要是她已经上楼，而我正好开门或者刚回家走到门边，她必定从楼上探出身子来，挥动左手，扔下来一句"Hello"。有时是在路上，她走在我前面，她察觉到我走在她身后，她转过身对我扭动着双手说一句"Hello"的口型。她奶奶就在她身边，她奶奶似乎不太喜欢她对我表现得过分亲热，所以她做这些动作都带一点点小心翼翼。

　　她奶奶就是赫赫有名的金花婆婆了，这个从小就对她非常严苛的亲人，这个从小就一直在她身边负责照顾她同时也打压她的亲人，这个在她生命中扮演着父亲、母亲和奶奶等多重角色的亲人，一直以来，她奶奶都用詈骂和体罚的方式对她实施着管教。所以，从小起（我居然是陪着她一起长大的那个人），我时常都能听见她的哭声，我们这幢楼里的所有人都能听见她的哭声。

她那么有个性，和她奶奶一样有个性。每一次她都不知道迂回妥协，每一次她都要大声顶嘴辩解和反驳。奶奶很快被激怒，詈骂跟着开始了，一场你追我赶的力量角逐也即将上演。如同草原上母豹对于一只花斑羚的围捕，楼上几圈踢踏鞋舞之后，她被奶奶成功捕获，一场毫不手软的武力征服拉开帷幕。每一次混乱的步调节奏都雷同，当哭声最终响起，落幕时间也就到了。

最终，她用惊天动地的哭声表达被征服的失败和委屈，她地动山摇的哭声从客厅从阳台的窗户夺路而逃，向窗外逃逸，向楼上楼下穿刺。好几次我都忍不住，敲门一探究竟。奶奶的表情有些讪讪，有点不好意思，也有点怪我太多管闲事。敲开门之后，女孩子坐在地上大哭，一张泪水模糊的脸，一副愤怒委屈又倔强的模样。她只是肆意地痛哭，眼神却一点儿不向我求救。

有一次却是我难堪了。楼上惊天动地的暴乱中，我又一次敲开门。奶奶开门，笑嘻嘻指着房间里的混乱解释："她在和她妈妈吵架打架……""她妈妈？"我吃惊了也顿时哑然。妈妈是个什么概念呢？或者她妈妈根本并不比奶奶更亲吧。她从小就在哭声中长大。一直有冲突，打压与反抗交替进行。而在暴力的征服下，她反而越加茁壮。现在，细微改变的只是她的哭声。不是以前那种无遮无拦不加掩饰的号啕大哭。现在，读小学三年级的她，哭声里仿佛添加了更多内容。

此刻，在春夜铺天盖地的雨水声响中，她的哭如同一支箭，每一声都向着既定的成长目标冲刺，向着坚定有力的反抗冲刺，向着最终的完胜冲刺。而所有孩童的成长时光就如同一棵笋向着一枝竹的渴望攀援，每一次痛哭都是一节自我蜕变，一个崭新的她正从中破茧新生。

**2016.04**

# 一闪而过的风景，铭心刻骨的风景

早上坐公交车是愉快的过程。等车时，看前方车流或堵或塞，我在漩涡之外安然无恙。摩托车主缩手缩脚闪过身边，最佩服那一类不带任何披甲防护的，只用一颗冰脑袋破寒风划寒潮勇往直前。而我要等的车辆一定会来的，它一定不会辜负我的期待和深情。

赶上不算拥挤的那一趟公车，坐上去真叫人心情愉快，好似坐着观光车，于清晨时光再一次游览一遍这个亲爱的小县城。我喜欢坐在稍后的位置，我于是用从容温和的目光再一次抚摸眼前经过的一切远影近景。

车里乘客不多，最前排一个女人正在打电话，全车人都听到了她巨响的方言。她像坐在自家客厅里和她的老乡亲亲热热聊着家常，如果能听懂她的方言，她生活的细枝末节我有把握可以推敲得八九不离十。令人遗憾的是她的声音太过尖利，强势刺入耳膜，我温和地把视力移向窗外。

一个扛着板凳的中年男子就在路边不紧不慢行走着。这个长年累月走街串巷磨菜刀的游子，不知道他的家乡置地何方。农历腊月二十五的今天，他还在大街上漫无目的行走着，等待着被召唤。他的理想是让案板上所有迟钝固涩的刀锋都恢复锋利和光亮，他才会安心返回家园。

站台某处，一个女孩一闪而过。她身着高级灰毛衣和同色系呢裤，黑背心罩在外边。她的双手放在裤兜里，昂头，她微微侧身置身于站台这个舞台。她漠视一街的眼神让她从人群中脱颖而出。她只是把身体暂时寄存此地，她的灵魂悬浮在半空。一个旁观者，一个审视者，她用冷漠隔世的姿态捕获了我的眼光。

不远的地方，人工广告牌正从另一条街道移动过来。他们是临时招聘的假期工，要举牌站街一整天，满八个小时才可以获取一天七、八十元的工资。

昨天和前天我都看到了他们。在十字路口，在繁华路段，他们高举着广告牌抵挡苦寒，身子在广告牌后瑟缩。心里替他们设想了一下感受。要一直站立着，举着扶着广告牌，万一内急了怎么办？有个头痛胃疼的身体不适也要忍着扛着，他们要屏蔽外界的车水马流和五光十色，坚守某处，交换半张一张纸币。昨天经过的某个十字路口，一个男孩的背影像极了我家成宝，泪水霎时决堤，不忍再多看半眼。

目光移到车内。今天人少，我坐在中后段，环顾四望，才发现车厢的上半部分居然有好多幼稚印记，一定是放学时一些顽皮孩子即兴涂鸦的。我兴趣盎然看着：黄子博到此一游……心爱李易峰……某某爱小猪……我忍俊不禁。想来那刻司机的心情一定大好，所以容忍孩子们可以满车胡乱撒野。感觉上，今天的这一趟更像观光游览啦。

乘客上上下下。最前排那位女人的声音又清晰起来。她潦草说了结束语，匆匆下车，车厢恢复安静。我们和更多的人同坐在一辆车上，我们有过短暂交集，我们素不相识，转身即忘。短短车程像极了我们经历着的漫长人生，对许多事物都来不及深深领略和感悟，与更多的人们相忘江湖，而更多更多庞杂深刻的风景人事就与我们擦身而过了。车辆戛然停止。这一小段行程终结，我下车，开始了另一段征程。

2017.01

# "我喜欢你"

这是一段特殊时期。年前,她突然对他有了感觉。冬天的乱杂教室里,离她不远处,他安静坐着,他如定海神针,周遭杂芜浮浪一样隐退,他化身为一座蓬莱仙山,在她梦想国度熠熠生辉。他散发出了独特气息,她默默感知。她成了一只蜜蜂,他是她唯一的花源。她成了一朵向日葵,他是她唯一的光源。从此,他占据了她的黑白时光。

可是,她没有在日记本里记下有关他的任何一个字眼。她没有在旷野的风里喊出有关他的一句呼唤。她没有和最要好的同学分享过他的任何一个点滴。因为她守口如瓶,所以他完好无缺。

今天早上,她乘坐在去学校的最早的那趟公交车上,人少得让她惊喜。像清空了舞台,她小小的身子缩在右边倒数第二临窗的座位上,心开始怦怦狂跳。此刻,陈旧公交车如同一个魔法扫帚,正带着她从狂风骤雨中穿梭,向着他赴汤蹈火奔跑而去。每一块玻璃都发出撼天动地的巨响,那样热闹,那样剧烈。仿佛是从每一处窗口涌现出来的源源不断的鼓励掌声和欢呼雀跃:说出来吧说出来吧……

她一定要做点什么才好。她的这颗心啊,再不做点什么,要爆炸了。她从书包里掏出笔,她的手抖得厉害。玻璃太光滑了,镜面一样,她颤抖着写下那几个字。那几个字是从她燃烧肺腑中喷薄而出的花朵。那几个字也是小小的导火索，牵引出她体内的全部的喜爱焰火。

　　她终于哆哆嗦嗦地完成了。她看着那几个字，小小骑兵一样，在此刻属于她的青春镜面上，描摹出了稚嫩的色调和笔画。她像完成了一个壮举。从此，她有了一个隐姓埋名的爱人。她是那个默默无闻的垦荒人，她把她的爱种植在这扇窗口。从今伊始，她对他的这一声低语将日夜穿梭在大街小巷，于每一声暮鼓晨钟的时刻梵音低唱。

　　她努力不再去看那行字迹。她将自己的小小身躯蜷缩起来。她重新变回一只幸福甲虫，隐藏在春天一片透亮的绿叶背后。

2017.2

# 一个真苹果的味道

　　水果店老板说，野生苹果到了。这话在我听来，不亚于一声天籁。那预示着接下来的一段时间，每天都会有一个野生苹果，小惊喜一样进入我的手提包，成为午餐后最可口的甜点。

　　看过的一篇文章里提到一个精神有异常倾向的少年，在他自闭的几天时间里，除去水，屋子里只搁放一个苹果，苹果如同一颗星星始终在他的幻觉中闪闪发亮。在饥饿的极点之后，他先是嗅尽苹果的芳香，忍无可忍时轻轻咬下一口，一刹那，冲溅出来的味觉冲击带给他无法言喻的震颤。他对这样自虐的闭关甚至产生一种依赖，最终他想要获得的奖赏只是完整地获取一个苹果的果肉醇香。在那样的境遇下，就算是一个普通苹果也会散发出仙果一样的光芒，更勿论，如果是换成我中意的那一个野生苹果。

　　水果店里，野生苹果被放置在果摊的其中一格箱面上，它们仿佛是误入晚会盛宴的一群流浪汉，与周遭的光鲜亮丽水果方阵完全不沾边，它博大精深的内涵就隐藏在它其貌不扬的表皮底下。同等大小的苹果，野生苹果的分量一定会更重。用上更大的齿力朝野生苹果咬下去，突破了表皮防守，味觉进入到一个果汁缸里。纯粹的苹果汁液，无处不在的甜香占据口腔，将我洗劫一空。汁液横冲直撞飙飞四溅，掀起天翻地覆、飞花泻玉的眩晕感。

　　从嵌入果身的第一口开始，直觉告诉我遇见了一个真家伙。接下来的每一口都不虚此行，每一口都沾染着回味，惊喜套着惊喜，回味连着回味。对一个苹果的啃食犹如是饱览一段胜景，翻山越岭桃红柳绿。最后吃到的核部分，我仔细打量，恋恋不舍。更为小巧紧致的果核围成了一朵花的形状，所有精华完整收纳其中。品咂之余，忍不住叹息：之前吃过的苹果都是弯路了，好比之前所遇皆非良人，从今起，始得真味。

　　并不需要对一棵果树百般待弄，给它自由，给它土壤，它吸收成长累积，经过日晒风吹，酸甜苦辣自在心头，一棵无敌的苹果树就这样成长起来了，它贮藏在体内的都是大浪淘沙过后的精华。对一个野生苹果的偏爱也反映了我的相处之道。我欣赏的那一类人，他们历经了生活磨难，还在心灵保留一块净土，遍植真性情。与他们相识相知的分分秒秒都散发着一个真苹果的味道，令我大快朵颐，心花怒放。

2016.11

# 一片柚子皮的权杖

　　一个人躺着。一个人躺在冬天的深夜，床上，被子里，一个人躺着。就这样躺着，不想谁来打扰，一个人静静躺着，回味着。不是空泛的。这刻，没有多愁善感，也不想说陈词滥调，就这样自由自在地躺着，我一个人，满心欢喜躺在被窝里，这一切一切的小幸福小甜蜜只缘于我嘴里正含着的一块柚子皮。

　　这一块落入我口中的柚子皮已经改变了最初模样。人们剥落开柚子，更多时候只是将柚子皮抛弃。这一回，聪明人将它们捡拾起来，将它们薄薄切片，之后，再用一系列烦琐手法将柚子皮改装得面目全非，如获新生。接下来，我要讲述就是一块柚子皮的涅槃过程。

　　先用沸水将柚子皮浸泡一整夜，水温由沸转凉，柚子皮由凉转热。过程犹如柚子皮遭遇一火热女子，身不由己随她升温辗转。上半夜是火热缠绵的，下半夜就起了罅隙，心生凉意。柚子皮的好坏情绪都慢慢释放在水里，水接纳了它们的如胶似漆，水也接纳它们的心灰意冷。水温渐渐凉了，柚子皮也凉下来。看起来，水还是那汪水，皮也还是那层皮。但水的滋味变得微涩微苦，要的就是这个效果，将柚子皮体内的涩苦逐一清除。这是第一夜。

　　第二夜，开始雷同步骤。过滤柚子皮，拧干，沸水浸泡。一整夜又经历相仿过程，又再热一回，又再凉一回。这对柚子皮来说是折磨还是历练呢，是期待中的金风玉露一相逢还是分分钟的煎熬呢，反正，柚子皮发生了身不由己的改变。

继续，第三夜。

第四天，终于可以彻彻底底把柚子皮打捞上来了。嗅一嗅它的味道，之前的辛辣个性已让生活沸水给熬煮殆尽。柚子皮软软塌塌的，一副任人摆布的模样。尽可能地拧干水分，好让它与过往的柔情似水恩断义绝，不留蛛丝马迹。

柚子皮蜷缩着身子，束手无措，完全不知道接下来还要面对什么。现在，我们打开豆瓣酱，柚子皮即将迎接新一轮的大染缸大挑战啦。搅拌搅拌搅拌，直到柚子皮和豆瓣酱浑然一体雌雄莫辨。对于它们的黏合稳定我们都不能肯定，所以，它们最后还要经历一个终极考验——上蒸锅。什么真情假意，什么浓情蜜意，在现实的三昧真火面前，孰真孰假，真伪立现。二十分钟时间就是它们的大限，时辰一到，开锅。

四散香气是它们走散的灵魂吗？身体得以尘封永不变质的风味。咬一口，口感还是略微生硬，一丝暴戾之息还小隐于柚子皮体内。冷却，再上一次蒸笼吧。经过最后一次回笼，接下来再入口的每一块柚子皮都有说不出的熨帖口感了。柚子皮的韧劲仍在，肌理仍在，馨香仍在，酱的滋味渗入表里，柚的清香中平添酱的一股年深月久，口感是如此的荡气回肠，一唱三叠。

它们可以闯荡江湖了。它们的身体平铺在阳光底下，浅浅过几个小时的太阳，见光后，封存住柚子皮越加醇厚独到的口感。用小罐子收了它们。置于案头。罐子里收的可是妙药仙丹，解馋，定神，稳军心也。馋嘴妇人之解馋之妙药。就放在触手可及的地方，一个小罐子，到了晚上，是要与我如影随形的。不需要看，手指精准地从罐子里捏出一片，放入口中，闭上眼睛，那敦实的香散发出来，弥漫身心。

这个时候，我觉得自己身心安稳，是富可敌国的君王。

2017.01

# 一根紫水晶魔法棒

　　下午，快五点的时候我上了公交车，车里已经不太拥挤，我特意避开孩子们的放学高峰。但还是有孩子会出现在车内，他们因为某些事情耽搁了，拖拖拉拉落在了后头。车厢里有位置，我坐了下来，我身边还有一个位置，站在我身边的小姑娘却不肯坐下。她一只手环搂着铁栏杆，另一只手捏着一根冰棒，正吃得有滋有味。

　　她就在我平视的视线中，她知道我在观察她，她飞快扫一眼我，无视我，整个身心沉浸在对一根冰棒的品咂之中。是一根紫色冰棒，鲜艳至极的紫色，冷水添加糖精再狂加色素后的混合体，披加了一件冰雪外衣从而变身为一根特别讨孩子们欢喜的紫水晶魔法棒。女孩一口口啜吸，发出嗞啦嗞啦的声响，陶醉享受。

　　是五角的还是一块的。忍不住问她。五角的。这样的食物要少吃，不卫生，都是用添加剂合成的。忍不住叮嘱她。她点点头，恰到好处地吮吸，不遗漏掉一口。紫色液体黏附在她的嘴唇上，她仿佛涂抹了紫色唇膏。如果可以观察，从她的嘴唇开始，到牙齿、舌苔、整个口腔和食道，她的体内现在正流动着一条紫色河流。这时候的她仿佛被赐予了神奇法力，从肌肤到眼神到她的外观，她整个人散发出一种光彩。她专注地一小口一小口对这根魔法棒进行切割粉碎，极度清凉和极度甜蜜带来双重刺激，令她欲罢不能。

　　这样一根紫色冰棒也许她吃了会更加口渴也说不定，也许会影响她晚餐的食欲也说不定，也许会激发她明天更强烈的念想也说不定。但副作用都不堪一击，她小小身体强大到可以令所有的副作用都不堪一击。此时，车厢渐渐变得拥挤，空气混浊，摇摇晃晃的颠簸这一切统统成为了一种幸福附件和背景。女孩依然持着一根魔法棒，接受着来自四面八方的五颜六色的熏染，泰然自若。

　　那一刻，我有一点儿羡慕她。现在，就算有一根真正的紫水晶魔法棒塞在我的手里，如同一只鸥鸟遭遇一头巨鲸，我也只会看上一眼，摇摇头，转身离去，我不会再有丝毫的兴趣和遐想了。我深深地看了女孩一眼，下车。我和她告别，我也是和另一个自己告别，擦身而过，就此永别。

2017.3

# 孤 岛

  我们熟门熟路地进入废墟。那是一所快要坍塌的老房子，厅堂被旧物件和灰尘占据，过道上几件衣裳紧贴土墙。衣裳借过道的凉风，吸附泥土的部分温暖，还会被蛛虫——爬行抚摸……这些都是好的，只要还有事物可以靠近可以相依，衣服就可以缓慢地烘干自己的身体。

  房门紧闭，像一个人咬紧嘴唇，努力不让自己喊出来哭出声。我们张贴纸张的声音惊醒了她，房门打开，她出现在阴暗的光影中。她今天穿的是白色衬衫，干干净净的白，单薄的身子，因为少晒阳光，她的脸色也是白白净净的，她当真是一个干干净净的好看的人儿。她朝我们笑了一下，光芒只一闪。我觉得她是一只吐空了丝的蚕，盘坐在她一个人的网里，她再拿不出什么东西来了，她徒劳地向着被振动的方向，做出一个可有可无的假动作。

  上次我们来看她，她正缝补厚被子，今天，厚被子被完好收放进一个大塑料袋，口子扎得紧实，塑料袋是替她收藏一个寒冬的暖阳温度。房间里的摆设没有任何变化，一角的箩筐里盛放着稻谷，她喂养了几只鸡鸭，它们是她最亲密的伙伴。房间里，一床一桌一凳，一把椅子摆在床边，这些摆设维持了十多年时光。十多年来，她一个人在桌前吃饭，她坐在椅子上长久地缝缝补补，她走出房间，穿过过道，去压水机清洗……我没有看到洗澡房，一位老人家，不太出汗了，身子抹一抹就是干净清爽的。床占据了屋子三分之一的空间，要注意，床板下有一根木档坏了。每天夜晚，她小心摸索上床，避开那一根坏掉的木档，她像一只老鸟盘在枝丫上，小心地不让身子摔落下去。

唯一的窗户上蒙着几层塑料皮，房间里光线越发地暗。在我看来，蒙着塑料皮的窗户光线柔和，发出琥珀一样的光泽，透视出房间里的一切，一切都像一大块琥珀，经历了漫长时光，包裹了风风雨雨，沉淀出此时一个房间满满当当的静寂。

她打开门，撇撇嘴，仿佛有话要说，她直觉到媳妇儿就和我们站在一起，她终究什么话也没有说。她还有一口饭吃，她并没有饿着，她还活着，这就足够了。十多年前，因为儿子早逝，她哭盲了眼睛。从此，她的生活缩小到一个房间，一个房间成为她最后的巢和阵地。周围的房子挤挤挨挨的，她的亲人就在身边，就在隔壁。他们隔三岔五前来打个照面，与祭拜与观光并没有两样。她只是一个人，永远一个人，在一间敞开的牢笼，她再也走不出去。

还要活多久呢，到底什么时候才会了结呢，菩萨是不是忘记了她，仍给予她这样一份活着的厚礼。她活着，与死了没有两样。她存在，与消失没有两样。她浮在村庄深处，她白色的身影偶尔从过道经过，散发出萤火一样的微光。每一天，每一夜，她平静呼吸，摒弃过滤了任何激烈情绪。

她一个人，泅渡岁月河流，秉持生命烛火，浮游孤岛。

2017.06

# 绿　萝

　　办公室一角摆放了一盆绿萝，是最大株的那种造型，竖在墙角和小树一般的模样，绿萝几乎一年四季都在生长着，新叶子不断涌现出来。这一次，一片新叶子悬空浮起绿丛之中，其他叶子都是深绿色，也蒙了尘灰，它却是亮晶晶地一尘不染，散发着玉质的光泽。如此与众不同的一片叶子，我不知道这片超凡脱俗的玉叶将会给整株绿萝带来怎样惊人的走向。

　　几个星期之后，它已把根须成功地与白墙壁粘连一起，假以时日，这片叶子安营扎寨开疆拓土，它统领一树绿叶扎根墙壁，攀登延展，由此墙角有了一道景观，一股向上的蓬勃朝气将这个角落点缀得绿意盎然。从墙角开始，向上，到天花板再到窗户边缘，它在不可能的地方生长着，蔚然成景。感觉它成了这间屋子隐形的主人，吸取天地灵气，吐故纳新。来客多半会在它面前发出一声惊呼，再挪不开脚步和视线。绿萝的耳朵听多了溢美之词，不知道会不会故步自封。

　　绿萝不骄不躁保持了妥当步伐，它兵分几路志在远方。有一次，一支绿萝小分队企图朝窗外拓展领地，窗户可是随时开关闭合的啊，我暗暗担忧它如此走向。几天后它收回触须，安守屋内的一方阵营，我长吁一口气。想象中，以后我的办公室会成一处绿野仙踪，绿萝遍布。要是它会占据地面，那我就小心翼翼挪开步子，绕过，绝对不会踩痛它。反正，绿萝已经是这间屋子名正言顺的霸主了。

我真的把它当成有生命有情怀的好朋友啦。我喂冷却的茶水给它喝，像招待我最待见的贵客。上班第一句话下班最后一句话都是对着它悄悄说的，早上我光鲜站在它面前，亮相请安问好。晚上我憔悴不堪地离开，挥手自兹去，萧萧别意浓。周末我还会有一点依依不舍，因为要隔开两天都不能享受它的绿意和清凉啦。因为一株天真而又肆意生长的绿萝，办公室成为一处梦幻仙境。

放长假的中途，我会特意跑去办公室，我怕它渴着饿着孤单着。我喂它饮下两杯清水，我和它默然相对。它看得见我听得懂我。我转身离开，它受到鼓励，蛇一样扭动腰身满墙满屋子地四窜。站在绿萝前，自拍了很多张照片，绿萝衬托得我特别水灵生机。我也是一株绿萝吗，附着在生命的藤萝上蔓延生长。

办公室里能养活的植物并不多，景观公司会定期整理更换，撤掉蔫不拉几的一批，换来更光鲜出彩的一批。墙角的这株绿萝凭借它顽强的特立独行的行事风格，在这里站稳了脚步，站出了一片天地，而它所依托的不过是花盆里小小的一抔泥土。

半年前的某天，我不想记住哪一天。那一天，绿萝消失了。那天下午我有事提前下班了，第二天我推开办公室的门，再也不见了绿萝影踪。角落里花盆的托印清晰，证实这里曾经确实站立过一盆绿萝的挺拔身姿，墙面上一些扯落印痕也印证曾经确实有过一株绿萝艰难游走的印迹，而最令人揪心的是，粗暴的员工将绿萝连盆端走，唯独剩余了墙缝里一抹残存的绿意。

如果都消失不见，那也好，眼不见心不念。可墙缝里这一抹残存的绿萝枝蔓就像是被掠夺后发出的一声悲叹哀鸣，声声牵绊我心，攀附的足痕醒目犹如刺眼目光，时时刺痛我。泪水悄悄滚落了，景观公司的车辆早已销声匿迹，具体操作人员也难以确定，这件事情根本就再无从追究查寻，由一株绿萝衍生出来的梦境从此再无可能重返人间。

时间又过去了半年。在半墙的高度之上，墙缝之间，那一抹绿萝还在，更像她对我的一种依依不舍。从一片叶子的枯黄开始，它正在以非常缓慢的速度枯黄，并努力更加缓慢地将枯黄过渡到下一片叶子。每一片叶子都在竭尽全力延缓衰老和消亡的过程，而我，每天就这样与残存的缓慢的沉重的死亡朝迎暮对却束手无策。

我极力无视它淡漠它，又不忍心干脆一口气扯落它，每天就由着它拖着一截残存的病躯与我遥遥相对。一片叶子的枯萎就是一场谋杀，这样的谋杀时时刻刻都在我的心上掀起一场腥风血雨。这钝刀杀人的痛。谋杀持续着。两个月后，枯黄延续到第三片叶子，已捐躯的两片绿萝叶身成为两片镂空的金片，绿萝以如此精致的衰亡最后一次验证曾有的光辉。

我偶尔会从办公桌上移转视线，看一眼它。只是看一眼它。千言万语，默默无语。而从此，这个空间再不会有别的任何植物进驻了，再不会有任何绿影占据墙角的这个地盘，再不会有别的触痕再去一一抚摸墙体，再不会有一株植物的浓情蜜意与我一往情深。绿萝遗留下它的一支血脉继续陪伴我，它会一直一直和我在一起，直到最后一片绿萝都进化成为黄金叶片，直到那一束焦黄晋级成为千真万确的金光标本。

2016.6

# 金缕衣

撒下种子的时候，没有谁知道。当她开花的时候，满世界都知道了。驱车前往双溪村的花千谷，因为大路在扩建，我们从煌固绕过去，拐了一个大弯才走近双溪村。从双溪的地界延绵过去，扬名天下的灵山圣地就在烈阳下灼灼镇守。赏花的车队已排到几里开外，要靠近花海，只能步行。一路上都是人，感觉一路的人都是蜂蝶儿，嗅着花源，从再远的地方，也逐香而来。

溪水将双溪小村一分为二，一座小桥成了闸门和关口，游人是跃龙门的鱼儿，一摆身子，跃进花池。隔溪相望，由格桑花织就的花丝巾堆簇在田间地头，数户人家的房前屋后被七彩丝巾缠绕，神来之笔一样，小村顿时添了光芒和吸引。

我们养在家里的，那小小的几盆花草被我们娇惯和宠爱，越发显得娇气和柔弱。只开很小的花，有不可一世的神情，我们小心翼翼地对待每一朵花，甚至每一片叶我们都精心呵护着，却并不受她们待见。她们病恹恹的，没精打采注视着你，你拿她们不知道怎么办才好。眼前，撒在山野中田地里的这些花儿是一群放养的壮实孩子啊，长得如此欢实。花朵挤挤挨挨，密密实实，心无芥蒂，欢天喜地。她们一起萌芽一起长叶一起开花，你追我赶，争先恐后。

花开是会传染的吧，一夜之间，她们的色彩就像焰火一样蔓延成片。双溪小村被这样的花火炙烤着烘焙着，铺天盖地的媚惑气息散发出来，寻常又独特，安静又热闹，冷艳又热烈。也许是灵山之神对这里情有独钟，悄悄叮嘱霓霞在夜晚向这片土地倾洒下染料，从而凝聚出这满地满谷的彩虹之花。每一朵花儿都雨露均沾，天香国色就隐藏在她们容光焕发的姿颜里，蓄势待发。

没有哪一朵不美，你没法偏爱哪一朵，你只爱一朵是自私小视而愚蠢的，你只能爱每一朵花。对每一朵花的朝颜倾心倾情才是最正确的方式，每一朵花都足以接纳你旷世的无边的不羁情怀。花阵让我们意乱神迷，步履踉跄。我们呼吸急促，心跳加速，留不住目光，收不住阵脚。视线从一朵花转移到另一朵花，或者又转回来最初的那一朵，再分不清谁是谁。她们成功地俘获了我们的身心。从这一畦走到那一畦，我们兜兜转转，停停歇歇，起起落落，拿不定主意到底最爱哪一朵，只能心甘情愿地沉沦。花朵还是那样的神情，不惊不诧，不悲不喜，我们的痴迷注定是一场无止无尽的沦陷。

相比油菜花阵——早春四月的那一抹镶金，金秋十月在双溪花千谷的这一地彩金就显得更加流光溢彩。她是大地之母捧出的另一种果实，托举在稻谷的金黄之外。她是另一笔绿肥红瘦和花红柳绿，深秋寂寥枯瘦的山野深处因此被涂抹得花团锦簇。她是季节的另一簇斑斓之火，溪边，田地，星星点点的花火溅染开去，赏花人由此感受到了别样心绪。是如此神奇的大地，具备某一类特殊的反射和折射，播种之后，从泥地深处呈现出神奇而迷人的展示。此时，在花千谷，千娇百媚的花阵奇兵已集结罗列，山谷一侧，她们摇香呐喊，美的天罗地网正在天地之间缓缓拉开序幕。

我们在花池里徜徉了好几个钟点，天色不知不觉暗了。田野里，花朵如星，一颗一颗散落在了人间，每一朵花都在暮色中闪闪发亮。

我们的车子孤零零停靠在路边，之前那些前围后堵的伙伴都不见了，天色暗下来，蜂蝶儿也要各自散去了，明天会有新的蜂蝶儿继续飞来。花地在我们的身后渐渐隐身，沉潜于黑暗，她们屏息凝神期待着下一场倾心相遇。但花期不会很长，还要祈祷风调雨顺，配合着天时地利，才可以与一场盛大花事打个照面，倾心一会。如果刮一场台风，落几夜冷雨，花儿萎谢，憔悴满地，你再去，那时只能做个悲秋人，做个葬花客，空有一腔柔情，亦无倾诉之地。

　　人间美好事物从来都短暂而匆促，不会留给你很多时间去权衡取舍。知会是一场幸事，领略就是一份福气。而亲眼见过的美、亲身经历的好会在你的胸襟之间描摹刻画出神秘记号和气息，令你眉清目秀，令你神清气爽，从此山高水远，一路风平浪静柳暗花明。

2016.02

# 稻田倾诉

　　开春时，我们回了一趟老家，舅妈一看见我们，先拢起双手朝着远处梯田喊："文炉，快回来，来客啦……"一个小山村，来辆车、多出几个人那是很大的动静。顺着舅妈叫喊的方向，梯田之间，牛群散落，它们咀嚼青草野花，享受春天盛宴，自在悠闲，而在一边殷勤守候的人正是文炉舅舅。

　　舅舅时常转悠在田间地头，清理沟渠淤泥，疏通排水，牛儿也被他放养在田地间。牛儿吃着喝着也拉着，舅舅看在眼里喜上眉梢，那都是上好肥料，肥水流在自家田，不久之后，牛儿将在这里大显身手。犁田时舅舅热情高涨心情舒畅。他对着牛儿说尽好话哄它卖力耕作，这样的鼓励也是说给舅舅自己听的，舅舅已是一个年近七旬的更需要激励和鞭策的老人家。

　　手握犁耙，舅舅心绪安宁，他有一个没说出口的但大家都心知肚明的想法：他是在为他的后代劳作耕耘。在他心里，过去年代饥荒的阴影挥之难去，只要他活着，只要土地上还生长着庄稼，孩子们就有希望，他是在为后辈们踏踏实实播种耕耘。在他眼里，还有什么好得过眼前的良田万顷？耕牛扬蹄，春泥翻滚，每一下都刻录着对这片土地深情的翻阅和再次书写。

耕田被一镐镐一犁犁地深翻细掘，一次自上而下全面的深层次的颠覆和交融正在进行当中。数天之后，舅舅的劳作看到了成果。在春雨铺天盖地的浇注下，耕田很快就深陷在一汪春水的脉脉深情中无力自拔。那真是一个多情的场景，层层梯田被舅舅神奇地改装了，由冬天蓬头垢面的老生易容成为一个个盈盈粉脸的少女。舅舅满意地看着眼前的层层梯田，她们各自端着一张俏面，故作矜持地又望眼欲穿地等待舅舅赋予她们生命的另一场播散。

现在，几畦秧田成为舅舅的心爱之物，也成为众心所向。秧苗挺出了水面，从鹅黄变成嫩青，从嫩青变得淡绿。秧苗挤挤挨挨站立着，身姿挺拔，它们仿佛是舅舅培育出来的一群小军人，手挽手肩并肩齐心又协力。不远处，错落的梯田间，它们将在那儿扎根成长，开枝散叶。这一切令舅舅心满意足。

跟随着秧苗一起在稻田中生生不息的还有一些泥鳅、蚂蟥、田螺和小黄鳝，长久以来，它们蛰伏其间深入浅出而又根深蒂固，它们是与梯田同生长共命运的另一群珍宝，也是舅舅放养的另一群宠物。它们不动声色地游走于秧苗之间，是嬉戏，是陪伴，朝夕相处，不离不弃。蚂蟥是隐身暗处的冷酷杀手，它的亲吻令人毛骨悚然。泥鳅则是顽皮孩童，模样可爱，好动机灵。小田螺就稳重得多，黑乎乎的小身板总是老老实实蹲守在某处，也像一个个小逗号点缀稻田。黄鳝的动静就类似侠客穿行，体形修长，神出鬼没，难见行踪。舅舅从来不对它们赶尽杀绝。舅舅说，都要留下种子，才有希望。

春天的山冈上，万顷梯田都是希望。秧苗已在水田扎根，新一季的轮回正式起航。守过了无数个静寂夜空，迎来了无数个疏朗黎明，被柔和的春风细心吹呵过，被灼热的盛夏狂热爱恋过，最后在暖煦秋风的如摩如挲之下，它们终于修炼出正果的金身。仔细观察一株成熟的水稻，从发梢至末端，仿若纯金锻造透体金黄。最令人心动的是深深低伏下来的果实，每一颗稻谷黄金的外壳中都安居着一粒白玉的心房。

要耗费半年之久，才能孕育出一粒沉甸甸的黄金果实，这一切都来之不易，舅舅从来不敢怠慢任何一株稻谷。从最初一群聪慧机敏又锲而不舍的先民把眼前的一块山林捂热了捂暖了捂透了，终于捂出一块梯田的正果开始，"一分耕耘一分收获"，舅舅严谨遵从着先祖的遗训，不敢对梯田存有半分懈怠。他的汗水和泪水都是归属梯田的滋养，梯田知恩善报。收获时节，触目所及，遍野金黄，此时的舅舅俨然就是一位富可敌国的王者，陶醉在丰收的巨大喜庆之中。

每一株禾苗都是舅舅宠爱的孩子。从田垄间最弱小的一株秧苗开始，守着她发芽，长出青涩枝叶，扬花，抽穗，最终结出灿黄的谷种。以此推开，漫山遍野，希望遍散。梯田层层相依，四时景致循序翻画。春来如镜，夏至若花，秋临披金，冬则旷达。舅舅的家就安放在这如诗如画的田垄之间，他日夜坐拥这万顷良田，内心稳当，犹自繁华。

太多时候，舅舅的身影在梯田间潜伏下去。他搜寻查看每一株秧苗的蛛丝马迹，他熟知领会每一株禾苗的窃窃私语，他追逐附和着稻谷们此起彼伏的声声召唤。他是它们的主人，也是它们永远的仆人。低低伏身下去的舅舅仿佛成为其中的一枝稻谷了，穷尽他的一生，为一粒种子作无言深情的倾诉和表达。

2016.05

## 一芥稻草

　　春天，株株秧苗临照水田，对镜花黄，迎风举袂的一刻，不知道她们内心是否会涌过一阵奇异感觉：那结结实实揞在她们脚跟的、谦和卑微的稻泥其实揉和了她们的生生世世。消失的一切并不会产生什么深远影响，如同水消失在水中，如同火滋生了火。如果秧苗会说话，她们会说：哦，此刻，我感受到了来自脚板底下的一股股汹涌热流，她们助长了我的成长。一切看起来是如此风轻云淡，世界安宁而美好，青青秧苗占领了整个春天，沟渠山岗，广袤村野，所向披靡。

　　成长中的禾苗宛如剑客，怀揣柄柄碧玉宝剑，凌空托举，威风凛凛，志在必得，田埂边，你并不能察觉到什么端倪。朝气蓬勃的拼搏再怎么明争暗斗杀气腾腾也是赏心悦目的，是一群群绿衫客在编排着齐整划一的翡翠群舞，剑锋上扬，姿态沉默，手法干练，整个田野书写着欣欣向荣四个大字。

　　秧苗为期数月之久的成长历程我们暂且忽略，无非就是抽穗、扬花、灌浆、结实之类的风花雪月，如同每个人必经的成长经历，或励志或狗血。今天，我想描述的情节在这之后，当她们呈现了最终的果实，当她们的头颅身躯被齐齐腰斩，我们说这是个收获季节。好吧，那就收获吧。我们看不见谷穗和稻叶的生离死别，听不见稻叶和谷子之间的信誓旦旦，她们也曾耳鬓厮磨，她们也曾卿卿我我。时辰一到，收割机的轰天响地中，一切风流云散。这没什么，这不是全剧终，好戏就此拉开帷幕。

远处，在命运的手指无法触及的领地，远处盆满钵满，仓廪丰实，稻田上交了最珍贵的精华部分，获得短暂安宁。之后，她还被爱惜的老人家和顽皮的孩童相继梳选过，她还被家禽和野鸟们一天天精挑细选过，现在的稻田几乎空无一物，稻田变得一览无余。满地稻茬杵着一头凌乱发根、饱经风霜的面容流露着茫然无措的神色，一种伤感的情绪弥漫其中。此时，某处，恰到好处燃起了一缕轻烟，那是对刚刚经历的一场离别的最好追忆，无穷无尽的，悠扬缥缈的。田野陷入静寂，归于暮色。

随后的时间，稻禾被组装成一束束禾把，叉腿而立。她们有点不适应这种新组装，颈脖处的围巾结得太紧，腿又叉得太开了，保持这样的姿势有难度，不过她们从小就经历严格训练，很快适应。几天之后，某一束禾把呈现出微微歪斜的模样，似久站的膝盖承重吃力难以支撑，更多的禾把则挺直腰身，阳光之下，个个英姿飒爽。她们的身体在发生了一些改变，颜色由墨绿变成姜黄，黄土的颜色，黄皮肤的颜色，黄金的颜色，也是阳光的颜色，温暖的颜色。蒸发了水分之后，她们变轻变薄了，阳光穿透她们的身体，阳光停留在她们身体中小巧的缝隙之中。摇一摇一支禾秆的身躯，嗅一嗅她们的味道，体香中有太阳的味道，有成熟的味道。禾把们站立在田野上，极目四望，似一支支冲锋小号等待生命华章再次奏响。

原野，醒目的标志之一就是稻草垛，一个稻草垛就是一个冬野巨人。经由农人熟练叠加，禾把们抓牢彼此，紧抱成团，巨人成型。这对禾把而言是个惊喜时刻，她们喜欢围拢在一起的踏实感和温暖感。她们曾经以为再不能相聚见面，却没想到还可以这样亲亲热热挤挤挨挨在一起。这也是振奋时刻，她们全加在一起，全加出一种崭新高度。从顶峰之上的禾把传来最新讯息：远方，坐落着梦想中的辉煌谷仓。

日子一天天过去，雨水落下来，淋湿了稻草垛。太阳晒了好几天，草垛又干透了。农人走近，随便拽走一把，被拽走的禾把心怀喜悦，对即将展开的奇妙旅行充满向往。留下来的这些也不会伤感。不远处，鸟雀在树梢间起起落落，短歌阵阵吹奏。牛儿三三两两远远近近，长睫毛下忽闪的眼睛时不时瞟一眼稻草垛，那温顺的眼神真叫人沉醉。放养的鸭群浪花一样席卷过来，鸭蹼快速踩过来踩过去，酥痒的感觉叫人久久难忘。夜晚，月亮升起来了，天地之间充盈在一种最深情的注视之中，宽广深厚，具有穿透的法力一般。草垛无言，只用细微的窸窣声响回应月色的温柔抚摸，不惊扰两个委身于草垛丛里的甜蜜人儿。那样的温情时刻，她们忍着幸福的战栗冲击，心甘情愿替这个良宵守口如瓶。稻草垛一天天、一点点地矮下去，似一个老人慢慢身躯佝偻，枯黄的叶脉之间隐藏着千言万语。

有些稻草是幸运的，她们最终可以接触到至高无上的主人的身体。她们经过筛选拍打曝晒，傍晚时分置身于一个神奇殿堂。她们的身体被平整铺垫，两个滚烫的身体随即滚落上来，一个夜晚的火热缠绵毫无先兆地与它们不期而遇。这一生，可以经历几个那样的夜晚呢，穷其一生，她们想也不敢想的一个燃烧之夜。稻草被撞击被碾压被折磨被入侵被蹂躏，体会到一种更加隐秘的更加至高无上的欢乐。

一些稻草安于它们的命运，一具病损残折的身体垫付其上。那具身体始终依附左右，悄无声息，仿佛不存在。没有辗转反侧，没有朝思暮想，没有夜不能寐。只有轻微的一声叹息偶尔响起，如同窗前一缕春风倏忽而逝，犹如水面一圈涟漪惊起消散。一些稻草真的成了灰。根本没有时间长吁短叹，就地燃烧，蓬松的身体接受火光的最后洗礼，以一缕轻烟的形式化散而去。一些稻草被扔进主人家的灶炉，在炉火的吞噬中灰飞烟灭。焚烧过后，稻草灰混合着雨水露水，在来年春天的耕耘中，翻新成为新泥的滋养成分。掉落在主人灶台里的稻草灰，有时会遭遇一段更加奇妙的旅程。

我们小心翼翼地从灶炉里铲出稻草灰，获取最纯净干净的那一部分，我们将她们盛放在盆子里，注入清水，混合形成碱性汁液，再掺入各类粿浆，带有独特口感风味的食物就浑然天成，稻草灰以进入主人口腹圣地的结局完成最高级别的进化。冬天过去，春天来临。不知不觉，那些曾经散落在田间地头的稻草都慢慢地不见了，隐没了，她们一束一束地、成群结队或者形单影只湮没在时光的河流。

水田里，新植下的秧苗青葱水嫩。水田之上，映照出她们亭亭玉立的今生今世。足底，泥地，凝聚了一群沉默寡言的高深莫测者，她们不发一声不吐一语，她们在暗处支配着一切风吹草动，她们是她们深深埋藏在咽喉深处的肺腑底处的哑谜一样的前生前世。

2017.05

# 水田温暖

农历五月，云雨在半空中酝酿，大地上秧苗青青，摇荡出万顷碧波。砂石路一直铺到田间地头，再往前，半亩水田收敛诸多泛滥的情绪，以一种昏黄浑浊的眼神表明心迹，静待众人将秧苗植入内心。

是另一类的坦诚相见。野草铺在田塍上，枯黄，卷曲，足迹踏入，好梦被惊扰，蜇虫纷飞。稻泥如此软糯，已被农人搓揉过千次万遍，尖利石砾均已筛选剔除。但要放心地将一双赤足交付水田，仍需强大的内心把持，需要一种完整的彼此信任。我脱了鞋，将裤管卷到最高，生平第一次，赤足深陷一片秧田的深情蜜意。

秧田一点都不嫌弃我，秧田反复吮吸我们的赤足，深至膝盖，淤泥吞吐吸纳的每一口都饱含深情。秧田很快变得浑浊，如此一定也惊醒了在秧田中沉睡的诸多小生物，比如最让我们担心的蚂蟥。这突如其来的惊扰一定令它们兴奋异常，它们在水中扭动小身躯，开始甄选区别，谁的血液最为甜美……秧苗近在咫尺，抵达却是一个艰难的挣扎过程。看起来，我是第一个勇敢跳下水田的人，我一身都起了鸡皮疙瘩，脸色发白，淤泥以顺滑柔韧配合着我，让我的踉跄与尖叫显得合乎情理。

大任即临，秧苗表现得从容淡定。这是一次机会，这是一次新生，秧苗窃窃私语，来不及告别，身子连同淤泥一起被连根拔起。会有一点不舍吧，但很快它们会在更广阔的天地中携手重逢。我们晃动着秧苗，洗净淤泥，秧苗好比洗了一个囫囵澡，之后被捆扎成束，远远近近抛掷在即将要扎根的水田里。

水田陷入混乱，秧苗被迅速地集体收编，分株后的秧苗植入水田的心腹。秧苗有些惊魂未定，根须试图抓紧淤泥，秧苗的站立显得颤颤巍巍。秧苗彼此张望，还好，曾经的战友就在不远处，试图再挽手并肩是件困难的事。但根须可以，只要足够努力，根须可以在泥地深处握手言和，并驾齐驱。这块水田将成为它们共同的终极战场，它们将扎根，驰骋，沿着一条命定的轨迹，实现谷粒丰实的梦想。

弯腰，躬身，我保持一个谦卑的姿势，插秧是一个神圣的过程。人与秧苗与水田保持步调一致，彼此探知，开诚布公，把握恰到好处的分寸尺度。我努力不去感知脚踝处的异样感受，也许是蚂蟥在试图深入我的肌肤，也许是一只水蜘蛛在悄悄抚摸我，也许只是一根卷曲的枯草，最后一次带着微弱感知触碰温热的身躯。我弯腰，躬身，保持着谦卑的姿势，向一株秧苗、向水田中的大小生物、向大地之上的万物致以虔诚敬意。

我向农人致敬。千百年来，他们已练就金刚之躯，他们的身体就是一尊炼泥，肉身交付水田，肉身被淤泥反复打磨。小路上的尖刺与沙砾等闲视之，山路的崎岖坎坷视若无物，一双肉质的脚板硬比钢板。仔细观察农人的一双脚，沟壑纵横，伤痕数缕，蚊虫叮咬过无数次，蚂蟥攀爬进出过无数次。日复一日，年复一年，他们接受岁月的敲击捶打，坚定，柔韧。任何磨砺都只如泥垢，咬着牙，跺跺脚，一切随之脱落。时光将农人们的肉身塑形，他们是挺立于大地之上的、最沧桑厚重的一幅作品。

那些细微顽强的生物也值得我们致敬。春风草绿，年复一年，选定了水田作为生生世世修炼道场的小生物们，终其一生，逃不出一块水田。却在一掌淤泥中找到安乐，自得其乐，生老病死尽在半亩水田。

　　水田温润如母体，绵密，细致，包容。水田接纳天光云影的徘徊，接纳人情世故的变迁，接纳秧苗从青涩到成熟的嬗变。大地返青，水田眉目宛转，神态动人。水田遍布的大地，如此迷人温暖，宛如母亲，孕育了生生世世的奇迹。

**2019.07**

# 春之老树底

我在车里睡着了。再醒来，车窗外天色暗沉，路边一条河流宽敞。河流不遮掩它的浑厚声线，哗啦哗啦哗啦。打开车窗看一眼，卵石垒叠出河床，几块金黄色的大幅版画正被托举在深褐色的河沿之上，岸边柳树娉婷，美人一般殷切等候。浑厚歌声一再涌现于耳，只是那样看了一眼，车子就身不由己拐进了它的领地。

大地之上，流淌着多少河流。眼前的这一弯春水，河床勾勒出恰到好处的宽度和深度，天色加上春风润泽出恰到好处的对比度和饱和度。雪水早已冰释前嫌，雨水日日从天而降，山林里，田畴间，春水暂时隐入泥地，再从地表的另一处惊喜涌现，它们以各种支流的形式，积少成多，聚溪成河。

每一滴水珠都曾相爱相亲。冬天它们短暂离散，春天战鼓的雷声一经敲响，它们全然惊醒，记忆复苏。在各自隔绝了一个寒冷凄苦的长冬之后，现在它们想着法子要相见、要靠拢、要聚合，迫不及待，蠢蠢欲动。它们带着各自的一些小琐碎（水流中挟带的碎枝叶、烂花朵就是），也带着各自的小温暖（那些新生的小鱼、小虾、小泥鳅都是），不远千里，万众一心。此刻，它们如一群莽撞的孩童，挤在河道里叽叽喳喳、吵吵闹闹。

　　河流的身躯丰盈了，这是必定的。河流的成分复杂了，这是必然的。河流喜欢自身发生这种微妙改变，属于春之流水的感觉，微痒，微疼，微微混浊。但是很暖，试探一下春水，仿佛有很多细嫩手掌在水中争相试探，踊跃追逐，要与你的手掌亲密接触。春水涌动指间，它们只匆匆在手掌啄了一下，如河鱼之吻。它们来不及犹豫停顿，表达切慕，就被裹挟在春潮中，赶赴大好前程。河流的整个性情因此改变，莽撞而热烈，丰盈又多情。春之流水如同一个发着低烧的人，日夜不停止他对未知路途的狂热追逐和呢喃。

　　在旷野的低洼处，先安放一条这样敏感丰沃的春之流水，紧接着把柳树安插在岸边，远远近近，高高低低。他们是站岗守卫的士兵，一有风吹草动，柳枝摇摆，即刻拉响温和的警报，只是他们的服饰略微繁杂了。他们也像几个对河流颠倒痴迷的书生，因河流的婉转柔媚而甘愿一世相守，只是不知他们的吟诵又有几声会落进流水的耳朵。她们也似一群姑娘，日夜临水，四时换妆。

　　稍远处，接着再穿插添加几块大手笔的油菜田，抢在铺天盖地的稻苗攻陷之前。当那些黄金花朵一朵一朵被举在头顶，当遍地金黄散发光芒万丈，光是远远看着这样的景致，就会带来富可敌国、令人晕眩的满足感。

　　被一朵黄金花捕获了。身着绿萝裙，头缀金缕花，腰肢柔软又挺拔，她抖擞精神站立着，在风里扭动身子跳一段舞给你看，她热切又安静地盯着你，目不转睛，一直盯着你走近走近……被一片黄金花群捕获了。她们是斗士一般的女子，雷厉风行，动静皆宜，训练有素。真是无法想象为此她们付出了多少努力。乍暖还寒时节，她们破土绽芽，个个挺直小身板，呼风唤雨，吸纳精华。第一朵黄金花绽放，似一声惊雷炸响在田野。其他的黄金花跟随其后，不动声色而又心急如焚地思索着模仿着，你追我赶，争先恐后，竭尽全力。被她们的色、香、味捕获，被她们周而复始、生生不息的光芒捕获，在她们铺天盖地的冲天香阵中沦陷晕眩。

在春之流水的拐弯地带，请恰到好处地安放一座石桥，四五条青石板铺就即可。车轮在石板中间碾出了浅浅的痕，如纤夫壮汉背脊上深深的印，无数的痕迹触摸过桥身，轻的重的，暂时的反复的，石桥如此沉默坚韧，在乱世中也三缄其口。它允许你的靠近，也接受你的远离，它曾经渡过你，这会是它永远的意义所在。

石桥两端、流水之侧、柳荫树底、花田深处，最后，我想把一个家安放于此。先祖在此安歇，父辈在此劳作，兄弟姐妹在此成长，他们的汗水和泪水都落进这一片土地，而我对这里魂系梦牵。属于一座村庄的樟树都根深蒂固枝繁叶茂，成为当地的坐标，一代一代人在它的眼皮底下鲜活冒出又寂然消散，任何惊天动地的情节在它看来不过是过眼云烟，它很少动容。人们时常簇拥着它，在它周围窃窃私语恩宠有加，老樟树的绿荫里覆盖着一个村庄的家长里短和儿女情长。

此时，农人在春水中洗濯污泥的手足，妇人在埠口清洗衣裳，老人把一竹篮的红薯从春水里提了出来，牛在犁地，耕地放水了，浊水汇入河水，翻起黄白色的浊流……而春水从不嫌弃这一切，春水乐滋滋地接收着一切，包容一切也释放着一切。

用肉眼我很难察觉到任何一处景致的细微改变，衰老或者颓败，壮大或者秀美，属于村庄的景致是以年轮为计算单位的长生之物，它们经年重复，周而复始。在我看来，属于村庄的一切都比我更有盼头。在村庄眼里，我们是只能收割一季的庄稼罢了，看起来，我们仿佛操纵着一切，其实我们都是过眼云烟。此刻，云烟落进了这个叫老树底的小村子，云烟飘走，它却是永远的老树底。

**2016.03**

# 异域灵魂曾进驻过我的身体

　　她走进了我们的视线，她个头适中，身形微胖，及肩学生发，下巴微昂，睥睨众生，步子走出了一股风感，如果配上浓妆，她长相酷似埃及艳后。她走到教室正中，把一件很普通的衬衫中间打结扎紧，露出一截腰，对着镜子，她高举双手。音乐响起来，鼓点轻敲，她扬长手臂，她的身体从这一刻起，开始了奇妙的质变。

　　整个身体的震颤是从底部开始的，慢慢向上波及，在臀部拨弄出一些大动静。似有水花一直缭绕着她的身体，在臀部一直冲击泼溅，水花的动静大起来，震颤到了腰部。腰部的发力是由内而外的，向上传导，抵达胸部。在胸部，这股力量扩散开去，形成电波，起伏动荡，又以巧妙的颤幅扩展到肩部，到脖子，到头顶，延展到手臂。身体处在一股奇妙漩涡的激流中、鼓点中。她的身体成为了涌动的一脉水流，扭转、翻滚、跳跃、起伏，或者一束火苗，摇曳、闪烁、燃烧。她本来略显粗壮的腰身此刻成为一枝花柄，柔软有力，支撑着所有震颤。旋律中，身体成为一支紧绷的战栗之花，骤然间又化散为满天的水珠与星光。前、后、左、右、上、下，在瞬间转化中，她的肢体如水草在水流中前俯后仰，似一只迷人的海豹翻滚在洋流之中，身体成为鼓乐的一个组成部分，活力四溅。音乐消失，她垂落手臂，力量撤离她的身体，光芒都消失不见，她在原地静静站立。她是教授我们肚皮舞课程的云老师，她散发的光芒令我目眩神迷，我们情不自禁鼓掌欢呼，被她的身体语言深深折服。

我基本是个舞盲，没有任何基础，身体毫无节奏感，我的年龄可以当她的小母亲。可我这样的老女人也要尝试着把一截鼓乐埋进身体，让力量由内而外散发出来，让衰老笨拙的身体也试图旋转出一星半点的星光火花。此刻，我穿着专业的舞蹈服装，我甚至都学不会标准的垂肩收臀站姿，我努力把腰身站得笔直，法令纹深刻地紧绷在我表情严肃的脸庞上，我认真执着地紧紧追随她。大教室里，我永远站在后排角落的位置，我甚至不能直视镜子的我自己，那会让我分心。我的注意力只在云老师身上，她是一束火苗。此刻，我试图烊火。

一个小时的课程，从最基本的扭臀开始。双膝微曲，左右，左右，双膝永远保持微曲的姿势，稳住上身，只有臀部进行着左右、左右的动作。身体此时被分解成好几个部分，在分裂中合作，在合作中分裂，在矛盾中统一，在统一中矛盾。小腿紧绷，受力，很快酸痛无比，臀部也在受力，左右拉扯。一节课一个小时，一个小时只能分解几个动作。时间过得飞快，我的舞蹈服湿透了，头发也湿透了。一整个教室的人都湿漉漉的，大家都像从水里打捞出来的一样。

在这一个小时里，我们和云老师发生了非常密切的联系。她会逐一指导每个学员的动作。我是那个笨拙的学生，比划不出简单的一二三。羞报的红晕闪现我的脸上，一阵又一阵的。平时不会有人看见的臀部赘肉毫无遮拦地显露。云老师扶着我的臀，感知臀部的生硬扭动。用力——向左，用力——向右，保持，稳住，拉到极限，肌肉是有记忆的，下次就有更多身体空间被扩展出来了。我们靠近了，嗅到了她的气息，是烟味，她抽烟吗，或者她工作的地方别人常常抽烟，她被熏染了。靠近了，看清她有着很深的黑眼袋，她经常熬夜吗，她的褐色眼眸清晰地散发着一轮一轮的迷人光泽。

为了让我们更好地观察到一个动作的到位，云老师略一沉吟，下定决心，把衣服往上卷：好吧，我牺牲下我自己。我们大饱眼福地欣赏到了她展现出来的波涛汹涌的景观。好吧，我再牺牲下我自己。她把裙子往下又移了移，她的臀部似乎安装了一部动力机，均匀发力，呈爆发状发力，她随心所欲地发力，扭摆，呈现出眼花缭乱花枝震颤的身体景观。从云老师一开始舞动身躯，她就站在了云端，以行云流水的姿势，以收放自如的力量，俯瞰凡尘，点石成金。

云老师的嗓音好听，是天生就善于发嗲的那一类嗓音。在课堂上，她多半用不带感情的、严厉的语气说话。训我们，教我们，鼓励我们，鞭策我们。大教室里，她的声音高亢过激烈的鼓乐，有力地贯穿进我们的耳膜，修正过错，重塑展示。我们的动作实在过于笨拙，她旁观，被我们的奇葩姿势震惊得目瞪口呆。她略微夸张地加以模仿，引来哄堂大笑。可她模仿我们的错误动作都是那样优美，带着一种质朴天然，显得更加娇憨可爱。自她在舞曲中扬长手臂的那一刻开始，她就百分百获得了我崇拜的目光加持。手机里，存放着她的舞蹈视频，我一遍遍回看。想象我的灵魂进入了她的身体，或者她的灵魂进入了我的身体，在灯光下，正是"我"变幻出魔幻的异域风情，翩翩起舞，婀娜妖娆。

现实中，我们这些学员的动作都丑陋异常，她逐一为我们分解，纠正，最初的训练是最艰难也是最具吸引力的。那段时间，我对肚皮舞的专注也达到了前所未有的高度。一个多月之后，我们这一群站没有站相、坐没有坐样的中老年妇女跳起她所教习的第一支舞曲居然稍有样子。舞曲中，我们前移，甩跨，拍手，每一步都踩在了鼓点上，动作齐刷刷。在乐曲中，我们想象自己就处在万众人瞩目的舞台中央，每一个人都是一支冉冉上升的小火苗，光芒洋溢，魅力四射。之前我们苦心比划着的每一个动作、流淌的每一滴汗水都成为针对自己而痛下狠手的刻凿，一具更挺拔精致的身体正从各自的旧身躯中破茧而出。

课堂中，有时她会有电话响起，她一边道歉一边迅速跑去接听。每周三个课时的肚皮舞课程是她的兼职工作，白天她在一个投资公司任职，同时自己还做微商，销售一些川味特色小吃。她已婚，处在备孕阶段，吃了很多中药调理，却迟迟不能心想事成。那一次，她刚做完体检，脸色煞白，医生告诫她这段时间不能出汗，不能用力。那节课，我自告奋勇冲到前面去带操，像她这样一位年轻朝气的女孩实在没有理由为生活而忧伤啊。她都不知道自己的光芒。也许是因为我现在年纪大了，我的目光会越来越多地被年轻女孩子吸引，她们的俏皮、骄傲、矜持都是我愿意远远欣赏的火花。而这所有的信息都是在课间一两句交流中偶尔获知的，我们之间从来没有正儿八经地坐下来，像母女、像朋友那样聊过一次天。云老师是一个真性情的女孩子，她把喜怒哀乐都挂在脸上。

我们开始学一支新舞曲了，要用到新的动作，"扭上八"、"扭下八"，我一直是蛮用心且用力的那个学生，可这次，我栽在我的用力上，我的过分卖力让我在做"扭八字"时扭伤了臀部。只要臀部一发力，筋就牵扯着隐痛，我没办法再继续下一步动作。我又坚持上了两节课，隐痛加重，我找了个理由缺了两节课。第三节课，我再去上肚皮舞课程时，我惊喜地发现，我们更换了肚皮舞老师，我于是更加惊喜地堂而皇之地退出了肚皮舞教程。

我希望，云老师是心想事成了。我希望，她一直都心想事成。说实话，我没有办法轻而易举地就忘记了云老师，是她给予了我生命中仅有的这一次舞蹈体验。所有信息都发生在课堂上的那一个小时，我如此清晰记得围绕着这一个小时的所有细节。

　　下课了，乘坐电梯，我们挨得很近，她和女伴打电话，说很饿一会要去吃宵夜，年轻女孩子的撒娇口吻在我听来悦耳赏心，仿若时光倒流，看到另一个自己。电梯门打开，有时我闪身，请她先迈出去。有时一堆人一起走出来，我放慢步子，她于是走在前面。有时上课会在楼下就遇见她，她看见了我和妹妹的嘻嘻哈哈，她说你们真开心，她眼里掠过一丝丝羡慕。有时，她微笑走过，低下头她带着露珠的一种透剔感。有时，她没有表情，无视经过，那刻她是风一样利索的女子。多数时间，课堂上她神情疲倦。可当音乐响起，活力又注满她的身体，她扬起手臂，腰身露出来，瞬间，她具备了魔力。

　　之后，在偶尔的梦境中，我臀部的牵扯消失无碍，置身中东，我脸蒙薄纱，我提臀甩胯，西米抖得行云流水。我是那个烟视媚行、蛊惑众生的异域女子，尘世在鼓乐中、在光影中分崩离析重塑金身。

　　我努力进入我想要抵达的梦境，我奋力出发，远行，奔跑在路上，我拥有了一个崭新的灵魂。在虚拟的存在中，我获得了如此鲜活而丰盛的生命体验。

2018.06

## 一期一遇

　　紫色，并不是会让人一见倾心的色泽，淡紫的服饰穿在身上，除非要特别娇嫩白皙的肤色，不然只会营造出一种俗气。大自然却不迷信任何套路，信马由缰、信手涂鸦是它的一贯作风，画风千变万化又不拘一格。这一次，它心血来潮，以淡紫作底色，用中国大写意与工笔两种主要技法，以行云流水的笔墨，结合高古游丝技巧，在鄱阳湖湿地流域勾画出一片绮丽风景，这一次，蓼子花获得它的垂青。我们从鄱阳湖风光纪录片中看过盛况，蓼子花淡紫的容颜云霞一般堆叠。水天尽处，鹭鸟翻飞，天青若洗，美景仿似难得一遇的美人，袅袅婷婷，依偎在鄱阳湖畔。

　　隶属鄱阳湖水域的余干康山垦殖总场——梅溪嘴区域迎来了属于蓼子花的盛事华年，对于梅溪村的村民来说，廖子花的盛大花事不亚于一场丰收捕捞。村民组成互援对，高举小红旗进行道路疏导，引领游客通过Y字型的道路，让游客登上属于各自势力范围的一艘艘渔船。船板上摆放着条条长凳，几分钟之后，渔船平稳停靠在码头，人群就从尘世抵达了仙境。

　　一朵蓼子花是不起眼的，几百朵蓼子花也是不起眼的，几万几亿支蓼子花同时绽放，那就是一场花事动乱。眼前俨然一个蓼子花国度，蓼子花掌控了所有局势。在蓼子花眼中，源源涌入的人群充其量也就和一只不起眼的蠓子和蜂蝶不相上下。可这些源源不断的蠓子和蜂蝶又是从哪里来的呢，它们在蓼子花海的起伏波浪中徜徉留恋，追香逐蜜。它们聪明如我们，自百里、千里之外，花有邀，香为媒，如约而至，赶赴一场花期盛典。

宠物狗在绿浪花海中迷失了。它们跌跌撞撞地前行，一次次与蓼子花进行着从头到脚、由外至内的亲密接触。紫色花苞散发出媚惑芳香，这让宠物狗无法正常思维，它们走着歪歪斜斜的路线，放松而又兴奋。柔弱的蓼子花一旦结盟，可以结成如此强悍的阵容，铺天盖地，密不透风。是天地间骤然抛撒出的一张紫色渔网，任再张扬狂野的性情，也难以挣脱由这紫色娘子军织就的一张温柔陷阱，此起彼伏，层出不穷，妙境丛生。

一朵蓼子花不足以映照你，一个芳香国度却足以令人沉沦。人群起初是踩在蓼子花之上，高大醒目，人群欢腾着走远，人就渐渐渺小起来了，蓼子花内敛含蓄地营造出一种神奇场景，接纳，成全，最终淹没和融化。老天相当满意这样的场景布局，艳阳高照，老天圆睁一双炯炯神目，扯出一个晴空万里的帷幕，屏息凝神地观望着这湿地上的一切动静。这帷幕的色泽真是调配得太完美了。蓝，天蓝，无可挑剔的蓝，让人不提防的蓝，让人沉醉的蓝，仿佛触手可及的蓝，但其实是遥不可及的。老天在上，自有它的威严。此时此刻，蓼子花获得了老天如此完整又独特的布景垂青。

人群源源不断上岸，汇入一个蓼子花的奇异国度。蓼子花铺就了足底的每一寸大地肌肤，从踏上这片高地开始，每一个足印都势必踩踏着蓼子花前行。是这样柔弱而又坚韧的花朵，无数蓼子花匍匐低落，更多的蓼子花又在视线中蓬勃生长，她们承载引领，一个个喜悦前景在眼前徐徐展延。一朵凡花造就出一场繁花的奇迹盛衰，对照得恰如一场世事繁华之梦境。

高地与方舟是契合的，人如蓼子，复灭还复生，种子在泥地中根深蒂固。渔船往来，穿梭的正是往生河道。我们迷失了，记不得曾经的上岸与离歌，记不得曾经的相遇与离散，而生的蓬勃喜悦却始终激活着这一片活着的高地。有关前世和来生的记忆都深藏在水里，令人向往，又让人有所敬畏。今世的鲜活就在眼前，就在那一片高地。

不久之后，汛期来临，天边云霞明灭，花朵的盛开恰如一场梦境。一切衍生于水，一切淹没于水。就在鄱阳湖的浩渺烟波中，一切都在酝酿和等待中蛰伏，下一场梦境就要拉开那声势浩大的帷幕。

此时此际，我们如此倾心这一期一遇。

2017.11

## 小潘门窗


有些门店装修得很豪华，取名某品牌 5S 店，员工身着制服，女员工的脑袋后仰，尖下巴随时准备戳你一个窟窿，这样的店面我都只会路过。这一次我拐进一条小商业街，小门店都集中在这里，素颜，朴实。路口每天聚着一群拆装工人，早上来，晚上散，有事出发，没事他们就坐在地上，一副扑克牌成为妥当的消遣，围观者拥有比参与者更高涨的热情。

我想要在阳台上隔离出三分之一的空间，处理为全封闭阳台，这样再逢上雨雪天气，衣服就不必全都请进屋子，屋子里也不必到处都黏腻湿答。这一次我迈进的是"小潘门窗"。小门店一般都这样，前面大半截作门店，后面匀出一小段家用，窄楼梯上去的半截空间承载着一家人的吃喝拉撒。我的问询让一位老妇人从幽深处的厨房冒出身影，她一边往衣服上拭擦水珠，一边要摁手机让她儿子回来接谈生意。手机还没摁响，三轮车停在店门口。老妇人一乐：我儿子到了。巧呀，我于是认定要在这一家做成这一单小生意。

一切都进展顺利，小潘上门量好了尺寸，说好两天之后上门安装。两天之后的早上七点，敲门声准时响起。进门的却不止小潘一个人，他提着打孔机、切割机走在最前面，后面紧跟着他的老婆，手里拿着不锈钢材料，最后进门的是一个四、五岁的小女孩，手里举着一根短短的不锈钢圆条。门店没有上锁，可以让邻居帮忙照看，可是这个小丫头却不放心她一个人待着，于是她光荣地成为了家庭安装团的一分子。

进了客厅，小潘老婆的眼睛到处看，完全不顾忌我的在场，她进门的第一句话竟然是："好烦啊，老板娘你认不认识什么人，我们是进贤人，我儿子想在这儿读一年级，可是找不到人帮忙啊。"我被她问得简直有点心惊肉跳。类似事情，要拜托帮忙的朋友早在八月初就开口了，可今天是八月二十八号了，一年级新生已经进入报名程序。我目瞪口呆地看着她，这是我和她的第一次见面，估计也是最后一次见面。

估计是这件事情非常让这一家人为难了，如果这件事情不能妥善解决，他们一家人就得维持两地跑的状态。要么是他的婆婆过来搭帮手，要么是她在老家陪读，总之不能一家人踏踏实实待在一处。所以，她一见我就这样发问，也不抱多大希望，我估计她见谁都会这样情不自禁地发问。

我们家阳台是狭长的一条，塞下工具和材料，再挤进他们两个人，做事情很受限制，夫妻俩在阳台忙起来。小女孩能待的地方只有客厅了。她坐在客厅的长沙发上，手指头这里画画，那里摸摸。我剥了糖给她吃。她把糖吐出来看看又放进嘴巴里，再继续手指头这里摸摸，那里画画。我忍住要让她去洗手的冲动。我没有准备好要接待她和她的妈妈，我有点手足无措。夫妻俩在阳台齐心协力，切割机响起尖利的嗓门，小女孩捂紧了自己的耳朵。小女孩在沙发上坐得很舒服，她甚至还躺下来，木头沙发有点倾斜，她躺得并不舒服，她起身，沿着茶几走动，手指头也一并沿着茶几边缘走了好几圈。

小潘老婆要回家再去拿一些材料，三轮车装不下所有材料，天气这样热，小潘心里又有更惦记的事情，就算他疏忽了一些事情也情有可原。她有点不情愿地下楼，好在店面离我家路程不远。半小时后，楼下响起小潘老婆的高声喊叫，她不记得该从哪里上楼梯了，她看得见小潘在阳台做事的身影，却忘记了要绕到楼房前面才找得到楼梯。

　　轰鸣继续震动着阳台，夫妻俩又开始齐心协力做事情。我的注意力都在阳台上。我本来可以轻松收买任何一个小孩子的心思此时都波澜不惊了。小女孩调整了坐姿，坐在正对着阳台的小方凳上。在尖利的切割声中，她捂紧耳朵。尖锐过后，她用细尖的嗓音开始唱歌。她唱得有模有样、有板有调。我听了好久才听明白，对着阳台上的亲人，她唱的是"世上只有妈妈好"。

　　需要俩人合作的步骤都完成了，小潘老婆带着小女孩先回门店，时间到了十一点半，她要为一家人的午餐开始忙碌。天气很热。我挤进阳台，告知小潘挂杆的具体安装位置，小阳台要安装许多挂杆、挂衣架挂毛巾等等，每一寸空间都要被利用到最大化。我看见无数的汗从小潘的脸上流下来，他的脸晒得够黑了，太阳此时变本加厉，丝毫不肯放过他。他穿着一件某品牌的广告汗衫，一双拖鞋里的脚污垢黯淡，这样的一个人却是一个家的顶梁柱。

　　我把蜂蜜水放在阳台上，闪回客厅的阴凉。想起很多很多年前，高三毕业的那年夏天，我从外地批发回一些遮阳帽，摆放在路边。两棵树之间拉一根长绳，花花绿绿的遮阳帽成为当时寂寥街道的一道风景，素颜，清纯。此后，我走过很多条街，遇见很多人，有着类似表情的人、店面，于我都有一种天生的吸引。当我走向他们，也仿若当年向我走来的每一个人，在被生活煎熬的时刻，带来一些希望。

2018.09

# 夜战之听架之猫江湖

深冬开始，夜半总会被猫的叫声惊醒。

天气真的很冷，睡在暖烘烘的被窝，窗外的寒风一阵比一阵刮得凄厉，树叶都集体战栗了，发出持续不断的瑟缩声响，猫的动静在夜深人静时脱颖而出。

对于猫们来说，黑夜才是白昼，瞳孔扩散，漆黑一团被映照成雪光耀眼，夜的帷幕越拉越密，好戏紧锣鼓密开始上演。

小区的绿化带是猫们的调情舞台。由一阵急促的脚步追踏开始，一切都真枪实弹进行着。猫们动作迅疾，穿过杂树会带来一小股风感，滑过草丛从不拖泥带水。间或带有数次扑空的可能，也有故意拉长节奏的嫌疑，猫们不厌其烦开始你追我赶、你停我等、你近我远，它们实施了诸多缓兵之计，将拉锯战进行到底，将情事的前奏延长再延长，每一次扑空都激荡出更大的征服欲望。感情已是如此炙热浓烈，追逐中的两只猫就是飞奔着的两团烈火，再不靠近就要跌入焚身的险境，每一次追逐都全力以赴。

等到高亢刺耳的声响在耳畔一遍遍回放时，春事正进行得如火如荼——俗称"叫春"。无法用语言描述这样的喊叫。每一声都从生命的深喉中涌荡而出，每一声都从情难自控中爆发而来，每一声都深陷其中，每一声都欲罢不能。这样的喊叫一半原因来自对方倒钩的刺痛，另一半则来自喜悦。两情相悦的你情我愿，哪怕明知会带来伤害，还是要一次次饮鸩止渴。

春天就是这样，被猫一声声，一夜夜的，从寒冬深处，慢慢叫近，叫回来了。

有时会羡慕，羡慕猫们在暗处的如摩如挲。有时也觉得自己在忍受，忍受鼓噪耳畔的无休无止的缠绵倾诉。野地里，猫们扯开了喉咙，敞开身心，接受了彼此，无遮无拦，倾其所有，猫的一夜仿佛一生，一生仿佛只渡一次春风。

白昼，猫们蹲在角落，扫一眼你，目光高冷，神情漠然。猫们转身，尾巴弯着一个优雅的弧度，迈着猫步，袅娜挪移出你的视线。猫们隐身，蛰伏，蓄势待发，下一个春夜如期而至。

2018.04

# 夜战之听架

一直辗转难眠，原来是为了等待这一场夜战，属于我的听架。

时间在午夜十二点半，女声突然响起来，像是烟花突然在夜里炸响。惊醒我，我如假寐中的猫咪，缩起身子，竖起耳朵听。

一句话一句话的炸雷，一个字一个字的闪电，从隔壁单元楼的某个窗户，穿楼裂墙，直刺耳膜。像胸中憋了一股恶气，我已忍你很久啦，在这个临界点，恶气喷涌，一柱擎天，女声以一串高音抛向夜空，以迅雷之势溅出万千缤纷火花。持续发力需要超强内功，要注意遣词造句，要注意语气的磅礴连贯，要一气呵成，气贯长虹，以压倒性的优势碾压对方，让对方毫无招架还手之力。这是对挑战者体力和脑力的极大考验，大多数人无法做到语言和气势上的绝佳统一。女声由开始的一小段一小段高腔出发，以接近最高分贝的优势，抢占了吵架的制高点。

可始终只有一个女声在发力。

我极力想要捕捉来自对方的一个不同的声律频道，却始终落空。又或者是作为对手的那个男人声音太过压抑，他不想添油加醋，只想息事宁人。又或者自始至终，他都不发一语，只在一边，做自己该做的，冷眼旁观，雷霆丝毫无法撼动他。

这接近一场独角戏了。我听得内心愤然。

一般来说，吵架需要棋逢对手。你扔一个手榴弹，我回一串机关枪，都竭尽当时自己的最大功力，这样的吵架才最有杀伤力，才会有遍地开花酣畅淋漓的现场效果。如今这个场面，一方炮火过于猛烈，另一方根本不加反抗，束手待毙。杀死一次和杀死千百次根本没有区别，这就失去了针锋相对的现实意义。

须知，每一次争吵都是负面情绪累积到忍无可忍的终极大爆发，而每一次大爆发之后，负能量挥发殆尽，旧疮痍尘埃落定，硝烟过后，一个新境地又可能徐徐而生。所以，每一次争吵都可能如滋养，最大程度地激励一段新生活。所以，吵架时如果一方不加呼应，那是对挑战者的最大蔑视和羞辱。

我听着，猜想着这次夜战必不能持久。

果然，女方只持续发力了十分钟。火力由开始的一小段一小段猛烈炮火缩减为一句一句的扫射，再由一句一句的扫射变成一个字一个字的点射。最后，零星的点射烟火逐一湮灭。

我的神经还绷得紧紧的，我又绷紧了一刻钟，可什么动静也没有了。落幕了，散场了，我的神经慢慢放松。

我睡着了。

2018.04

## 菜场里的红衣女子

旭日农贸大市场的台阶铺排得有点盛气凌人，和法院的高台阶类似，我们去买菜，得在两边小贩的注目礼中款款登阶而上，迎接他们的夹道欢迎。有时拽着长裙走上台阶，我总疑心自己要去的不是菜场而是赶赴一场盛宴。

几年前，总是在右边，被那个卖鸡蛋的女人喊住："你好久没给我买鸡蛋了，你家的鸡蛋还没有吃完啊……"那么多人走上走下的，她只冲我喊话。有时就要与她擦身而过了，她低沉的嗓音就在眼皮底下响起来："你几时给我买点鸡蛋啊。"我简直被她这一声吆喝搞得措手不及。每一次我都不生气，我满怀歉意："乡下才买了两篓，都还没吃完，我保证我吃完就一定和你买。"这样的安慰起到了效果，她的表情还是失落的："好吧，你一定要记得和我买啊。"她到底还是放行了。

最早的时候，她坐在台阶上，守着两个篮子，一篮是鸡蛋，一篮是鸭蛋，她孤零零坐着，长头发扎起来，脸也不小，蛮土气的模样。她不太敢看人，怯生生坐在那儿，我觉得她简直有点像卖火柴的老女孩。我一动心，当时就向她买了二十个鸡蛋。这个举动让她从此看到我就眉开眼笑，只要我的双脚一踏上台阶，哪怕她处在最高处的那一级台阶也必定能第一眼就逮着我。

　　我一次次看见她，她一次次在视线里变得光鲜亮丽。她烫发了，有点烫焦，焦黄焦黄的头发配着新买的衣服，是大红大绿的新衣服，她把自己收拾得喜气洋洋的。她往摊位添置了更多东西，一些易存放的干货。她很有经商才能，人群在她的摊位前驻足，多多少少都会拎着一些商品离开。我还是只经常性与她购买鸡蛋，她的公公常年放养鸡鸭，它们是正宗的绿色产品。

　　那一天我发现她的长烫发变成了和我一样的短烫发。我们相视而笑，她摸着自己的头发说：“我想学你，可是我烫了不好看。”我真心夸她：“好看。”至少，她比以前的她好看得多。

　　有一次顺手在底下的黑芝麻摊位上拿了一包核桃肉，人家也是纯手工剥的，走过她的摊位，她手里正捧着一把剥好的核桃肉，她用幽怨的眼神看着我：“你干嘛不和我买啊。”我在她轻轻的责备声中愧疚离开。第二天，我在她那儿又买了一包核桃肉，她很开心地多找给我两元钱。不是两元钱让我开心，是她的开心让我开心，她让我觉得自己是她重要生意的重要合作伙伴。

　　后来她不再念叨了，我们都心知肚明，我只会在她的摊位上买禽蛋，而如果我没有买，那一定是我还没有吃完，或者从乡下又买了一些，而绝不是我背叛了她，和这个菜场别的摊位做了生意。台阶上相遇，我们相视一笑，我飘然地安全地突围了她的防线。

　　我开心地看着她，她手上新戴了一个金镯子：“我婆婆给我买的，算她有良心，我帮他们卖鸡蛋鸭蛋卖了这么几年，钱都一分不少交给他们。”她有事的时候她婆婆就来她的岗位顶班，是一位憨实的老太太，相对而言，她有着胜过她婆婆的精明。她不在的时候，我当她在一样，我和她婆婆做生意。

　　可是我觉得她婆婆顶班蛮久了，我总看见她婆婆一个人闷声不响干坐着，有时头垂得低低地打着瞌睡。我隔了好久没去菜场了，成哥放暑假，要每天做饭了，我忙碌的身影又重新开始拾级而上。

没有想到在菜场里面遇见了她。她叫住了我。我仔细分辨了一下才认出是她。她剪了男孩一样的短发，她的胸显得非常庞大。我迟疑地说："你生了孩子吗？"她说："都三个月啦，一个男孩，现在我有三个孩子啦，前面是一个男孩和一个女孩，大家都说我傻啊，还要生。"她今天穿了大红短裙，人略瘦了一些，新发型显得她年轻活力，彰显了一位新晋妈妈的喜悦朝气。她忍不住对我唠叨了多少年说起的话："你记得，还去我摊位上买鸡蛋啊。""现在是你婆婆在那儿。"我接过她的话，"肯定会的啦，我保证。"我再一次盛赞了她的新发型和红裙子。她摸着自己的短发，脸上的笑容像一朵盛开的花："你的话让我太开心了。"

我甚至不知道她的名字。她也不知道我的名字。我们都是千万人当中的一个路人，但是是一个重要的路人。有着拾级而上的独一份专注，有着他乡遇故知的菜场相逢，有着不成文的重要约定，默契、信任、期待，这些构建了重要的生活场景。

**2018.08**

## 以滤镜的温柔

公开的明星照总是光彩动人，与路人的抓拍图有着云泥之别，我们一边对比，一边在心里说着"照骗"。看着效果截然的两张图，其实内心最感崩溃的应该是明星本人吧，曾几何时，那时的"我"真的很美。

我一直都沾沾自喜的，觉得自己长得不差，生活过得也不赖，与一票同龄人站在一起，不敢说鹤立，内心的优越感一直还是有的。我会直言询问对方年龄，得到一个确切数字之后，自我感觉越发地好。区别就在眼前啊，我的穿衣打扮，我的精气神，我那时不时就要泪泪而出的小女生状态，这些特质从我的身体里源源迸发，与我的外表并没有产生一丝的不违和。

我会非常认真地察看自己，找皱纹，找斑点，找赘肉，经过非常认真地察看，我还是对镜中人感到满意，点头，微笑，笑容里有着对自己完全的肯定和宠爱。要说对自己最苛刻的那个人，那一定是自己了。拔了一根根白发，一遍遍拍打自己的眼角，一次次挥汗如雨，都是为了什么，就是希望当时光的锋刃无情地向我们挥舞时，可以下手慢一些轻一些缓一些。变丑、老变和死掉是天底下最公平的事情，我只是希望这个降临的过程可以温柔一些，不至于太风卷残云惨不忍睹。

我们在一起玩的小伙伴中，有三位摄影师，有一位拍出来的照片总是美的，光线和角度都无可挑剔，有一位的照片就总是会难看一些，哪怕相似的角度，他给我们展示的却仿佛不是同一个人。我以前以为，这就是技术。我乐滋滋地在第一时间分享了另一位摄影师所有无可挑剔的照片，在世人面前展示了一个几乎无可挑剔的"我"。

就在今天中午，这一位摄影师发出照片，我大言不惭地告诉他，不要修图，发原图，发原图。原图和修图都发给了我，我看到了两张一模一样又有着天壤之别的"我"。原图中，我的抬头纹、眼皮上的小疤痕、法令纹清晰可见，甚至头天夜里的狂欢痛饮和今天经过一上午高温煎熬的疲倦都在脸上纤毫毕现。而在修图里，我似被观音菩萨的杨柳枝拂过，被甘露水浸润过，这些瑕疵都消失不见，脸面光洁温柔，美好如梦幻一样浮现。

我求证另一位摄影大伽。他说他是从不修图的，他只事先调设好相机的种种参数，当光影投落，图片于是神奇地只呈现我们想要达到的一种皆大欢喜的完美呈现，自然和谐。可这也就说，他只是高明地提前就设好了局。

我在反思，平时，手机里自带的修图软件我几乎不用的，我有自信原图呈现。这一刻我终于都明白了，手机里呈现的哪怕是最没有美图的原图也一定是加了一层滤镜的，这都要感谢商家的良苦用心，他在努力地不落痕迹地保护了天下人自爱的天性，让你不至于伤害太深，让你自己不至于太漏洞百出。

说回我自己，我其实天生就自带过滤镜，眼睛近视两三百度。平时我几乎不戴眼镜，当我偶尔戴上眼镜看镜中的自己，我会发现镜子里有一个陌生冷硬的图像，我视而不见，借口说那是因为我不习惯戴眼镜，我轻易忽视了镜子呈现的真实影像。而当我不戴眼镜的时候，何时何地我都看到了一个朦胧又美丽的人儿，在调羹的反射弧里，在街面的落地镜前，在对方的眼眸中，我于是整日都喜滋滋地生活在云端之上。

我长久地盯着我那张未修图，一个我面对着另一个我，有憎有嫌，有爱有怜。一个我在笑，一个我在哭。一个我在云上，一个我在泥里。好吧，我还是选择继续呈现滤镜之后的光彩照人。而在有情人的眼中，对意中人的喜爱就是一层最厚的滤镜了，纯粹彻底，对你有喜爱，你就有多美丽。请赐予世人一副有情人的滤镜吧，好让我们更深爱这人间的每一天与每一帧画面。

2018.07

# 一个叫芳的十六岁女孩子

快中午了，"经典"理发店才开门，店里只有老板娘一个人在，老板早上去开家长会到现在还没有回来，我看看时间，应该还来得及我去附近吃一顿午饭。我再次走进理发店，老板刚刚从停在店门口的小车里走下来。我坐在位置上，整个人非常疲倦。我说，我想烫头发，我的脑袋就交给你了。边上，有一颗脑袋已经交给了老板娘，在老板娘双手泡沫的搓揉下，那颗脑袋顽强地保持着查看手机的姿态。边上还有另一个脑袋也在等，那是一个年轻人。老板娘说，他等了蛮久。老板看看我就明白了。我说，你先给他理发，之后你再把午饭给吃了。老板愉快地点头。这时候又有一对夫妻走进来，一个要洗头一个要理发，理发店略微显得拥挤了。

理发店的另一位造型师正从老家的路上往店里赶，老板娘这时候开始打电话："你还没有来吗？这都几点了你还没有来吗？"老板娘放下电话对她老公说："我可不要再打给她了，我刚才已经给她打了一个电话了。"老板温和地回应："那就不要再打了。"从语气中听出，这个她应该是店里的一名学徒女工，站在老板的立场，老板们都喜欢员工早早到位，那时候进来再多顾客，哪怕让他们坐等老板也是心安的。说话的时候，镜子里，她出现了。

老板娘那天穿得也不多，可我不会觉得她冷，她在镜子里出现时，我忍不住问出了声："你穿衬衫你不冷吗？"黑色长马甲下，她衬衫白色泡泡袖鼓鼓涨涨的，袖子还卷起了半截，一看就让人觉得寒意四起。她像是没有料到会有人会和她说话，她小声地回答："我不冷。"镜子里，她的模样清秀单薄，高挑个头，长头发扎成一个马尾。因为我的近视，我始终不能看清楚她的五官，镜子里只隐约现出一个模糊的黄色影像，映出她单薄的一张脸的轮廓。

她安安静静地出现在镜子里，开始是安安静静站在那儿，后来就安安静静坐下来。从她走进店里，没有一个人与她打招呼，这店里只有她一个学徒。老板和老板娘正对她心生抱怨，唯一的电脑前坐着老板的大儿子，就算电脑前没有人坐着也轮不到她去浏览网页，另一边老板的小儿子正与他一个同学嬉闹，那样的嬉闹她也无法插足，顾客都是不熟悉的，她像一个被隔离者，走进了一个隔离区。因为没有人手，之前的那对要理发洗头的小夫妻已经走了，现在人人手头上都有事可做，她被老板娘心急火燎地招来却无事可做，也许她心里也带着一点点怨气吧，她就那样生硬地坐着，僵持着。

和老板聊天得知，一个理发学徒至少要经历两至三年的学徒期，光是洗头就要洗三个月，真正开始握剪刀至少要在一年半之后。之中，学徒工要乖巧要伶俐，从一进店门起就要八面玲珑。既要招呼好客人，更要讨好师傅和师傅一家人，顺带手脚勤快，有事就上，有卫生就搞，总之三年时间，理发学徒要把这一间小小理发室当成一个小宇宙，他必须尽可能地散发能量、吸收能量，才可能在以后的日子里发光发热独当一面。眼前这一个十六岁的、才当了一个多月学徒的、叫芳的女孩子显然还没有掌握要领，她僵硬坐在那儿，她没有带来一本书或者掏出手机来协助她一起度过此刻难堪，她只是顽强生冷地硬坐在我的镜子里。这时候，终于有人推门进来了，老板朝她扬扬头，甚至没有叫出她的"芳"名。她默默地引领来客穿过走廊，里面的洗发池短暂地收留了她。

一个小时后我来到洗发池，另一边的洗发池边，这个叫芳的女孩子正在泡沫中慢慢清洗她手里的属于她的第二颗脑袋。她怀里满抱一颗泡沫脑袋，像抱着一个婴儿一般地无助无奈，她脸色的确是蜡黄的，不是年轻人该有的那种白皙细嫩，只是蜡黄。她真的不像一个十六岁的女孩子。我朝她微笑，我希望看到一抹笑意花朵也浅浅盛开在她的脸庞。我坐下来洗头，侧过头对着她微笑。她仿佛被我的微笑惊吓，眼光忽闪了一下，她没有给予回应。我洗好头站起身，我包着头巾对着她微笑。她注意到我的起身，也许她一直在看着我，她等待和接收了我的微笑，仿佛是等待一阵轻拂的微风目睹一朵花开，她仍旧没有给予回应。她只是抬起头，看着我，她的身体似一截枯木，表情似静水深流，身外的电闪雷鸣都无法撼动。

我和老板聊天，吹风机的轰鸣起起落落，客人进进出出，理发店气氛热火朝天的，自始至终，她是无声的，木偶一般，在洗发池边隐身或者在某个角落静静站立，旁观旁听，两只鼓胀的白色泡泡袖似纸糊的一对翅膀，垂落着，收拢在胸前。

这一次的烫发两小时就搞定了，我拥有了一头蓬松卷发，令我愉快的是，这次我没有像以前那样感到漫长而磨人的烫发过程。我从镜子前站起身，审视着一样又不一样的自己，我不是特别失望也不是特别开心。我迈出店门，这个小小的理发店，这个理发店的江湖，江湖的风起云涌都被我掩在了身后。可第三天了，我从书本的间隙中抬起头，那一个从镜子里出现的微弱的黄色轮廓，那一对收拢状的模糊白色泡泡袖，恍如折翼，又一次那样清晰坚定地浮现了出来。

2017.11

# 致李墨耘先生

　　那是好几年前的场景，一伙人在乡下的某个大桥墩子底下戏耍，关关挺着个大肚子，就在其中。五月初的阳光还是有些杀伤力的，一伙人跟着户外垫子移来移去。移动的过程中，在不同的镜头里，关关都在不停地吃吃吃，她吞咽下的每一口食物都直接滋补着尚在她腹内的李墨耘先生。

　　一转眼，李墨耘先生三岁了，实际年龄才两岁多几天吧。每天，他最高兴的事情就是跟在关关后面，做姐姐笔笔的忠实小尾巴，一家人一起去巡视小区后面的属于别人的半亩池塘和几块田地。巡视时间一般都在傍晚，夕阳倒映在池水里，也倒映出一家四个人高高低低的身影。李墨耘先生个头太小啦，勉强可以在田塍间摇晃行走而已。七里香长得比他高，长豆荚的藤蔓爬得比他高，几片芋叶就可以完整地遮藏了他，李墨耘先生的小小身影时隐时现。田野里的一切都令他着迷，隔天看到的旧景物全都是新景象。只要一说散步一打开家门，李墨耘先生就像颗小甜豆，滴溜溜滑下楼梯，滴溜溜滚进了眼前的这一小片"广阔"田野。

　　李墨耘先生喜欢的只是走到户外的那种畅快，光线突然亮堂起来，阳光刺得睁不开眼，随时都要承受风的突袭，一切都让他措手不及，一切都让他心花怒放。表现出来的样子就是他一直都会咧着小嘴，哈喇子情不自禁垂挂在唇角，再凝成挂线的蜂蜜状，他异常突出而可爱的两颗小兔门牙露出来。他有着两汪最出彩有神的黑葡萄眼珠，纯黑，不带一丝杂质，世界的美好映照进他的两只黑眸子，再反射出双倍的美好。他的眼睛像过滤镜一样，过滤着人心的浮躁和尘世的轻佻，一切图像在他的视线中都被轻松庄严地定格成单一纯真。

我和李墨耘先生最远的一次出行是今年四月的婺源行，我有幸与他共坐一车，我们一起坐在后排座位上。有时，他坐在中间的位置上，有时，移到靠窗的位置，有时，他跪在中间端端正正看前面手机里小猪佩奇的视频，有时，他躺在关关怀里看，有时，他扭过头来居然也可以用这样的姿势很舒服地观看很久。更多时间，车里弥漫着李墨耘先生奶声奶气的腔调，一路上，我整个人都感觉甜腻得有点晕乎乎的。车窗外是四月的花红柳绿，可什么都抵不过李墨耘先生一开口，他说一句话，那随时都处在萌芽状态中的一句喷香稚语。

他说："哎呀，老妈，你听我说……"跟着是只有关关才可以领会意思的一串长短句。他说："这个风，怎么这么舒服啊……"他眯上眼睛，嘴角笑成花瓣的模样。他说："一会一定要记得去捉几只蚂蚁啊……"我们大人正在聊着的话题，那些沉闷灰色的话题都远不如他的提议更加重要而有意义。

车后排小小位置成了他一个完整自在的小世界，他从包里掏出零食，那是他头天晚上去超市精心挑选的，他不停地换着口味，他吃一口面包再喝一口酸奶，他再吃一口面包再喝一口酸奶再接着吃点别的什么，他的小肚子圆鼓鼓啦。吃的时候他精神蛮好的，他停止了进餐的行为，发了一小会，他用奶声奶气的声音慢慢悠悠地说："哎呀，老妈，我有点儿不舒服啦……"关关及时用袋子接住他涌上来的一大口呕吐物，有一小口还是直接从他的嘴角滑入座位的缝隙里。哎呀，我都没办法形容李墨耘先生制造出来的气息啦，虽然袋子抛进了路边的垃圾桶里，虽然关关再三擦拭缝隙处，但是那种气息扎根得很深，李墨耘先生就在他自己的气息中踏踏实实香香甜甜地睡着啦。

一路上，李墨耘先生的身影总是会粘住我的眼睛。他穿的鞋子是蓝色的，有一点点不挤脚的舒适，显得有一点点大。他的短裤也是宽宽松松的，显得他的小腿肚特别的光滑细嫩，像两截玉雕的春笋一样。他的衣衫也是宽宽大大的，他的小胳膊就是两截藕，肉乎乎的，捏着手感特别好。我把他整个人抱在怀里，哎哟，都不敢使劲，轻轻捧着呵着护着，珍宝一样。李墨耘先生小小的步子迈在婺源的石子路上，油菜地上，鲤鱼池边，河岸的青石板上，李墨耘先生的小小身影出现在哪里，哪里都变得灵动光辉起来。他是一束阳光，滋润光彩了人间。

李墨耘先生对眼前的世界抱有极大的爱好和兴趣，值得他以一种与生俱来的优雅淡定去欣赏去珍惜。置身山水间，他闲庭信步，向一草一木伏下身去，对一虫一蚁表白真心。他很少有暴跳如雷的时候，当事与愿违，他小小的人儿理智地、温和地提醒你，暗示你，点拨你。在他墨玉般温和而深情的注视之下，在他油汪汪而亮晶晶的哈喇子蜂蜜水前，很少有人还可以稳住阵脚，不被他左右和征服。

李墨耘先生是另一类存在。不是那种疯孩子，完全不能把握他们的下一次朝向动态，似雨水洒在荷叶上，一溜烟聚了散了没了影踪。他如果是水珠，也会静静地聚拢绿荷中央，稳得住，再自己慢慢消磨出一段好时光。任你有天大的火气，也被他无招胜有招地破了阵，继而偃旗息鼓云淡风轻。他一直都处在不由自主地散发中，他好听得会令耳朵起瘾的语气，他至真至纯的星眸，他的蹒跚学步趔趄前行，促使一整个驳杂人世都要向他伏下身来，温柔相待。

这么一刻，我忽然很盼望着我速速老去，李墨耘先生——一位优雅高大的、在某个领域颇有建树的李墨耘先生正向我稳步而来。我手持一张照片，我亮出这张照片：我怀里正抱着小小的李墨耘先生。哪怕他以后非常了不起了，他也曾经是那一个被我紧紧搂抱在怀的小可爱，那个曾经带给我们无限温馨愉悦和美好时光的李墨耘先生。

**2018.06**

## 向美竞折腰

　　什么是缘分呢？一位二十年前就在你面前出现过的人，离开了你，经过二十年的风吹雨打，他又再次出现在你面前，中间二十年的时光仿佛被省略被过滤，而这一点儿也不影响什么。时光只是动了一点小心思，它花费了二十年的精力，将两个人打磨得更加圆润通透之后，再将彼此推到眼前。而从此，他们再没有远离。

　　二十年前，他为我留下了一组非常惊艳的少女容颜。那组画面让我的时光定格在永远的青春年少，画面最大程度地保留并放大我的青涩和稚嫩，将与少女有关的一切美好字眼都浓缩在一帧帧精美无瑕的影像图片中。我光洁圆润的青春、我纤细柔美的体态、我尚不解风情的妩媚都在光影中微微潋滟。

　　我是过了很多年之后，才渐渐发现这组照片的精妙以及永不重回的美好。很多次，我想找到他的念头一起再起，但终究我和他始终没有遇见。浅浅信江一水之隔，我们像两颗露水消失在晨起的曦光之中。长长信江也如迢迢银河，我们是两颗星星，在各自的天界发光发热，断然失去了再次碰撞的火花。

　　四十岁那年初秋，几个好朋友自驾游，闺蜜指着开车的司长兼摄影师对我说：就是他，秋，二十年前给我们拍过最美照片的秋……记忆的闸门瞬间被惊喜的浪花冲开，我在车里兴奋得咿呀大叫，比二十年前的我更加孩子气。这时的秋早已成立了自己的风瑞传媒制作公司，小日子过得风生水起。而他最看重的就是后备厢里一个超大号的器材包，里面都是他花费不菲而添置的各类摄影器材。一背上那个超大器材包，秋就变得威风凛凛。他不急不慢地行走在山水之间，远观近赏，胸有成竹。他打开摄影包，掏出长枪短炮一样的摄影器械，向美瞄准射击，咔嚓咔嚓……世间的美妙被他悉数收录囊中，他是一个具有法术的通灵人士。二十年前，他抓拍下了最美的我，二十年后，他的技艺更加炉火纯青。他从不要求我们摆拍，他只让我们在山水之间自由绽放，在散发光彩的那一刻，他挥一挥魔法棒，化腐朽为神奇，点石成金。

在他远离我的这二十年当中，我没有留下一张满意的照片。我仿佛消失在时光中，黯淡无光。自从秋秋带着他的好人品和好技艺荣耀归来，每一次游玩之后，回来冲洗的照片都是海量，相册以一本本的厚度惊人叠加。一个四十岁的女人居然可以这样美，我深深陶醉在自己影像之中。

不止我一个这样陶醉。所有在他镜头下定格的女人都为此如痴如醉。或者沉迷于一个表情的恍惚迷离，或者深陷一个背影的纤巧神思，或者惊叹于风起时的戛然又止，或者叹惋于落霞时刻人景的天人合一。我们呈现了什么，秋都能精准地捕捉。我们隐藏起来的什么，秋也能巧妙地掀开。一切都淡淡的，不落痕迹，不带走什么，只留下了顾盼有情的婉转，只留下了衣袂飘飘的翩然。

我们这一类女人沉迷于自己的花容月貌，得之雀跃，大呼小叫，这些表现在秋的眼里可都不值一提。有时觉得，在他眼里，我们只是一群被他宠坏了的姐妹，他愿意花点小心思，按下一组镜头，让我们欢呼。秋的镜头时常就移向了一边，在田地间劳作的农人、溪边洗濯的老妇，或者在泥地里嬉耍的孩童，甚至一只疲惫的老狗、一头咀嚼的老牛、几只凫水的鸭子，都可以被秋捕捉进镜头，他的镜头铺陈蔓延出一种更让人安心和喜悦的寻常朴实的人间烟火。

在与我们并肩同行的时刻，秋秋始终高举着他征服世界的武器，对眼前呈现出来的一切蛛丝马迹明察秋毫。他领会和破译了自然之密码，掌握和了解了山川河流的朝向，四时景致循序渐进，他洞悉人间万种风情，他以一个参与者的乐在其中和一个旁观者的置身世外对全局从容掌控。万物莞尔，他咔嚓一声摁下快门。耳朵里，始终能听到他的咔嚓声响，我知道此生他不会再放下那个巨大的器材包，他不会停止搜寻发现的步履，他用镜头的永恒刻录下瞬息万变，他将一刻不停地行进，遇见美，更美，向美竞折腰。

无数个深夜和黎明，秋秋又一次独自踏上漫漫长路。他蛰伏某处，如同一个猎人，等待着惊心动魄的美悄无声息地君临。风来，云涌，雾散了，光影之中，美景如同一只神奇的九色鹿，倏忽显现。秋屏住呼吸，按捺心跳，当他摁下快门的那一瞬，他是被神恩宠的孩子，浑身散发着光芒。

2017.08

# 也许，我们可以换个地方在一起

## ——《水形物语》观后感

　　这是一个奇幻剧。清洁女工与人鱼相恋，安保队长要杀了人鱼，以防止人鱼这样一个科研结果流落他国，由此展开的一段剧情。

　　这个清洁女工，她是个哑巴，她的工作是保洁，打扫厕所，清洗任何污垢。工作是最肮脏不堪的，但她依旧干净美好地活着。早上上班之前，她在浴缸里享受美好一天的美妙开始。上班会走过一条通道，心情好的时候，她在通道里跳一小段舞蹈，那双擦得锃亮的皮鞋托起她清瘦的、却充满着渴望的身躯。坐上巴士，她摘下帽子，把它垫在车窗玻璃上，再把头轻轻挨上去，仿佛就是靠在另一个人温暖的怀抱里。一个情感饱满丰富的她，正当年华，处在一个情感爆发的临界点。

　　她和一个落拓的老插画师合租一套房。

　　插画师失业已久，秃头，一个人画很久的画，呈给别人过目，再一次一次被否定拒绝。在他们合租的房间，冰箱里放满了一盒盒口味各异的蛋糕，那是从街对面的一家咖啡店买来的。等插画师存够了可以买一盒或者两盒蛋糕的钱，他就领着她一起走进蛋糕店，他用她来壮胆，以方便他与那个年轻的男服务生的搭话。某一次，老插画师目睹了男服务生对一位黑人女士的出言不逊，同时他也无情终止了老插画师对他的试探与暗想。老插画师的生活于是回到了最初，没有希望的最初，与几只猫、与她相依取暖的最初。可有些情感是无法控制的，比如老插画师之于男服务生，类似的情感历程只能一次次尝试，再一次次地无疾而终，落幕。像飞蛾，永远向着光，向死而生。

　　她的转机来了。命运为此颇费周折，从遥远的热带雨林为她带来一尾男性人鱼，作为一个研究对象关押进她从事保洁工作的科研基地。她无意中目睹了人鱼作为一个研究对象被安保队长非人对待，语言攻击，身体折磨，痛上加痛，伤上加伤，毫无尊严平等可言。那一刻，她在暗处揪心如焚，人鱼就是另一个她了，遭受着与她类似的一切苦难和折磨。她的眼里，人鱼比她更可怜，她有义务尽己所能，向人鱼发出护佑之光。光芒于是以一颗鸡蛋的形式、以轻轻碰触的形式、以一种彼此在场的怜惜愉悦，冲散了整个封闭室的阴郁暗黑。

　　她轻轻地将一个鸡蛋放置在水池边，人鱼试探着游近。一个鸡蛋攻破了两个生物之间的堡垒，由此带来更多的愉悦时光。一小段音乐的共同领会，隔着钢化玻璃的两颗心心相印……感情的事情，好比鸡与鸡蛋，分不清开始结束，分不清给予与接纳。从那一时刻，男性人鱼从混浊水池里伸出他的鱼鳍手，一切玄机的解密始于一个鸡蛋。一个人心里渴望着什么，就一定会有所斩获。处在边缘底层的她，如此渴望着获得一份被看见、被体察。而任何微妙的好感都会被对方恰到好处地捕捉，哪怕是在两个不同的物种之间。

　　恶魔肯定在人间。安保队长是其中一个。他傲慢、自私，占据着一个安保位置就以为不可一世。可世上没有哪个位置无可替代，身陷网中的当局人却迷在当中。他注定了扮演一个反派角色，注定要坏到底。骚扰女保洁员，虐待人鱼，轻谩科研人士，对上司言听计从。他要执行上级的命令，上级才是真正的恶魔，他充其量只是走狗帮凶。他必须要执行一切命令，这是他得以保全他幸福的筹码。他要结束另一个生命，有人不想，冲突就这样起来。安保队长貌似掌握着全局，但事情总有突围的神迹，神迹往往启动于一小撮卑微渺小的人群之手。

导演是仁慈的，电影在最后给出了一个希望。任何事物若想昭告天下，必须给出一个希望，否则就不会大白天下。所以，在影片最后，歌曲轻轻哼唱：我如此在乎你，我们永远在一起……清洁女工与人鱼相拥在海洋，去了另一个更加宽广的地方，永远在一起。

我想说，世间任何奇妙情感，在同种生物之间，在不同的生物之间，都在以一种黑洞的方式，彼此吞噬又彼此成全。莎莉·霍金斯的表演还是深得我心，遗憾的是某些敏感场面都"视而不见"了。

2017.03

## 雪是一个不会说话的情人

　　好几年都没有看到雪了。头天晚上，有孩子惊喜的声音回响在小区，下雪啦下雪啦，朋友圈马上有图发出来，晕黄的路灯下，一小粒一小粒的雪，正从天空慢慢往下洒。

　　早上起床，拉开窗帘，地上的雪已经浅浅铺了一层，并且，源源不断的雪正从天而降，细密的、紧凑的、不慌不忙的，带着一种胸有成竹，带着一种从容不迫，优雅而缓慢地向大地俯身。

　　餐桌前有一扇窗户正好对着窗外的院子，树枝的底版上映衬出雪飞奔时的模样，倾斜的，以一定的弧度，似脚步匆促，大片的雪花间杂着，簇拥着一起向前飞赴。院子里的木头凉亭已经被雪铺白，雪仿佛给凉亭戴上了一顶白绒帽，本来破败得只剩余一个框架的凉亭受到宠爱，突然变得乖巧起来。雪也宠爱着别的一切，不偏不倚，雨露均沾。雪是从几千米的高空之上之远向这里俯冲的，她做好了精准估算，下决心要洗白这个人间。

　　下雪的时候会有一种神奇的肃穆感、庄严感，天地无言，人间寂寥，雪落有声，沙沙的、簌簌的，她以一种颜色统领天地，她以一种腔调贯穿始终，她的专一和屏息凝神是成就她自己的法宝，她以严谨和绵密织就一张天罗地网，将人间收之囊内。她的冰凉正是她的炙热所在，她的皎洁正是她的光芒所在，而唯有冷才能领略她的暖，唯有白才能反射她的真心。

面对一场大雪，如果你无动于衷，那你已经没有心了。要怎样才会使你动心呢？下钱吗？下刀子吗？雪倾其所有，铺就出一个晶莹天地，每一片雪都有一颗玲珑心，都是一枚钻石，她以旷日持久的深情，酝酿出这一地的一厢情愿。每一片雪花都是她要说的话，从她的肺腑中，喷涌而出一朵一朵雪花。终于说尽了，雪花把这个人间掩埋干净。

雪是天地间的精诚所至金石为开，雪是一种幻相，雪是一场梦境。等你终于想起什么的时候，雪化了无痕。

**2017.01**

## 今生，与一朵雪花相认

我们站在原地，雪雪藏了每一条道路，更多的人向此地奔赴，人比雪花密集。我们转身，向远处出发，以为远方有一场大雪恭候。车窗外，雪在一点点消失。路边的雪遭遇践踏破坏，面目全非。雪，一副心力交瘁的模样，她止不住自己的融化。

兜兜转转一大圈，我们回到原地。林子里，到处是雪化的声音，窸窸窣窣。林子里的雪花强打起最后一份精神，容颜姣好，体态天真。她强撑着，要见我们最后一面。林子里满是雪化的声音。我觉得，那是雪花的喜极而泣，相逢的我们终究会再相逢。

雪花喜欢被我们捧在手心，雪花喜欢在舌尖抵舐，雪花喜欢被我们抛撒开去。快活的人间啊。只有经过一双手的呵护，雪花才觉得，此生不辜负。雪花是一个幻象。让黑的更黑，白的更白，红的更红。一个人只有站在冰天雪地的幻象中才觉得，此时不辜负。

不是每年都能看到雪花，每一朵，会不会就是一个魂灵，如约而至，似曾相识，冷静，执着，每一朵都试图覆盖今生。如果不能让你冷，痛彻心扉。如果不能让你泪涌，掩面而泣。如果不能让你笑着，并流下泪水。雪花，努力地，竭力地，一次次惊涛拍岸。雪花，走了一万年，才走到我们面前。今夜，此时，雪花决意要燃起一堆山火，洗牌，卷土重来。赴约吧，赴约吧，每一朵雪花都在呐喊。每一朵雪花扑落在窗前，发出玉石俱焚的声响。

大雪纷飞，终于覆盖了一切。大雪无痕，终于，湮没了每一条来路。脚印，一步，一步，跨越。雪花那么美，我们那么好，整个密林，是我们的幸福场。雪落无声，天地寂然，每一片雪花是祝福的礼炮。一条崎岖的山路，通向白雪的心房。我还在等着你啊。雪花是一场幻象，像爱，像你。雪花是一群抱团取暖的人，集结，温暖了此刻的人间。雪花，真的来过吗？我们，真的相遇过吗？

月光一样的雪花，铺满地面和天空。我们是遗落在人间的几朵雪花，发散出如月的浅浅光辉。品尝了各自的甘甜，我们和雪一起，消失在密林深处。

2019.01

## 南方的雪

　　雪从高空俯瞰南方时，带着一点忐忑怜惜。江南的瘦弱娇美让雪不太能下得了手，小桥流水，烟雨迷蒙，花开叶绿，这些都散发出深深浅浅的意思："我这样美，请多关照呀"。

　　雪在半空集结，来势汹汹，这一次打算要落得彻底痛快。江南是如此多情，雪落下一片，她就融化一片，雪落下两片，她就融化两片。她的融化是悄无声息的，她带笑的眼角含着春风，她呈露的香肩沾着春水，她雪白的裤管沾着春泥。江南是一位光着脚丫行走在田埂边的少女呀，仰着脸，微眯了眼，扬长手臂，雪从天而降，每一片都未语先醉。

　　在江南边缘的小村庄，雪落在那儿才稍稍沉住气。村庄空落寂寥，庄稼已收割，麻雀在树林间飞来飞去，土狗开始还对着雪花大叫了几句，后来就一起噤声。老人关好柴门，屋子里生起灶火，土狗在火炉边卧下来，村庄用静谧和安详迎接这一场隆重的雪落。

　　夜的帷幕拉起来，雪下得专心专注，倾情倾力，雪打心眼想要打造出一种惊艳的效果。天亮了，一个冰雪晶莹的世界展示在人们眼前。雪听着人们哇哇尖叫，雪忍住笑，继续朝人间一把一把飞撒"雪子糖"。

一个夜晚令神迹彰显，雪的恩泽泽被细枝末节，雪用心良苦，对江南的每一样物件悉心打磨、搂抱、雕琢。一片枇杷树叶因此镀上银质盔甲，树叶承接雪的柔情，边缘聚起犀利莹澈的刀锋。这样的浓情蜜意令一片枇杷树叶发生质变，它墨绿的体质流淌着雪水的晶莹。任从此春风十里，它的身体只容纳一片雪花的真身。

巴茅满意这一身天降戎装，它简直有些心花怒放。平时它托举着一把软塌塌的长茅叶，目光与触手都试图攀附得更远。一场大雪令梦想成真，巴茅努力耸高身子，叶簇如冰剑，万剑齐发，它咬紧牙关，努力将这一刻的高冷维系得更加久长。

雪的覆盖让松针变得毛茸茸，傻憨憨，松树本来都挺精明能干，每一根松针清楚明晰。夜的漆黑让松树放松警醒，它只是打了个小盹，就在梦中跌进雪的温柔乡。也好，松树继续呆头呆脑站立着，由着雪摸摸头，拍拍肩，它不介意雪把自己打扮成什么模样。在雪的呵护中，松树们瘦削的身体都变得矮胖，它们抖落锋芒，重新变成一群和和气气的好朋友。

南方的樟树和高大的柿子树撑起一片冰雪天地。它们同属大气雍容的一类树木，懂得每一片雪花的情深都不可辜负，它们担当得起雪花的托付。在它们葱茏的外披后，清奇骨骼与耿直个性水落石出。树身与雪花融为一体，互为依托、映照，它们一起描摹出南方冬天画意鼎盛的一幅雪景图。

只有雪花的皎洁才能使竹子深深地弯下腰去，只有雪花的纯粹才配得起竹子的一个深深作揖。辛苦了，有劳了，在大雪封山的路上，竹子用折服的姿态拱出一条白雪通道，雪花舞动痴狂，将这一时刻的惺惺相惜镌刻成永恒。有缘人试图穿越风雪，快马加鞭，煮雪烹酒，竹林放歌，赶赴这清雅又炙热的一次邀约。

稻草垛站在田畴边，这一位身披白斗篷的黄衣人。他体内还存有温暖稻草的体温，还存有夏风的缠绵，还存有秋阳的热烈，他经历过从春到夏到秋的所有历程，他知晓从青涩到壮年到迟暮的所有细节。现在他一语不发，他背着手静静伫立。雪静静落着，这善解人意的精灵，自远方迢迢而来，她也一语不发，他们一起陷入一场对往昔的怀想追忆。

雪在瓦楞间堆积起来。地上的烟火透过瓦楞散发到天上，雪是天上的烟火飘落在人间。窗户是屋子的眼，雪堆积得厚实绵密，屋子里的人透过窗户目测、感知。这天上的烟火和人间的烟火一样寂静无声，一样沸腾滚烫。雪花携带着天空的心跳缓缓君临，大地深处回响起应接的鼓点，切入，吻合。雪是一场见证，明心见性。雪是一次盟约，守信有时。唯以一场皎皎白雪，印证寒冬的志存高远与冰清玉洁。

风还在山岗上吹拂着，一床雪被严严实实包裹了村庄和山林，雪把它们簇拥在怀里，风掀掀边角，村庄发出一句梦呓，它们一起跌落进这一场皎洁梦境。这是雪的王国，这是雪的后宫，这是雪的子民，这是雪的天下。

一场突如其来的飞雪，南方大地生起稀有的庄重肃穆的冬天意象。雪如同蔓延开去的一场山火，激活了南方的所有生灵。雪，那么真心实意地落了一整夜，南方得到过大雪的钟爱垂青。

2018.12

# 江湖一杯酒

这几天都喝了酒，市面上常见的勾兑酒或者乡下的自酿谷烧，入口差，呛嗓子，够烈够冲罢了。与乡间的浑小子或者老男人一样，酒带着鲜明的自我特色，一杯下肚，万物万事都不在话下，杯酒解恩仇。这样的酒落进胃里，回味也不好，打嗝出来的酒气呛人，欲吐而后快，可又很难吐得出来，还没喝到那个层次分量上，酒于是徒劳地在胃里徜徉，以打嗝的方式划拨出一星半点的风浪。

对于酒，我具备深刻印象，并以海量方式最早有所接触的是白酒，当时喝的是五粮液和飞天茅台。那时的心智却还不足以化解这样一口佳酿，入口只觉得好，好比一开始就与武功盖世的那一类高人过招，一交手，好啊，化骨绵掌发出绵绵功力，浑厚、天然、结实，无所不在，无时不在。每一小口酒都是一小支轻骑兵，发力足以对当时懵懂无知的我造成强大冲击。酒幻化出千滔万浪，人如一叶风帆，如果技艺够好，实在可以把握绝佳时机，与酒融为一体，尽情在浪尖风口驾驭驰骋。与顶尖高手过招的好处在于，纵然你力不能支，对方也不至于伤你至深。你从沉睡中醒来，好梦酣然。你醒来，吐纳之间，气息均沾浓郁酒香，是昨夜与高手过招留存的美妙记忆，点滴温存，过犹不忘。

　　以海量波及人世的当属啤酒，啤酒海啸一般席卷了地球人的唇舌口胃。我第一次接触啤酒是在父亲的餐桌上，十一岁的我从父亲的酒杯中喝下人生第一口啤酒，涩，苦，喉咙间充斥着来路不明的味道。"与泔水类似。"母亲这样评价啤酒，我的感受与母亲一样。可以大批量往身体中浇灌啤酒则是成年之后的事情，某个同学聚会上，某次家宴中。从排斥到欣然接受是这样水到渠成的转变，与欣然接受人生的转折打磨类似，一杯杯，一瓶瓶，微苦微涩的液体灌溉出人生意义上的另一重肥沃与甜美。据说，有匠人以麦芽、酵母、酒花酿造出的一类新鲜精啤，入口的一霎会呈现花果香、浓郁的咖啡和巧克力香的口感，这样一杯啤酒几乎可以激荡出人生的暖意和希望，我期待着与它的不期而遇。啤酒的起伏滋养与芸芸众生彰显对应着，最普及的啤酒在最广大的人世冲击出最滋养丰盛的泡沫繁花。

　　葡萄酒还是独特小众的存在。被晶莹的杯身烘托着，一抹紫红色液体停泊在浅浅杯底，与空气充分接触，发生不可知的微妙变化。红唇小口啜饮，液体滑向更深处的纤细管道，最终以一抹飞红的形式显现脸颊，从迷离眼风中飞身而出，一波波一纹纹，轻挑慢捻地划开暧昧的戏码。多年前，葡萄酒成功跻身欧洲贵族们的通宵派对，推波助澜，烘云托月，起到良好的助力功效。现如今，海量的葡萄酒在市面上畅行，暗紫色体液荡漾在一个个高挑瓶身中，泛滥出似真似幻的莫测光泽，我选择对它们敬而远之。

　　黄酒源自中国，且唯中国独有，商周时，独创的酒曲复式发酵让黄酒从此大量配制。从河南的双黄酒到江苏的金坛酒，从山东的即墨老酒到广东的客家娘酒，黄酒这一块液体蛋糕左右了大多数中国人的胃。我熟悉的黄酒场景却来自鲁镇，来自孔乙己，那个子乎文字的独饮者，长衫，高大身材，青白脸色，花白胡子乱蓬蓬的。他慢慢排出九文大钱："温两碗酒，要一碟茴香豆。"半碗黄酒下肚，众生矮小，他觉得自己渐渐高大起来了。他涨红的脸色渐渐复原，他执着一个"茴"字的四种写法，他给孩子们分吃茴香豆，一人一颗……黄酒让他与周围的隔阂短暂撤离，世界温和，众人哄笑，人世愉快。我也记得多年前与第一口三十年花雕相遇的口感，窖藏的时光深埋了功与名，拔剑出鞘，花雕自带巨大的辐射波，瞬间震荡了我的三魂六魄。

说到米酒，那是另一种小女儿般的存在了，甜糯，可口，米酒从家家户户的灶台诞生，贯穿东西，横跨南北。一汪莹澈鲜活的蜜露就在一床棉被的包裹中孕育生成，鸡蛋的洁白嫩黄卧身米酒，枸杞的红艳饱满翩然缀点。是情窦初开的一种念想，是雪后初霁的一类绽放，是这样叫人欲罢不能的米酒，浓情蜜意，尽在一碗。玉冰烧是米酒中的一朵奇葩，特殊工序在最后一个环节，把米酒导入大瓮，浸入约100公斤的肥猪肉，猪油似玉，手感凉滑，大缸陈藏，精心勾兑，成就出玉洁冰清又醇香甘洌的"玉冰烧"。至今尚未谋面玉冰烧，一切丰美绮丽的想象只在天马行空中肆意。

只要是酒，就是凡尘的一类神奇存在。化平庸为光彩，化无能为有力，正反幻化，黑白颠倒，化一切腐朽为神奇。真的呢，喝下一杯酒，杯酒幻化出一个江湖，诱惑，鲜美，遥不可及，又触手可及。我点点头，她就倾城倾国红袖添香，我挥挥手，他就扬鞭策马啸西风，我和世界完美和解。

2018.1

# 生活在别处

2018 年秋老虎最后一天的闷热里，因为大趋势的合并需要，我的安身立命之所从之前的房地产交易中心转移到国土局。

原先的房产中心只有三十来号人上班，而国土局涉及全县的土地管理，林林总总的部门和下属分所加起来统共有三四百号人共事，我们这二十几个人被分流到各股室各部门，很像溪流中的小鱼虾汇进一个泱泱大湖，不适感在所难免。

以前单位的房管大楼是新建的，与马路隔得很远，二楼侧边的一间办公室宽敞明亮，我和分管财务的女同事一起共事，大家都喜欢到这儿来聚一聚，聊聊天。静下来的时光，我坐在最里头靠窗的位置，看书写字，云影在隔壁小区的楼层间缓缓移动，一杯热茶暖暖地喝下去，内心感到惬意闲适。午后，关上门，在沙发上小憩，在距离上班时间半小时前醒来，跳绳两百下。隔壁是某位副所长的办公室，他忍受着我的蹦蹦跳跳。我们几乎同时打开办公室的门，他皱着眉头却又微笑着说：你可以把跳绳时间推后一刻钟。我吐吐舌头，说着下不为例的话那肯定是哄他的。真是一段温馨而美好的时光，身在其中的每分每秒我都清醒地意识到：这是一份永不重回的珍贵和美好。

新单位在路边，是多年前的老房子，重新装修之后继续肩负使命。

一条长通道南北走向，办公室全在另一边，办公室都小巧袖珍，最多可以摆放三张办公桌，文件柜占据了另一部分空间，仅剩余一条狭窄过道走动。我的办公桌就设在门边，紧挨窗户紧挨着通道，如果不拉上窗帘，感觉就是在临街办公。

我回到老单位拿东西。现在看我们老单位，从走进大院的第一步开始就感觉一个"好"字。敞亮通透，到处都崭崭新，一楼大厅更是大户人家的做派，整个大厅全都空置着，光洁的地面反射出自成一派的矜持和高贵，我遇见的每一个人都是熟识的笑盈盈的。我在一楼楼梯大声叫嚷，喊着我一个好姐妹同事的昵称，她高声应答，急忙忙冲下楼，就像我的妹妹从离家老远的地方就开始迎接我。一切都好像和从前一样，我们还在自己家里，随意舒适，任性欢乐。

我打开办公室的门，开始收拾东西。其实没什么好收拾的。我还是要收拾收拾。一个缝纫盒，以前曾经救过急，缝过某位同事掉落的扣子、松开的裤脚边、衬衫关键部位的那两针……一双拖鞋，脱去高跟鞋之后，曾抚慰过我酸胀的脚趾。一个精致的点心盒，同事们都知道，进门拉开抽屉打开盒子，里头是一些好吃的常备点心。还有几本书，看完又放回书柜，现在落满了尘灰。还有几页纸，写了没有写完的心事。还有两个茶杯，一高一矮，一胖一瘦，胖的用来泡茶，大圆肚子每天都热乎乎地泡着我最爱喝的酽酽红茶。瘦高的杯子用来泡麦片，我只要泡一包麦片，大家都知道我在吃香喷喷的点心啦。两小盆仿真绿植，一盆绿萝一盆金钱草，这些都要统统带走。在这个时候，更加需要一点虚假的东西点缀所谓的新生活，某些时候，虚假事物远比真实的更显得真情实意。

我坐在旧沙发上发呆，沙发都蜕皮了，许多个温暖午休的片断又在此刻复苏。二楼早已人去楼空，我是最后一批撤离的。我把办公室的一大串钥匙轻轻放在桌子上，那一刻和写字的这一刻，泪水都模糊眼睛，曾经的所有欢聚都被尘封在此时此地。这里，会有新人前来，归置整理，接纳新的悲欢离合。而我们即将赶赴彼处，新的悲喜情节又展帷幕。

我们是身不由己的大多数，短暂，淡薄，不能占据任何一间办公室，不能占据任何一幢楼，不能占据任何一片云影，不能占据一条短暂的光阴河流。我们是终将被遗忘的大多数，前仆后继，身不由己，终其余生，都生活在别处。

2018.09

# 最快乐的人

　　参加老公那边堂哥的大儿子的婚礼，和公公婆婆一起坐在新娘桌隔壁的一桌，搭边以一位重要宾客的身份落座，这一桌距离婚庆主场最近，音响的每一个节拍都在胸腔掀起振荡和共鸣。

　　堂哥的大儿子在上海一家公司任职，很受器重，事业与家庭一起步上正轨，他的朋友和同学远从上海赶赴而来，现场气氛很好，尤其同学那一桌，时不时掀起笑语高潮，成为现场的瞩目焦点。

　　婚典进行中，新娘和新郎深情对视，交换婚戒。新郎为新娘戴上婚戒，捧起她的左手，在无名指上轻轻一吻，灼灼婚戒上又增添一枚真情封印，更显得珍重与隆重。新娘为新郎戴上婚戒，程序相同，她望向夫君，泪光晶莹，她微俯身躯，朝向夫君的无名指轻轻吻了下去，万千珍爱欢喜都在这一个小小细节里。

　　年岁渐长，浓烈感情开始不由自主地渗入每一场我有幸参与的婚典中。父亲执着女儿的手从花轿的那一端走过来，走着走着就一路泪眼蒙眬，不忍心回看又忍不住一看再看，短短路程托付了曾经承欢膝下的多年温馨，爱她终于要学会放手。婚典上，致辞长辈的突然哽咽更容易让旁观者动容，千言万语都在这一刻的欲言又止和欲说还休。所以，婚典是最盛大而隆重的庆典了，一对新人在众人见证下，从此步入婚姻的稳固殿堂，双宿双飞，风雨同舟，一个更强大的根深蒂固由此开枝散叶。良时吉日就在此刻，众人以皆大欢喜的方式共祝愿同祈福。

婚庆公司的活动推波助澜，欢歌笑语掀起现场的高潮迭起，坐在我身边的是一位老人，婆婆说我应该尊称他为外公。这位外公一到场就高高兴兴地给自己倒了大半杯白酒，就着小菜自酌了一大半。他近八十高龄，腰板挺直，牙口健全，花生米咬得简直可以听得到一个嘎嘣脆。他给自己另外倒满一杯雪碧，他喝了一口又一口，像一个高高兴兴再没人管束的孩子。他自自在在地喝一口白酒又喝一口雪碧，他的身躯自始至终跟随着音乐的节拍晃动摇摆。简直不能再应景了，他与现场气氛绝配地合拍。

这位外公是帕金森症患者，他的身体不由自主地又是那么真心真意地摆动着，呼应着现场的欢乐浪花，起伏摆动，他是当之无愧的这场庆典中最快乐的人。

2018.10

# 觅食里

写下这三个字的时候，很有一点就要把自家珍爱的宝贝揭开盖头的感觉，不舍，更多自豪，决心已定，昭告天下。

觅食里，我轻轻念出这三个字眼，色香味俱全的佳肴就全都喷香地、热气腾腾地闪现眼前，碗盛碟装中具备了某种魔法，大过天的美食撩拨着口水，最终救赎了世人饥饿的身心。

我想不起来与觅食里的第一次相遇。但这之后的每一次都像是第一次。

鱼头豆腐，必点。最新鲜的鱼头，手工磨制的豆腐，佐以黄酒姜片蒜头香芹本地小辣椒，以精致到位的烹饪手法出炉了一锅最鲜嫩的鱼头豆腐。辣椒炒肉，必点。土辣椒，土猪肉，切得碎碎小小，与黄酒姜片蒜头香芹一起情投意合，耳鬓厮磨。芋头牛肉，必点。吃得出土芋头的糯软和牛肉的筋道，一口咬下去，陷进齿缝的是牛肉原味的香醇，黄酒姜片蒜头香芹都是必不可少的点缀，彼此成全，熠熠生辉。清炒萝卜，必点。本地萝卜，嫩，水分足，个头不大，萝卜被黄酒姜片蒜头香芹包裹着，两片咸肉在萝卜片里油光闪闪，一切完美地相辅相成。猪肝小肠汤，必点。青葱漂浮在汤面上，星星点点的绿牵引出清汤的鲜美。猪肝片肥厚丰腴，小肠却是极细的一圈，盈盈一握，簇拥着贵妃一般雍容的猪肝片，荡漾出一湖水的浓情蜜意。

　　与觅食里结识才一年多时间，自结识之日起，以后每周必去一次。每周二的午餐，和长辈一起在固定的小包厢，享受一顿皆大欢喜的午餐。其他时间待定。其他任何需要在外就餐的场合，只要不超过十个人（觅食里的包厢最多只可以坐得下十个人），觅食里就一定是我的不二选择。

　　餐具统统消毒柜高温杀菌，摆上餐桌，余温仍在。

　　以菜油烹饪，远离那些来路不明的幺蛾子地沟油。

　　用纯净水替代自来水，好比是就着山泉水，出锅了四时光阴山中岁月。

　　老板名叫波波，我喜欢这个名字，我一进门就大声叫着波波波波，从前厅一直叫到包厢叫到厨房，直到他拿着点菜簿，妥妥记下我点的菜名，我才安下心。他就像我的一个自家兄弟，纵容着我对菜品的左右摇摆，也照单全收我对佳肴的赞不绝口。他是一位腼腆的男子，在食客对菜品的盛赞之下，永远保持着谦逊的一抹微笑。与他一起在店铺里忙碌的还有他走路微跛的父亲，在厨房里帮忙的是他的两位远房亲戚。

　　我说，你不感到幸福吗，天天可以吃到这样的美味。他说，是我的妈妈耶，我吃了几十年啦。他的表情过尽千帆，只取眼前一瓢饮。在厨房的烟熏火燎中辛苦为我们操持、呈上一桌桌美味的正是波波的母亲。当我们落箸的那刻，那让我们感动泪涌的其实更是一味来自母亲的味道。

　　那么多餐饮店，镶嵌在每一条大街小巷，它们以流动的烟火、齐全的设施和全方位的服务努力要去俘获人心。而经历众口的大浪淘沙，可以功成名就稳坐一方的店家却少之又少。觅食里是这样珍贵的一种存在，她让我在这条大街上有了家的念想。

凤凰西大道——绿野春天小区门口隔壁——"觅食里私房菜"的圆形招牌悬挂在街边，要仔细寻找，才会发现她的存在。她是独一无二的一种存在，洗净铅华，素颜，静心。在自家的冷藏柜里，每一样菜品干净清爽地摆放着，都是必点，你需要考虑的只是你的口味和更加旺盛蓬勃的食欲。

还有很多菜我都还没有吃过，我是故意这样做的，这样，摆放在面前的那一个清浅又丰实的冷藏柜就是一个无限广阔的天地了，藏有无尽美食，意犹未尽，取之不绝，足够我们消磨余生。

2018.10

# 病　中

　　寒潮是在一个夜晚突袭的，病毒也是，我在摇椅上午休，蛮好，舒服，摇椅微微晃动，带我进入微酣梦境，感冒的病毒也趁机而入。不知道那是一个什么样的小病菌，攻破我身体的强大壁垒，在我的身体里产生各种地质灾害，协调机制被悉数破坏，病毒成功围堵身体与外界的某些通道，我生病了。

　　身体很痛苦，被病毒封印，身体被困在病毒的城池，此时的身体正与病毒进行一场殊死拼杀。病毒占了上风。我穿得很多，身子却止不住发抖，手臂上的皮肤一阵阵地起着鸡皮疙瘩，就是一个冷字。房间里其实暖烘烘的，但我接收不到外界的任何暖，体内似有一座冰山在融化，身体是一截冰块。

　　我睡在被窝里，身体的状况更不妙了。电热毯捂暖了被窝，身体分成极端的两层，上半层是冰，鸡皮疙瘩一阵阵起着，下半层是火，火烧火燎的，却互不相融，下层的火化不了上层的冰，上层的冰也压不住下层的火。一个叫极寒的高手冷冷控制着身体的一部分，一个叫极热的高手控制着另一部分，势均力敌。寒流与热流撕裂我的身体。我冷，我热，我说不出一句话。

　　煎熬的一夜。身体机制的正规军在昨夜立下了赫赫战功，第二天醒来，我感受到身体受到的折损，病毒入侵了我的大脑，我头痛欲裂。怎么描述那种痛呢，任何轻微的晃动都牵扯出头痛的山呼海啸：侧身、下蹲、甚至转动一下眼球……这一天的我是一个平静的人，失去爆发的动力，我是被头痛牵制的一个木偶，安静，缓慢。

咳嗽跟着来了。咳嗽与爱一样，是不受控制的，咳嗽不分时间场合，不管白天黑夜，不管我站着还是躺着，但凡我待在哪里，纸篓里的纸巾一定慢慢堆成可观的一垒。咳嗽带来口痰，那么恶心的口痰竟然来自我的肺部、我的口腔，总吐不干净。感觉吐出来的口痰都是病毒死掉的残骸，我恶狠狠把它们吐出去，每多吐出一口，我就离健康的自己近了一步。

我在一点点好起来，清晨醒来，感觉到元气的一点点回归，感觉到我与这个世界的连接在一点点被打通，身体慢慢恢复了与世界的精准感知，好比铁屑被世界的磁力吸引，重新神采奕奕地站立起来。

健康活着是多么好的一件事情。可劲儿吃喝拉撒睡，可劲儿疯，可劲儿乐，可劲儿伤心，可劲儿折腾，身体允许一切的正在进行。健康活着是最好的一件事情，在身体丧失任何知觉之前，在身体变成尘土的一部分之前，且让身体与万物，一起自在人间。

2018.12

## 二十岁的迷茫

也不是什么太出格的恶劣天气，雨一直下，好几个月不见阳光，人在这样的无休止的淅沥雨水中，情绪失控是正常的反应。要有强大的四平八稳的底气才可以抵御这样的无休无止的无望，或者麻木到一定程度也可以达到。

冷风与湿雨纠结肆虐，在雨伞之下，在厚衣裳之内，一切都可以忍受。我提了一点青菜走在回家的路上，只是一小段路程。前面，有一个女孩子居然没有打伞，她沿着街边的店面走，有些店面会多出一些雨篷，但她丝毫没有想要避雨的意念，她只是迎着雨迎着风，慢慢在我前面走着。

我发觉到她时，我就跟在她后头。我忍不住了，我说，姑娘，你不需要躲雨吗。我的雨伞向她倾斜。她回过头，我看到了一张有内容的脸。眼睛是红的，熬夜导致，再加上突然间被我的这一句问红了眼眶。雨水正侵犯她的头发，雨水在黑色羽绒服之外折戟，更多的雨水顺着她里面那件低领的黄黑色毛衣突袭，雨水试图抵达她瘦弱的胸膛。而最触目惊心是，一个黑红的紫就印在她正中的额前，一个黑紫的圆环散发着疼痛诡异残忍的光。

你额头是怎么回事啊，要不要报警。是我自己不小心摔到的。鬼才相信，那么浑圆的伤痕。她那么清醒，为什么要做这样的傻事。可是又是谁那么无情，会对这样瘦弱的一位姑娘——深深将她的额头朝冰冷的地面碰撞……

交汇的时间很短，只两分钟不到。她拒绝了我一起遮雨的请求，加快了脚步，向大街移动。她快速走到靠近马路的路面，靠着大马路的最侧面，急速向前，很快，变成一个黑点。雨还在铺天盖地地下。

走到小区门口，我把菜往小超市地下一扔：老板娘，你雨伞在哪里啊，快，快点给我一把，一会再回来给你结账。我冲进小超市的最深处，取出一把雨伞，开始了我的百米追踪。还好还好，她走得不快，这条马路是直线的，她仍旧走在马路的最侧边，越来越小的一个黑影子。

我气喘吁吁叫住她。我手里端着一把伞，又要撑开另一把雨伞，伞一下子难以撑开。我说，快点，你来撑开。她没法再拒绝了，伞下的她又开始红了眼睛。你真的没事吗，真的不需要我报警吗，还有，你的家真的就快到了吗。是的，真的。你几岁了。二十。二十岁了，该懂事了，不可以这样虐待自己的身体，要好好照顾自己的啊。她一个劲儿点头。我捏了捏她的肩膀，在一瞬间想要传递给她我所有的温暖和力量。

这样一阵走动，我的身体变得热气腾腾，心怦怦直跳。是昨天的事情，走在回来的路上，做家务都没心情了，眼前一直有那个黑影子在路边在雨中晃动晃动，不知道她还会在雨中走多久多远。

我的视力有时特别不好，有时又特别的好，总能在一瞬间捕捉到整条大街上最暗黑的一个点。那些安稳的、正常地做着手头事情的人都是可以放心的，他们有所托付，最怕遇见这样的，茫然无序，处在一个迷阵中，连同自己也失去了方向，雨中的她忘却了身心一样地在天地间飘移，那才是最心痛而可怕的。

　　额头上的包包要好久才会消失了瘀青，而她心灵上的痛楚，要更久更久才可以恢复吧。真心祈祷：所有二十岁的迷茫都尽快地过去，所有来自青春的任性与伤害都云开雾散，雨过天晴。

2019.02

# 油菜花盛开在丁家村

　　长时间的雨把大地浸泡得有了一言难尽的苦楚，油菜花却天生一副平易近人的模样。雨水一直浸泡，她当这浸泡是难得的恩宠待遇，春风一直料峭地吹，冷风中她的身躯越发俏立。种子播撒在地里，油菜花闷声不响，吐故纳新，一切无常只当寻常。她以灿烂明艳的绽放回报世间一切打压，她看似没心没肺的嬉皮笑脸之后其实有着识大体的决心和底气。油菜花开了，乍暖还寒，这样的盛开在丁家村有着谨慎重大的意义。

　　我们置身的丁家村是丘陵中间的一个小小聚宝盆地块，冷风吹到这里，放下凌厉攻势，丁家村像极了大地上的一个小摇篮，襁褓中的一切都值得小心呵护。此地也没有辜负造物主的用心良苦，丁家村小桃源一般，由内而外散发着一种美不自言的悠然气息。

　　丁家河裁剪出丁家村的怡人轮廓，河水的腰身具备大家闺秀的尺寸，老柳树铺排出精巧的沿岸线条，也勾勒延展出河身的雍容弧度。农历二月初的此时，柳梢俏皮吐出这一季的满口新芽，柳枝悠哉，垂摆在开阔的河面。春水湍急，春花秋月皆如飞花泻玉，丁家河汇聚了一腔汹涌春意，等待此时此地风物人情的一种水到渠成。

　　田畴间，油菜花热情奔放，目光灼灼，放射出媚眼的炙热电波。

这电波辐射巨大，我们似闯入迷魂阵的蜂蝶，被这些油菜花擎长手臂、不由分说地牵扯挽留。丁家村的油菜花细长高大，花枝苗壮，花型丰硕，是此地特有地势造就的绝佳品相，如我们在山清水秀的乡野，时常能看到能叫人眼前一亮的男孩女孩如出一辙。油菜花一畦畦长在地里，株株都有着出逃的野心，她们不动声色地疯长。

丁家村的油菜花长得实在高挑，需要人群仰望。她们视线向下，审视，观望，她们的身体都携带着风云雷电，轻轻一碰，手指就沾染了雷电的金光。看不见的颤抖在花枝间传导，金光与金光彼此波及，一种奇妙的交接在心领神会中进行。与一株油菜花两两相望，油菜花顶着皇冠一般，呈现目眩神迷的诱惑，紧闭的花萼里一千句诗行即将喷涌而出，而在花瓣的绽放之间，黄金粉末已追随春风出走千里万里。

油菜花的浓墨重彩让丁家村改头换面，形成一幅立体的大地油画。云层厚厚堆积，阳光若现若隐，若即若离。油菜花在泥地中发出神秘的邀约电波，蓄势待发。油菜花用一杆枝、一朵花的高度，丰实了春天这座巨型花园的饱和度。

丁家村腹地，油菜花的金黄色调是旗帜鲜明的主打色，白萝卜花则用浅紫玉白作点缀，氤氲出一小块白萝卜花地的梦幻裙边。苦麻叶扭出一束束质感的带状效果，豌豆用藤蔓和白蝴蝶花型营造出一地的别出心裁。胡豆的花则特别有个性，花瓣描摹出一对大大的黑眼圈，直直瞪着，露出被来访者惊扰的莽撞懵懂眼神。紫云英在沟渠边争分夺秒抢夺地块，不放过任何一处生存缝隙。紫云英的身段又脆又嫩，手指一挨上去，碰瓷一样地断裂了，半截身子打定主意要委身于你。在丁家村的大菜园里，植物们欣欣向荣，草木共春。

田垄间，更多无名小辈根植其中，人微言轻一样活得无拘无束逍遥自在。婆婆纳、夏天无、卷耳、泥胡菜、宝盖草、泽漆等等，每一样植物都有一个好听的生疏名字，念一遍唇齿留香。每一样植物都有着独一无二的身形特质，将她们中的任何一小株轻轻拢在手里，一种生命的珍贵与坚韧在掌心中微微战栗。

我们五个人在丁家村的田畴间穿行，像极了五只蜂蝶或者五只瓢虫，我们兴冲冲、喜滋滋在丁家村兜圈子，在菜园里走了一圈又一圈，我们对土地上的万事万物都知之甚少，但这并不妨碍我们对彼此更加热爱。小路上，一段不起眼的田埂边，一个奇异景象与我们狭路相逢。像谁用心丈量了距离后，有心种植一样，五朵蒲公英都开花了，每一株蒲公英高高兴兴举起头顶上的小花，每一朵都开得那么灿烂圆满，她们抓牢身下的一小块土地，每一朵都努力要活得有模有样、有滋有味。在泥地中微不足道的她们，多像是此时与之心心相印的我们呀。我们五个人呀，不远不近，不舍不离，一起在大地上微不足道地绽放蓬勃生机。

高铁横穿丁家村，一次次呼啸而过，搅动丁家村上空的翻滚气息，丁家村在巨大巍峨的高架桥下安然无恙。油菜花轻盈摇曳在远方和眼前，农人劳作的身影在花间起伏隐现，妇人捡拾草滩中的地皮菇，春水清澈，欢快流淌。这个早春，丁家村呈现出静美富足的光影，阳光耀眼如钻，镂刻出这个寻常村庄的每一寸平凡又不凡的时光璀璨。过往丁家村的何止千人万人，而她也是头一次接受来自我们的细细摩挲与万般爱惜吧。

2019.03

## 望春风　不羡仙

　　惊蛰一过，春之画卷慢慢洇开一朵桃红，鹂声婉转，在芳村，青山秀水流动出属于望仙地界的特有灵气。到了春分时节，这画卷的色彩添加得越发浓郁，氤氲中仿佛有一团仙气终日包裹芳村，她安心坐落在灵山最北端。不远处，绵延奇绝的灵山正声名鹊起扬名天下，芳村不急不躁不愠不火，世事沉浮，兴衰有时，芳村在融融春暖中怡然自乐。枕一座不老青山安然入梦，临一溪常绿春水忘机归来，芳村，竟然是这样好的一个去处。

　　翻越数道山梁，向大山深处延展，隔一溪春水迢迢相望，芳村正如美人安放于山冈之上，心动只在怦然间。春风起，吹皱一溪春水。春水微漾之纹理正如美人之眼波流转，仿佛漫不经心，也似有意无意。在芳村的脚下，一溪涌动的细碎光影正是自美人星眸中泛出的汩汩春情，一波未平，一波又起。微眯中，她到底还是害羞的，她的视线低低地掠过人群，眼神淡淡，期许殷殷。

　　走上永福桥，一条青石小路依循山势窄窄铺开，茅草凉亭于半路中寂然等待。亭间稻草翻飞，色泽褐黄，仿佛身体里仍旧贮存着经冬的暖意。红灯笼斜斜悬挂了一路，那么红，那么决绝，又那么热烈，像零星的惊叹号，带来一路惊艳而寂寞的美。款款走过这样一条小路，如同慢慢撩开一位美人的面纱，这个过程，喜忧参半。这之后，芳村终于向世人袒露出她浑然天成的大美。

二三十户人家围簇一起，抱团取暖一样，走近了发现其实各自井然，相安有序。以黄土作为原材料，垒砌出统一的黄土墙，与我们的黄皮肤一样的黄。干净的黄土墙带来干净的视觉效果，也带来了与阳光一样的温暖感受。一些黄土墙半陷于草叶间，从最初的取之于泥，到最终的归之于泥，这个过程演示一种完整而纯粹的回归。

这样的黄土墙曾经庇护过我，我的幼儿时代、少年时光。黄土墙围拢出属于一个家的温度，炉火跳跃，烛光摇曳，记忆固执地尘封它曾经的给予。黄土墙的墙面上刷了标语：大学大用、为人民服务、醉美芳村……过去年代的投影落写在白、黑、红三色的简单组合上。歌声嘹亮回放，时光仿佛倒流，属于过去时代的苦乐、沉重与思索都在心间萦绕起伏。

在芳村，一些带有现代气息的构筑正和谐融入其中：石缝里巧妙种植下观赏植物，鲜艳花盆被悬空垂放于黄土墙面，堆叠在小广场上的橡胶轮胎既是安全围墙又是安全座椅。自行车造型被凌空摆放成一面特色装饰墙，抬头看一眼，车轮子骑过瓦砾的屋顶，就要冲上天去。芳村处处都体现出规划者的别出心裁和独具匠心，她其实是一位养在深闺的姑娘，盛世韶华终于在此刻向世人一展美妙。

可芳村终究还是质朴的，面朝一座葳蕤春山，我们在阳光下开始午餐，这场景和不远处在花田觅食的蜂蝶类似。竹筷是我们的吸管，菜肴就是不同的花朵。我们在春笋的薄片中停箸，在蕨菜的香甜中穿梭，吃豆腐的洁白丰富，品丝瓜的青嫩柔软，春天源自旷野中的一切，在此时涌入我们的身体，都让我们钟爱有加。

晕乎乎向屋后的紫云英花田爬上去，一朵紫云英就是一只小灯笼，那真是我见到过的最精美的小灯笼啦。大概要十几朵伞形小花束才能围拢出一朵完整的紫云英。就像十几双小手小心翼翼拢住手掌的一束小火苗，她们齐心协力点亮出属于一朵紫云英的完整完美的春之火焰。此时，太阳晒得身子发热，热腾腾的身子要燃烧一样，身子也想要变成一朵小小的紫云英，敬献给春之舞台。

春笋成了春之舞台上我们缴获的第一件战利品。刚挖上来的春笋的模样简直太可爱，矮墩墩，胖乎乎，穿着黄黑相间的防风衣，虎头虎脑的。春笋带着与豹纹接近的天然纹饰，可不要小瞧它的爆发力，它体内埋藏着惊人力量，朝上延展的速度在植物界数一数二，与豹子在瞬间的冲刺爆发不相上下。越惊人的爆发意味着越冗长的蛰伏，埋在地下的所有植物都是寂寞的吧，看起来它们仿佛无法动弹，不能左右。可它们的根在地下手挽手、心连心，竹叶簌簌似欢欣鼓舞，这样的想象让我释然开怀。在芳村，你与寻常的安稳妥当朝夕相处着，你也可能与隐藏其间的离世桀骜翩然相对。山峰间有苍鹰盘旋，杜鹃红染了一面崖壁，近处是梯田层层，新绿点点。芳村收拢一颗俗世心，也收藏你的一颗离世心。

云无心以出岫，鸟倦飞而知还。青涩懵懂的年岁，人已离家千里万里，在逆风而行的日日夜夜，故乡早已春暖花开。山坡上，身边，此时，芳村无言伫守无声呐喊，如同母亲临别时的频频挥手、殷切叮嘱：孩子，你要记得回家。这样一声来自故乡的执着声响，夜深人静时刻仿佛穿云裂雾石破天惊。此刻，故乡就在你的眼前，繁花绿影中撑出一片竹筏身影：烟消日出不见人，欸乃一声山水绿……一切恍然如梦，真相大白。要走过许多地方，要见过许多相似风景，再回到故乡，你惊喜地发现：你还是喜欢这里，你只会喜欢这里。这样的发现是一种阅尽世事的醒悟，也是一声昭告天下的表白。它令你萌生牵肠挂肚的依恋，更令你获得乘风破浪的勇气。

望春风十里，心安此处不羡仙。

2016.03

# 葛仙山游记

沿茶亭镇方向出发，经鹅湖书院、永平，距离上饶县城六十公里之外，葛仙山镇坐拥一座香火鼎盛的葛仙祠。

一个约定俗成的规矩，必须连爬三年葛仙山，否则不足以表示虔诚敬意，葛仙祠因此香客云集。在缆车还未曾建成之前，香客们夜半两、三点钟从山脚出发，迈越数千级台阶，晨曦微明，在娘娘庙小憩，玉虚观遥在云端。大葛仙殿、老君殿、观音殿、三官殿、灵官殿等殿阁依序而建，严整考究。香客抽签算卦，点香敬神，请愿还愿，葛仙祠因此烛火熊熊鞭炮轰隆，形成另一道蔚为壮观的云霞。

我们打算要去的前几天，气温骤降，春雨淅沥，头天晚上我开始担心葛仙行的雨和冷。想着未知路途的遥远，想着一行人湿漉漉穿行在庙宇殿堂中，想着裙裾即将沉甸甸拂过台阶的冷硬，拂过烛灰的混浊，梦中葛仙行也变得沉重起来。

农历二月三十这天恰逢周日，天依稀有了放晴的迹象，仿佛远处的神仙有所感应，苍天之上绽放一抹依稀笑容，由这抹笑容引领，泅开一路的春光明媚。油菜结籽是一田一田的浅绿，山林绽芽是一树一树的新黄，朵朵山花，淡紫深红铺溅开去，染就一路春风，仙山近在眼前。

缆车里的人是一只鸟儿，云雾中振翅，飞越春天的山林，鸟儿在葛仙山山门前落地，向着玉虚观，一步一台阶，一步一虔诚。身体每向上拔高一步，内心便向下多沉静一分。雾气弥漫玉虚观，红灯笼从侧边的暗红色墙角垂挂而下。枫树影影绰绰的，老枝生发片片新叶，宛如重生，轮廓明朗，眉清目秀。雪杉的俊俏身姿挺拔而出，雾气衬托了它的气质，雪杉从低处向上，英气十足。雪松从更远处的背景耸出一个巨大影子，蹲守出矮塔一般的厚实和威严。玉虚观雾气缥缈，如虚似幻。

群山中回荡着鞭炮的炸响，大葛仙殿前祥云缭绕，仙风阵阵，道乐声声，人群如水如云，涌进涌出。檀香在水泥香台上烙出清晰的印痕，更多的檀香堆垒叠加，滋养出滚滚烟火，香烬截截跌落在地，织就出一方厚重的灰白云锦。满地落红，那是鞭炮的华丽嫁衣。以决绝的勇气一进而发，一声高腔撼天动地，以一朵红花吐艳的方式一蹴而就，替代众生，替身取义。神像前，千朵火烛燃放摇曳，人群长跪不起，祷语喃喃，向圣灵托付一片真心。

由大葛仙殿向左向下，老君殿、观音殿、三官殿等各殿一路林立。人群焚香叩拜，青烟从铜炉中袅袅而生，檀香气息熏染了角角落落。香客在殿宇之间出没，将檀香适当安放是此行的唯一目的。道士慢慢行走，清扫台阶上的落叶香灰是当下的唯一要求。翘角飞檐，总有红灯笼垂挂下来。红灯笼落在暗红色墙面上，星光一样耀眼，新叶的身影也落在暗红色墙面上，波纹一般荡漾流动。一家很小的店铺，购买一些小工艺品，两位老人家一直坐在门口聊天，来来往往的过客穿梭而行。就算没有一个人前来购买，也要保持微笑，那也是神的旨意，一切安排都是最好的安排。

某一时刻，道人轻拍行人，轻轻提醒她加快步子，以方便我们镜头的取景。当我摁下快门，道人伸出手，遮住了自己的容颜，你不要试图去抓住某一类神迹的真容。更多的道人隐没在殿宇香火中，化身为一种气质上的神圣庄严。苔藓上密布张张蛛网，盛接了饱满的晶莹水珠，倒映出整个天空和山谷的影像，是一个如此安详静谧的所在。

连树成长的身姿都不一样的，每一棵树以最向阳的姿态挺拔向上，朝向阳光拔节生长。叶子从树的身躯中涌现出来，干净自在，似一朵朵妙语盛开。花又从叶子中喷涌而出，昙花一现，结出无为清净的果。我们从早到晚，一整天都在寻找，一直在跋涉，始终神采奕奕。

在慈济寺前，我们停留了很长时间，寺门前开阔平坦，虚怀接纳数座青山的苍莽青翠。每一株雪杉得遇感化，精神抖擞，卫士一般守卫一方安详。幽深山谷更有奇花异草，枝枝向阳，朵朵迎春，高低错落，大小安好，各守其妙。从慈济寺向右，只走了一小段山路就抵达了玉虚观的背面。云雾已散，路边一截旧围墙等待拆除，枫树雪松近在咫尺，还归了本来面目，一切水落石出，初临玉虚观的缥缈胜境再无寻处。

回望仙山，峰峦如聚，葛仙峰似一朵祥云独居峰顶。山脚下，别墅商铺正在如荼修建，由一座仙山绵延出的更多福气泽被了更多人家。鞭炮声响在群山隐约回荡起伏，如欢呼，如雀跃，如召唤，如呼应，如徐徐而生的风雨，如款款而至的云烟，如潮来潮去的人。如冬去春回，万物苍生，生生不息。

2018.04

# 振翅山水间

　　一窝人、一句话、一个念头都可能成为火种，滋啦啦燃起一片呼应的火花和浪花，这一次，浪花向着武夷山的大安源击拍而去。

　　大安源在武夷山脚下，属于福建省，从江西跨向福建，虽然只是设立的两个地标名词之间的转换，车子疾驰而过的一刹那，我的心还是跟着激烈地冲撞了一下。一路上云雾缠绕山峰，生出种种太虚幻境，不免让人心猿意马心荡神驰，车子钻山过洞穿云破雾闷声向前，向下一个俯冲，稳稳落在停车场。云雾中大安村若隐若现，草木丰茂，景物静美。

　　都没有什么悬念，一进景区，溪水就迫不及待涌进了视野。河床里翻滚出巨大水花，撩拨，冲撞，从石壁上齐刷刷涌下来，又从石壁上齐整整地撞回去，回旋，翻转，击拍，碎裂，融合……短短几米溪涧，溪水如深锁一条蛟龙，冲杀一路，堆叠翻卷出万千水花造型，飞花溅玉。下一段溪流，溪水倏忽融合，一股深流隐藏了上一秒的所有咆哮翻腾，变脸一样，半池碧水，静幽如怨，无语东流。只这样短短几米溪涧，足以让我惊为天人。然而并不够，逐溪而上，进入视线的每一组溪涧画面都是绝版，大安源美得让人挪不开步子。

　　仰慕溪流的绿枝横斜水面，纤纤如臂，斜揽清溪，枝叶拂水如掬水啜饮：弱水三千，只取眼前一瓢饮。溪涧两岸，林木森森，心向所至，与这一条奔涌不倦的溪流默然相望。大山深处，其他树木甚至都不可能靠近溪流，只能跻身众众，暗中揣想这一条传说中的古老溪流，枝间的缝隙间，无数光亮闪闪如星眸。更远处的山峰，林海如墨，淹没了所有呼唤呐喊。

山谷静寂，鸣蝉空响，一条溪流的出现是一种神迹的君临，对整座空山而言。热闹起来了，柔情如水，佳期如梦，一条流动丰盈的自带好嗓音的溪流是一曲天籁，唤醒了空山春梦。一条泛歌涌动的溪流是替一整座春山喊话，替他们呐喊，替他们倾诉，也替他们积贮一汪汪绿水，绿意浓浓，爱意深深。

溪水中，鹅卵石俯仰皆是，或巍峨或浑厚，或卧或截，如留如阻。无数个与溪水朝迎暮对的日子，无数次如摩如挲的相处之后，溪水只一个俏皮转身，鹅卵石成为某种情绪的终止符，静止河床，最终以一种憨实姿态，在流水中真相大白。相对于活泼溪水而言，她这一生的所有记忆最终都与卵石脱不开干系，记忆沉淀为一枚枚浑圆卵石，在不同的时间地点尘埃落定风化成石。

山溪步步换景，定格一帧帧精美画卷，映照山水之间，人在画中游，如同徜徉画风缥缈的仙境，大安溪是整座武夷山脉的心间好和掌中宝。她奔涌在他的最低处，从他铁心的心房决然开挖出一股暖流，潜心默化间，他也变得灵动活力。她携带着一座山的全部柔情和万千宠爱，滔滔不绝，回响千年。他把她搂在怀里，她在他怀里轻轻哼唱，他任由着她放纵着她，她一路欢歌，唱亮了山光水色，唱醒了四时华年。

源头之上，瀑布从天而降，飚出了一曲流水咏叹调的最高音。飞流直下，酣畅淋漓，倾其所有，铺天盖地。只能仰视了，只能远观了，雨雾如热吻如拥扑，一个照面之间濡面湿身。我惊叹于这撼天动地的水流的炙热与猛烈，我惊叹于这深山老林缄默三世的焰火情怀，我惊叹于这山水之间相生相守的永恒久长。

　　走出大安源，像是从一个缠绵悱恻又激情四溢的瑰丽梦境走出来，人迷迷瞪瞪的，还深陷水深火热。车子是一匹烈马，又拉着我们向武夷山脚下的广袤田野驰骋而去。

　　稻田与荷田相依，一脚迈过路边的小水沟，一脚就迈向了南山。我是那株秧苗，就种在你今生的稻田。我是那柄风荷，就落在你今世的池塘。我们路过这个不知名的村庄，我们是一群鹭鸟翩跹，恰好在此间落脚。场面很美，美如画。我们一脚迈入画中，就成了画中人。

　　终究还是要从画里走下来，走进现实，走回家。其实人生经过的每一时刻都场面如画，我们也时刻生活在一场梦境之中。我们曾经在这里吗，我们曾经这样美丽，我们曾经彼此相爱。

　　别人替我们活着，我们也替别人活着，活出此时不一样的状态，也活出另一个自己的模样。以一棵树的形象扎根，借一缕山风，一声鸟鸣，一缕荷香，一滴溪水，活成天边游走的云彩模样，活成袅袅炊烟的模样，终究，我们活出了一个放不下的人间模样。有一天，当我再次出发，亲爱的，那是我们共同振翅，在人间。

2017.06

# 从汪槎到查平坦

群山如海岛，又似一顶顶黛色帽子，山腰织出了好看的油菜花的金色纹路，而路就是一道清晰的螺纹了。此时，车子如一只浮动海龟，沿袭着群山的浪花起起伏伏，向下，向深处游弋，最终抵达一个叫汪槎的小村庄。

下午三点多钟，阳光的笑脸已经从汪槎的身上挪移远去，属于汪槎的几十户人家抱团取暖，在山谷中挤挤挨挨，汪槎近在眼前，却触不可及。要靠近汪槎只能身体力行，迈过小桥，走过一条窄小狭长的青石板路，汪槎的老房林立，黑青轮廓和衰败肌理裸露着，似一群畏生的人直瞪来者。山谷凹处囤积着各种气息：露天厕所的气息，泥地里的发酵气息，晾晒的干菜等等散发出的独特气息，这些气息仿佛具备了固体形状，固执地留存原地。小路一边端坐几位老人，午后的向阳取暖更令他们身心昏然。我们经过，他们的眼神没有任何波光闪动。孩童和啄食的家禽在一小块泥地上玩得欢喜，角落里有黑猫弓弯身躯，像一个警觉者，察觉一切，对所有动静心知肚明。

有徒步行走的队伍三三两两穿村而过，鲜活着装和矫健身体与村子陈旧颓废的痕迹形成反差对比，他们如一道光，只那么闪烁了一下。我们从村头走到村尾只花了三分钟，一条清瘦溪流沿着村子的外侧流淌。受地域的限制，这儿的厕所都搭建在溪水的另一边，以最大程度地屏蔽那一类固态气息。没有谁会长久停留在这里，汪槎也不具备吸引人的强大气场，除了在这里落地生根的人，只有他们才能扎根下来，开花结果。

　　进村口，我们遇见一位头发灰白的老妇，我们想抓拍一个镜头，她用手挡住脸，连连摆手，她的动作、眼神和身体都散发出一种疲惫和厌倦，不想再被任何人记住，也不想再记住任何人。在村子里我们遇见一个小姑娘，穿着套鞋正和家禽一起耍玩，她的眼神纯净透亮，似有两颗星子养在眼眶，她在一根木桥上爬上爬下，她抱住桥身颤巍巍直立起来，她愿意你抓拍更多的镜头，照耀她的一派天真和气。

　　村头有两株巨型红豆杉参天挺立，它们成为汪槎村最醒目的地标。可是，再过多少年，它们都不可能超越群山，汪槎只是一枚装在群山衣兜里的小石子。走出村子，向下向外向远，层层梯田延展开去，是这枚小石子击打出的圈圈涟漪。油菜花的鲜黄青嫩在风中闪烁摇荡，炊烟缕缕明灭摇曳着，斜阳的光影一寸寸追打着散隐着，万千甄妙境相幻化显现。汪槎村的本体是一位清癯老者，汪槎村的外延本尊就是那个小姑娘了，烂漫鲜活，无限生机。

　　一条路线，通向查平坦。车子如筝影，在群山中盘旋招摇，乘风而举，扶摇而上，数个回旋挪闪之后，车子如一只鹰牢牢抓稳了查平坦的险峻山地。查平坦占据了得天独厚的天时地利人和，居高向下，这个村落具备一种雍容大气的大家风范。最常见的油菜花都显得卓尔不群风姿绰约。山梁之上，它们沐风栉雨，吸取天地精华，它们与人平视，有些甚至需要人们仰视。它们的背影都是蓝，纯净无瑕高贵的梦幻蓝，油菜花因此具备了皇家血统一般，每一朵黄金真身都威风凛凛不容小觑。春风中，手捧一枝黄金令牌，向天地一挥洒，可呼风唤雨，可扭转乾坤，可颠倒众生。

一寸土地都是从大山的胸肌刨垦而得，尤为珍稀，查平坦的黄泥土墙随处可见标语：一户一宅，建新必须拆旧……泉水从老屋的石基中渗漏而出，沁出一眼泉池，红鲤如红云片片，在泉水中袅娜绽放出绮丽影像。它们才不管地基多寡，只管安养山泉，日复一日练习泉中舞曲。一对老夫妻抬着一袋建筑垃圾走过来，来到小广场，将垃圾统一堆放，这样的好风气拂过了村子的角角落落。山岗之上，鳞次的白墙黛瓦、鸡鸣树巅、鲤游清泉、油菜花轻轻拂开查平坦的面纱，查平坦恰如一块翡翠倒映出一个村庄的安闲悠然。

站在村子的最高处，村里人说那是后山。站在后山俯瞰查平坦，房前屋后的花树正起了细微变化，树枝绽放出花苞，暗自酝酿一场铺天盖地的花事。想象几天之后的花事，一棵棵绽放的花树正如在房前屋后炸响的一场场繁花烟火，奏响了曼妙春光的一曲曲欢歌。还是老房子，还是旧相识，可与花树朝夕依偎，犹如跌落进瑰丽梦境。也不知道这样的梦境究竟是等待了多少个千年，查平坦宠辱不惊，只令来者动容惊艳。

汪槎到查平坦，从山谷到山巅，村子嵌身婺源山水，或雅或秀，或丽或娟，织就出万千风姿。没有完全相同的两片叶子，如果你靠近每一个村子，你会发现一种体己的心心相印，一种似曾相识，一种念念不忘。不管再过多少年，属于汪槎的这枚小石子带来的感觉、属于查平坦的一种美不自言，都将在记忆中微微荡漾，散发出一股岁月沉香。

2017.11

## 与一朵油菜花惺惺相惜

是司空见惯的景象，油菜花从大地的胸腔喷涌而出。村庄静默，对身边发生的异常只当寻常。雨季来临，乍暖还寒，油菜花的旗帜鲜明显得出类拔萃。黯淡的土地也可以诞生黄金花朵，这样的挑染别具深情。

土地用体温捂暖深埋的种子，三缄其口，固守一个甜蜜的梦境。春回，风暖，油菜花亭亭，每一朵油菜花都是大地母亲的恩宠，以她们为喜为荣为傲。母亲捧着她们，爱不释手，喜不自禁。被母亲捧着，她们矜持且娇贵，美不自言，喜不自禁。

蜜蜂惦记着油菜花。蜜蜂打探多次，一朵朵试探碰触，香、色、味都记在心上。蜜蜂和油菜花咬耳朵，说了多少悄悄话甜嘴儿啊，终于哄得她们心花怒放——油菜花开啦。蜜蜂不辞劳苦，不舍昼夜，往返花间。油菜花以花蜜给予，蜜蜂满载归去。油菜花的内核中，一粒深邃浑圆的种子正在成形。

人群驻足油菜花，迷惑，徜徉，不知今夕何夕。油菜花攻城夺地，一扫凛冬的凉薄无情。繁花的情深不可止，动人更动心。就不要笑一只狗在油菜花地里的深陷与沉沦。情不知所起，一往而深。恨不知所终，身不由己。就不要嘲笑我们自己，年复一年，春回大地，草木惊春，花鸟惊心。

我们都是大地哺育而出的花朵与孩子。我们活过的每一天、每一年、每一生，都是短短一瞬。要在这一瞬间，与一朵油菜花两两相望，脉脉含情。要在这一瞬间，成为一朵花与种子。要在这一瞬间，彼此成全，华枝春满，天心月圆。

2019.03

# 春风玉兰

　　二月中旬，信江南岸的玉兰花树延展一路，玉兰树挺着花苞，蒙着头巾似的，在春雨中耐心等待。等待春风揭开盖头的那一刻，等待点睛，玉兰花摘落了暗淡头巾，绽放盛世容颜。

　　下着春雨的夜里，突然想去看望她们。打着手电或者秉持烛火，一树一树玉兰观望过去。玉兰是刚入梦的孩子，在光亮前睁开惺忪睡眼。我熄了灯火，穿行花间，静静聆听一朵花、一丛花树的低语与酣眠，她们把我沉睡的心都唤醒了。

　　春雨正在滴落，春雨千万次地揉洗玉兰花的绒衣，玉兰花被厚厚的绒衣一股脑裹藏，似一位待嫁新娘，还拿不定主意要不要解开头巾。春雨一遍遍梳洗、浇灌，只为叫她安心。

　　玉兰树擎放了第一朵花，明月一般的皎洁大方，美艳不可方物，是见过世面的大家闺秀，于无声处摄魂夺魄。一朵朵玉兰次第开放，此起彼伏，距离地表五米之上，形成了花树的滚滚春潮。玉兰从来都是顶级模特的神情，睥睨天下，不可一世。玉兰花集春风春雨的千恩百宠于一身，有资格不把任何人事放在眼里。她们开在云端，这样的花是一定要让人们去仰望的，不允许任何人轻易执手。人在玉兰花前，不自觉矮了心性，仰慕崇拜到失态也不自知。

玉兰花，我怎么宠你才好，这春天里最让人喜悦的事情。玉兰如信使，三千朵玉兰花特快加急，一朵一朵呼唤着你，一朵一朵呼唤着春天。玉兰执掌朵朵花烛，一个春天被款款引至人间。

我要是有一间自己的庭院，必定种植玉兰，与之朝迎暮对，相看不厌，春满人间。我倘若没有呢，那我拥有天下这一间大庭院，天下的玉兰都是我的江山美图。

将我的样子，与一朵玉兰花融合，那是给予我的神圣礼遇。什么也不想，也不再奢望，静静伫立在一朵玉兰花下，在一朵玉兰花的花前月下，人，活了。

2019.02

# 相见冬野

就算寒风吹到深冬，也没能折服一株草，青草高举一把匕首，抵御寒风的凌厉攻势。草叶折戟，草色黄中带绿，大撤退的过程缓慢沉着，草叶护紧心中的一茎绿光，倔强地保持了尊严。

一棵褪落叶子的树展现出铅华洗净的模样，素面朝天，一把筋骨扔给寒冬，至简，高峭。冬风聒噪啊，一次次排兵布阵，试探底线。一棵剩余铮铮铁骨的树，坦然超然，从此流言无惧，风霜无畏。

海棠树失去了花，失去了叶，余留果子。结果的海棠树变得温和明朗，散发慈悲的光环。寒冷封印在一颗颗果实里，一树之远，温暖如春。

面对天寒地冻，茶花齐齐咧嘴发笑。越冷，她们的肌肤越发娇艳。茶花修为高深，具备四两拨千斤的法力，深谙相处之道，投我以怨，抱之以德。在绿叶掩映下，她们轻松掷出朵朵鲜花，击碎寒冬的铁石桎梏。

与凛冬心心相印的唯有蜡梅，结缘良久，凛冬不至，蜡梅不开。凛冬自肺腑涌出深深一吻，耗尽真气，催开蜡梅的一朵笑靥。寒风在蜡梅周遭形成一个封闭的小气候，寒风耐心吮吸一朵朵蜡梅的清香与清甜。寒风走远了，回头看一眼，远处，蜡梅树点亮满枝的黄色烛光，这一轮回的念想闪烁明灭。

山鸡椒花的盛开属于冬野的一场艳遇。冬风满天满地撒野，山鸡椒领受寒冬照拂，一个冷战激灵催开一树青白小花。山鸡椒花的盛开显得有些不合群，她对于自己盛妆的模样也有些无所适从。周遭黯淡，跻身其中，她小心翼翼地捧起一树细碎又庄严的小花，带点骄傲，带点害羞，她是山野中唯一一树点缀着星光露水的、清新脱俗的山鸡椒。

草枯了，叶落了，冬野轮廓清晰。枝丫托着一个个孤单的鸟巢，鸟儿会不会觉得凄惶，它们的头在羽翅间深深低埋。

寒风掠过女人的脸庞，暗带柔情。寒风是一位携带利刃的刀客，长剑在手，剑风似雨，溅冷了四面八方。寒风轻轻刮过女人的脸庞，似刀客的手背轻轻滑过，刀背是冷的，力道是轻的，被寒风抚摸过的脸庞产生一点疼感。女人伸出舌头，要尝一尝刀客的味道，带着冰渣子的口感，带着一点点甜头。女人吞下一口凉薄，咯着胃微微发痛，女人享受这样的疼。

冬野安静、沉寂、萧条、凋敝，但迈向冬野的每一步都带有鼓点的燃烧热情。冬野是一位自饮自酌的老刀客，春的萌发、夏的激越、秋的沉淀都化作一场场雪和一阵阵风，吹着，刮着，覆盖着。冬野敞怀，高举酒杯，酒杯中幻化出蜡梅真君的身影、山茶的落红、山鸡椒的浅白、海棠果的昏黄……一个声音在旷野中回荡：回家吧，回家。

**2019.02**

# 梅　语

　　火种一直潜藏在虬曲苍劲的梅枝，惊蛰的雷声回响天地，导火索于是直抵根系，梅枝被撼动，消息传递到细枝末梢，梅花的小小身姿听闻了召唤，一朵一朵地探出花蕾。

　　这样的时节，天寒地冻，呵手成冰，若有薄雪笼罩，梅花似敷了一层薄粉，梅的黄蕊、青衣或者红衫都在这冷冽清寂的风中愈加楚楚动人，净的愈净，艳的愈艳。

　　青梅缀点枝头，婉约如一阕小令。左右，上下，星星，点点。青衫女童跃上枝头，背手而立，忍住雀跃，努力保持一份端庄秀妍。

　　一朵青梅：头簪嫩黄，微颤；云裳半身，如玉如雪；绿裙新裁，烘托出每一寸腰身的丰盈纯净；足底褐屐，将空灵的花与憨实的枝稳妥连结。

　　一朵梅蕾，天生就是一副锦心绣口的模样。好听的话极多，一句句织缝，一层层裹藏，织出一个好看的花香囊，织出一个花漩涡，织成一个个红灯笼，一个一个挑上了高枝。走路的人循香而至，天再黑，路再远，都可以找得到方向。

　　红梅初绽，这个深红的酒杯里盛满美酒，泡沫如黄金粒翻滚堆积。再深的怀抱也拢不下这一腔热情了，红梅绽放。红梅绽放了，黄蕊一根根高高擎着，似一根根藕臂高举的一只只欢呼粉拳，肆意，尽情，喜极。

两朵红梅相背而笑，咚咚咚，咚咚咚，各自捶响一面小鼓，火把在枝头点燃。咚咚咚，咚咚咚，一枝花火蔓延，一树鼓点密集，属于梅花的一树鼓乐喧天闹腾起来啦。

一朵梅花是一朵梅花的倒影，一朵梅花是一朵梅花的真身。一朵梅花是一朵梅花的前世，一朵梅花是一朵梅花的来生。一朵梅花是一朵梅花的情人，一朵梅花是一朵梅花的亲人。一朵梅花是一朵梅花的梦，一朵梅花是一朵梅花的魂。

薄寒，淡云，晓日，梅枝或仰或俯，如等如待；微雪，清溪，晚霞，梅枝或卧或依，如牵如盼。清癯梅树，揖手而立，久历风雨，伤痕——镌刻在心上。一盏灯在枝脉间蛰伏，游走，涌动，春来，循着第一道惊雷的指纹，誓言以一朵一朵梅花的模样破喉而出。

每一朵花开都是活着的明证，内心火种仍在，还可以铺天盖地，还可以笑傲枝头，花开是一场神迹的君临。甚至不需要叶片的遮掩，花早于叶，先一步说出了对这人间的万千垂爱。

循着梅花这第一枝春令，从梅枝日渐沧桑的胸腔，喷薄而出一朵朵梅花。那么多梅花开了，她们替我们说出了与日俱增的汹涌爱意：这人间，我们都要好好地热爱下去。

2018.12

# 水　色

竹露清响，幽草涧生，道由云起，春与溪长。雨露滋养一溪春水，汩汩涓涓。溪水是一条掖在山间的丝巾，清亮，通透。宽窄随形，收放如意。雨水落进溪水，涟漪应雨而生，水面仿佛有俏皮眼睛在眨巴眨巴。溪水汇作江河，辽阔，动荡，是此刻的中年模样。风霜雨雪都是惊涛骇浪。浪花携带着起伏的五线，细砂闪耀着细节的七彩。翻滚追逐，泥沙俱下。

水色横亘天边，天光倒映水中。一泓湖水，深邃且迷离。记忆的碎片流光溢彩。人生的丰盛和热烈都止于此，绚烂，和缓。万千旖旎只是浮光掠影，天地终有情。

海水是最浩渺恢宏的一道秋波。自亘古的肺腑间，以台风的名义，引发一场场深情厚谊，撼天动地，生生不息。无风还起浪，呼啸呐喊，排山倒海，席卷天地。风暴始于青萍之末。着过火的晚年风平浪静，偃旗息鼓。

源头，一滴水珠散发出万丈光芒。具备磁石的吸引，摧枯拉朽，以柔克刚。一滴水珠开始的路线，从浅显到深入，在崇山峻岭的歧途，在铁石心肠的末路。一滴泪珠开始了征程，所向披靡，开疆拓土。一滴泪水镂刻出璀璨，在伤心人的脉络间闪闪发光。回眸处，少年情窦初开，盈盈一水，脉脉不语。

此去关山万里，星汉灿烂。相思似海，旧事若天。流水更知人意，樵唱一声秋满。滴水藏海，化身千亿。百川归海，天涯此时。轮回的梵唱一声一声，一声云影，一声水色，一声归来，一声还去。

**2019.01**

# 观　山

　　步履作舟作楫，草色青堆砌，林木森森，一个人，轻易就渡到了山深处。雾为纱巾，云为衣，葱茏是一座山的明眸，雾气凝结成一滴露水，果实端坐枝头，一片叶子以蝴蝶的姿态起飞，云是云雨。

　　夜静春山，轻摇羽扇，空山新雨，独钓寒江。春山如笑，夏山如醉，秋山如妆，冬山如睡。群山披一件时光大氅，纤巧致微，晨昏变幻，四时迥然。从虚到实，若即若离。欲近还远，若疏若密。以虚怀若谷，成就一座不老青山。以峰回路转，成全一句海誓山盟。

　　观山不厌，欲语还休。

2018.11

# 春风三笔

春风第一笔，用心描摹的是蜡梅。彼时天气寒彻，油彩轻微受冻，春风小心翼翼描摹蜡梅的一蕊一瓣，费尽思量，蜡梅特有的鸡油黄被描摹出明亮的质感。一树蜡梅，娇嫩，高贵，春风满意自己这第一笔手法。天寒地冻的氛围，蜡梅花骨朵鼓起腮帮子，吹亮一树小黄灯笼，为思慕春天的人燃起希望的火星。

由此漾开，梅花成为第一批波及者。火种潜藏梅枝，惊蛰的雷声回响天地，导火索直抵根系，梅花的小小身姿听闻了召唤，一朵一朵探出头来。梅的黄蕊、青衣或者红衫都在冷冽清寂的春风中愈加楚楚动人，净的愈净，艳的愈艳。

春风零星拂过山冈，山鸡椒花率先领悟，某个神秘夜晚，山鸡椒与春风心意相通。山鸡椒接过春风令牌，率先晃开一身细碎小花，是那样渺若星光的花粒，又盛开得那么彻底果决。一树山鸡椒花以凝结的烟花造型，以闪电的枝丫模式，震颤了一座春山的虚怀。

春风横扫田野，油菜花欣然受命，浩浩荡荡，铺天盖地。春风对油菜花采用泼墨大手笔，浓墨重彩，肆意挥毫。油菜花的身体携带着风云雷电，席卷大江南北，从油菜花紧闭的花萼里一千句诗行即将喷涌而出，而就在花瓣绽放间，黄金粉末已追随春风出走千里万里。油菜花的出现让大地形成一幅立体油画，油菜花用一茎杆、一朵花的高度，丰实了春天这座巨型花园的饱和度。

玉兰奉旨绽放，春风的纤细手掌托举着一朵朵浅白浅紫的玉兰，春风的笑而不语、韶华易逝都隐喻在一朵玉兰花中，眨眼间玉兰陨落，成为泥地的一阙伤春小令。紫荆花也开了，一小朵一小朵开得极其认真仔细，她们轻抚树枝，以软糯的花喙亲吻每一根细瘦枝条，当作是这一季的安抚慰藉。

桃花红，梨花白，春花井然，开而不乱，春风第一笔着眼于对她们的精雕细琢，第二笔旋即指向叶。柳树光秃秃的枝干间探出柳叶按捺不住的身姿，他们以小列兵的姿态，对称均匀地抓牢柳条。春风调皮，小列兵们感觉是坐在秋千上或者一列过山车里，靠近一株垂摆的柳树，可以听见他们的惊叹与欢呼。

樟树耸着满身叶片，装作对春风无动于衷，刺猬一样把自己包裹得严实。春风不时去撩，掀翻叶，吹乱衣，嫩芽在底下日夜拱着催促着。樟树绷不住了，乘着春风的快艇，老叶子顺水推舟，降落在地。老叶子仰面躺着，优哉游哉，头顶的万千新芽蓄势待发，辞旧迎新的感慨都化作春泥，潜藏倾注。

一切感伤悲凄都忽略不计，春风蓬勃，彻底搓揉着大地的每一寸肌肤，攻城略地，春风一扫残冬的沉寂萧瑟，春风比秋风更加无情，春风以广大持久的获得来换取短暂的失去，世间均说春风有情。

春风鼓动不计其数的蜂蝶蛰虫，劝花开，催叶长，春风不舍昼夜，东奔西赶。繁花袅娜，众叶娉婷，春风再吹呵一口仙气，人间就打翻了香料瓶。暖风熏出一股说不来的好闻气息，融成春风自带的奇妙体香，暖烘烘，香喷喷，醒目，提神，令人迷醉陶然。这样的春风气息会熏出你的泪水。你感觉到一种久违的呵护宠爱在君临，你重新感觉到爱在体内拱土而出，新一轮的跃跃欲试萌发试探。人间重返热闹，花开叶绿，蜂飞蝶舞，万事起始有序，万物有灵。

　　春风投掷三笔，一笔描花，一笔摹叶，一笔添香。花先于叶，早一步说出对尘世的万千喜爱。叶胜于花，婆娑起舞，翩跹缱绻。正是这春满人间的彻骨芬芳，这尘世值得我们反复留恋，倾心热爱。

**2019.03**

# 一束春光

在春天，人是特别容易满足的。把我们几个往水田边一丢，把我们几个像秧苗一样直愣愣扔进油光光的水田，身心就开始欢喜地、踉跄地、一个猛子扎进广袤无垠的春深处。

黄牛水牛正在享受春天的饕餮素餐，它们允许鸟雀把自己的脊背当作观景平台，瞄一眼贸然撞入的我们，再继续绅士的节奏，不疾不徐。在春天，它们乐意与我们共享水田这个神奇的大盒子。

春风鼓吹白云，一次次滑过水田的光洁镜面。鸟雀快如箭镞的流星影子，被水田轻松抓拍，鸟雀调皮俯身，在波心灵巧一啄，水田漾开波纹。燕子炫技，尾冀轻轻掠过，涟漪由一个惊叹号延绵成一串省略号，意犹未尽。一小块水田接纳天光云影，春水注入，小生灵跃跃欲试，水田开始拥有自己的表情和情绪，一块变得空灵丰盈的水田，即将承载更多谨慎厚重的嘱托。

路边，这一块菜地暂时归属我们。这是一块聪明的菜地，选择了以一条溪流为陪伴，选择了与溪边的枫杨成为挚友。溪流也是聪明的溪流，距离菜地不远处，她扭出花样，几个漂亮的小回旋让溪流有了独特的曲线。溪流在低处徘徊，映照出曲线的流光溢彩。两岸枫杨更换新装，挺拔伟岸，每一片剔透脆嫩的叶子，都折射出一股蒸蒸日上的机灵劲儿。

油菜花的袅娜花影令溪流仰视向往，溪流日夜哼唱小曲，试图迷醉油菜花的身心。油菜花居然早早呈现结籽的模样，这不能不说小曲蛊惑之深之重。这小曲也令豌豆花迷醉，她们浅浅铺开一地的白蝴蝶状小花，每一朵都几欲飞翔，去追逐溪水跳跃的波光，去附和溪流的浅吟低唱。

翠雀也被这不休不止的咏叹调唱得动了心，她们周到细致，以更小巧的身姿凝聚成更浓缩的酱紫，结伴开花，心思秘而不宣。她们紫色的蝶翅暗怀春色，各自沉吟，静待春风中电光石火的神交际会。枫杨察言观色，笑而不语，只以矫健身躯为这一片桃源遮风挡雨。

春天多么体贴，为我们此行早早备了这样一个绝佳舞台。我们以辨识香源的某种感应，迢迢而至。我们登场，春水满，春芽发，春花开，春鸟飞，春籽结。春水涌动春光，春光在春芽间迸发，春色以春花绽放，春鸟才刚刚叼回一个沉重的春天，万颗春籽已把下一个春天雪藏。

村庄坐落在春光中。桃花占据房前屋后，从桃花掩映中走出来的人仿若新人，新一季的桃红仍会让老人怦然，让孩童雀跃。梨花给村庄敷了一层薄粉，梨花用白蝴蝶的花瓣牵引着人群，一直走向后山。梨花阵早已布下，蜂蝶起舞，嘤嗡轰鸣，梨花铺天盖地的绽放形成一股气流，花浪在村庄的外围跳荡起伏，村庄被桃红梨白精心描摹点彩。因为春光的这一份宠爱，村庄一扫冬日的黯然沉闷，重焕盎然生机。

春光美好，映照大地。早晨，我们迎向春光，追逐，嬉戏。傍晚，春光降落在我们身后，春光抚摸着我们的后脑勺，在我们身体的外围镂刻出一缕金光。被春光宠爱过的孩子，眼底含情，唇角带笑，手有余香，心怀暖意，自带幸福的光芒。

　　春光又是如此短暂。春鸟的一声啁啾就可以把她唤远，春花的一片凋零令她花容减色，几场春雨滋养一溪春水，而春水只消一个漩涡就可以把春天席卷得干干净净。春梦一样的春天啊，总令人牵挂思量。春天迅疾，更像一束光的君临与退隐。今天，有一群幸运的孩子，依循一个村庄的脉搏，握住了一束春光的心跳。

2019.04

# 寄语茶花

城市的景观带普遍种植了茶花，大茶树被修剪成圆圆墩墩的模样，一蓬蓬老实蹲伏。叶子总是密密匝匝的，花朵不甘示弱，涌出千朵万朵一张张俏脸，浅粉或者深红或者纯白或者玉黄。一朵茶花努力要拨开叶子的密不透风，分晓自己的花容月貌，更多的茶花在枝叶间隐姓埋名。

小茶树则多半被成片种植，低矮、密集，起到护栏隔离效果，一朵朵茶花却在低矮茶枝上开得心无城府，叶片下方形成隐约而惊心的花带。草地上，落红浅浅画出一圈纹理，色泽由深绯转褐黄再转成淡灰，最终化作春泥，隐匿不见。

捧起一朵茶花仔细端详，真正被她的容颜倾倒。黄蕊纯粹高贵，皇冠一般簇立正中，花瓣皆如绸缎，不见一丝皱褶，平整丝滑，绸缎精心裁剪出裙裾款式，交错、堆叠，用心良苦。诸多细节被繁复又妥帖地焊连成一朵茶花模样，有格调，有腔调，自带暗香，这一气呵成的一朵茶花不亚于一位盛妆公主，简直精妙无比，举世无双。

这一朵茶花，吸附天地灵气与日月精华，自暗黑的根须向上，在蜿蜒的枝干间游走，途经枝叶的层层酝酿，于顶端涌现一朵茶花的真身。似偈语，似开悟，似谜底，她是一株茶树暗藏多年的心愿了然啊。

一朵茶花就是一个火星，一朵茶花就是一抹微笑，一朵茶花就是一句诗。

开花却不是一株茶树的终极呈现，当花朵的浪潮袭过，果实端现枝头。一枚暗红幽深的果核内部，一滴茶油如蜜，精妙、纯粹，凝结成形。茶树是植物中的一类集大成者，从果实回归到果实，早已修炼出另一条涅槃之路。

茶花有红有黄有白有粉，还有白红杂色等等诸多色相，与人体肤色的白黄黑棕类似。不同品种的茶花种植一起，红白相生，黄粉随喜，其乐融融。茶树有着胜过人的涵养与修为，并不咄咄逼人，并不兵戎相见，静默间一切礼让有加，滋养一派花好月圆。

乡间，油茶树铺天盖地，满山遍野，白茶花开出冬天的另一番景致。一定是在起雾的清晨，山茶花似醒非醒，怕冷更怕羞，撑着一把把小白伞，遮遮掩掩。花瓣如冷玉，浸透寒气，沉重粘手。哪怕是在午后，哪怕才吮吸了茶花蜜的清甜，记忆中的白茶花始终散发幽冷光泽，凄清地照白了一条山路的崎岖。

开花，结果，茶花始终遵循有条不紊的步调。令我惊艳的茶花，她们成群结队，路畔城区，荒郊野外，在不同的底板上旖旎成霞，蔚然成景。我经过她们，茶花的灿然在市井中黯然，我忍不住内心肃然。

2019.04

# 丝琴拨弦　雪客迎春

春天撒下一张大网，布好鸟语花香的迷阵，这时，白鹭就该登场了。白鹭张开羽翼，从天空的湛蓝深处滑翔而出，直奔旧时场地，林子以簇新的姿态迎接它们的归来。

春风中枝叶婆娑，似欢呼如鼓掌。白鹭在林间盘旋出入，如低语若抱拥。树林以一段凝固的绿浪造型，稳稳托住白鹭的千里迢迢。白鹭的白是一朵白云的洁白轻盈，也是自由驾驭的一叶白色扁舟，在绿浪潮头随风荡漾。

白鹭袅袅掠向水田，水田光洁如镜，白鹭三五结伴，细脚伶仃地站立着。白鹭始终对人类保持着戒心，可远观不可近赏。对眼前的水田却青睐有加，它们低下高贵的头颈，用长喙，以"春"的手法将水田细细耘了一遍。长喙灵敏，鱼虾泥鳅的软滑和螺蛳贝壳的坚硬都难逃长喙的一扫而空。

一条春天的溪涧令白鹭惆怅，白鹭来回踱步，漫不经心，心有所忆。白鹭将羽翼张开又围拢，反反复复，似旅人低头，苦苦寻觅旧爱，这怅然若失的姿势让白鹭在春光中脱颖而出，成为当之无愧的一名游吟诗人。

暮色中，一只白鹭站在水边的瘦石之上，耸背缩颈，孤伶凄绝。

不知道它到底在想些什么。黑夜即临，春光易逝，命运东流水，汹涌更无情。白鹭，这一位身披经冬白雪蓑衣的隐士，就这样在瞬间陷入了沉思与沉默，与春光与流水一起潜藏黑夜。

白鹭振翅，羽翼舒展，酷似铺开了两排琴弦，一曲春江花月夜即将被拨弹而起。白鹭振翅，黄趾轻沾水面，落下一行朦胧诗句。涟漪将倒影层层扩散，另一首婉约诗正自水面渐生渐隐。

白鹭的矛状长羽垂挂下来，如两根长辫随风舞动，胸羽飘飘，这时，白鹭们开始上演浓情蜜意的翩跹场景。眼前鹭才是情有独钟。追随，附和，俯仰，起承，交颈，摩挲，亦步亦趋。忍不住要仰天鸣叫，为这一季的相遇欢呼高歌，在冬天漫长的沉寂之后，终于迎来了这一刻的柳暗花明水到渠成。

春回大地，白鹭翩跹，它们费尽思量，竭力为春天的组诗扩展主题。在天空的蓝底上，白鹭用羽翼的白镂刻出一枚引首章。在水田的浑浊处，白鹭用黄趾的黄印下数方闲章。在溪涧的沙石滩，白鹭以长喙的黑落下细长的压角章。白鹭这天生的高手，不管它们使用什么手法，总可以为中国画轻松增添一抹神来笔法。

一行白鹭从天空飞过，精灵一般，人的思绪跟着一起飘远。白鹭降落在人间，高低远近，一群隐士短暂栖息在春风河畔。有没有一种可能，白鹭就是我们的前世和来生，它们快意江湖，钟爱这春野浩荡、这人间乐土，百读不厌，它们是在替我们一遍遍巡视察看，替我们绵延对这片土地的深情与挚爱。

2019.04

# 榴 红

中国式庭院，除了要有青砖白墙、雕梁画栋，院子里必须要种植几株石榴，"千房同膜，千子如一"，单取这一份寓意也极其吉祥喜庆。榴花可赏，浆果可食，人们从中获得精神和物质的双重享受。

五月，急雨消褪春花的香气馥郁，石榴花的明艳开始在枝头出挑。榴花高举一盏盏探看的灯笼，春衫美人款款经过，这美人可以是古妆美人，也可以是时尚佳人。一朵榴花戴在鬓角，榴红映照美人的娇嗔，人花两相宜。

榴红——石榴花似的红色，字典上就是这么解释的，区别于桃红、朱红、胭红、枣红……榴红，怎么说呢，它不像朱红和枣红那么沉得住气，也不像桃红和胭红那样轻佻，它介乎这两种色调之间，最符合的一种界定就是——榴红是一种稳重而活力的色调，饱满，纯正，纯粹。

不要被榴红这两个字蒙蔽，世间榴花不单只有榴红，另有白、黄榴花，更有一种玛瑙石榴，花瓣为红色条纹或者白色条纹或者红白条纹夹杂。不管她披了哪件衣裳，榴花末端有蜡质光泽，特有的钟形花萼，六裂状开口喷涌出榴花的各形各色，人们还是可以轻易辨识出真容。

"闲折两枝持在手，细看不似人间有。花中此物是西施，芙蓉芍药皆嬷母"醉吟先生早对此花高看一等。榴红从来就是女子们倍加推崇喜爱的色泽，唐朝，石榴裙已成为当时女子的青睐之物，添香增色，曼妙无双。至今仍有说辞"拜倒在石榴裙下"，表达的就是对一位女子的绝对折服与膜拜，可见历朝历代都对榴红情有独钟。

绿云翻卷，榴红嫣然，舒展出一股叫人说不出的闲适好看。将一株石榴树比作妙龄少女，绿裙上绣着榴红，墨发髻闪出一朵榴花的亮，绿与红与妙龄的天真无邪都相得益彰。若将少女换作关西大汉，绿袍上榴红隐隐，络腮胡连着一堆怒发，再将一朵榴花压上去，也不会显得突兀冲撞，反而带来一股中国画风的优雅和灵动，榴花配美髯公，是娇艳与劲蛮的掺兑与中和。传说钟馗是榴花花神，民间所绘的钟馗画像铁目虬髯，不怒而威，耳边插一朵艳红榴花，隐喻了铁汉的另一股绕指柔。

临街道路有一面墙，五月开始这面墙成为这条街上的生动景致。榴叶密布，榴花如点彩，一个夜晚被描摹其中。榴花繁实，星星垂垂，一面墙都因此生机灵动。孩童拽着大人的手，趺趺撞撞迈过去，她吮着手指，神态懵然，被一墙的俏丽莫名吸引。行人路过，频频回头，榴红灿然，驱散了一条街的清寂，榴花是在为这一条街挑灯指路。

五月榴花开，榴花磊落，绿叶俯仰，呼应有致。五月的神清气爽在枝头浮现，事物的面目开始水落石出，万物沿着轨迹循序渐进。五月之后，繁花凋谢隐遁，喧哗热闹成为模糊的背景记忆。时光开始酝酿另一种轨迹，果实正稳坐花心，另一条涅槃之路开启了。

五月时，榴花还是榴花，榴红仍叫榴红，到了九、十月间，石榴鼓胀的身子成长为另一朵花，硕大结实。市场会有巨大石榴出售，我们将一大把浆果塞进嘴里，连籽一起嚼食吞下，酸甜浆果在口腔里飙溅出另一朵榴红。我们在五月叹喟，时光倏忽，到了九、十月间，我们仍旧两手空空。不要急，我们有更好的弥补方式，我们翻出石榴裙，我们用榴红，去降伏天地的空空如也。

2019.05

# 春天的细雨落下来

春天的细雨落下来。

细雨绵密，一个闲人，就是我，我靠在窗前，推开纱窗，仔细想要看清她们的模样。

盯着天空看，并不能将她们看得分明，要借助屋檐或者墙壁的衬托参照，才可以有幸捕捉得住她们微缈的姿态。轻，柔，似春风一个淡淡照面、一抹隐约花香、爱人刚脱下衣裳带有的余温、一口好茶带给唇齿的泉涌回甘……细雨，不是从沉郁昏暗的天空里滚落下来的，她们缓慢、节制、沉着，打算要好好地、深情地抚摸天空之下的每一寸事物。细雨之所以是细雨，更因为有大把明媚的、即将晃得人睁不开眼睛的春光就跟在她们身后目光灼灼。

细雨最先触摸高高的屋顶尖，屋顶尖伸长渴望的手指，粘住第一根细雨丝。细雨耽搁了一小会，屋顶尖的手指湿透了，心满意足地目送细雨赶路。细雨向下，瓦片稳稳接住她们。瓦片深情执着，细雨踟躇，一片片瓦安抚过去，瓦片于是有了潮湿的眼神和温润的心，细雨继续温柔地落……

窗户的明眸目睹雨丝的翩然而至，窗帘的薄纱轻挽含情，细雨轻盈，灵巧转身，雨丝保持惯有的风度，向墙角的青苔覆盖。雨丝与青苔谈心，青苔掌心的纹路刻录着雨丝的千叮万嘱。雨丝继续飘向开阔处，蔓延纷然，春天细雨的覆盖是全方位的。

用一棵树来描述细雨的滋润过程，从一片绿叶开始，到第二片叶；从第一根树枝开始，到第二根树枝。细雨对万物倾注的爱心惊人相似，最终，细雨沉重地渗入根须，带去阳光雨露的恩泽抚慰。细雨，像一个在心里爱了很久很久的人，一个天微微放亮的早晨，终于抬头挺胸，愿意把心思一句一句都说出来。

细雨味道是甜的。豌豆花知道这样的滋味，把一朵豌豆花和细雨一起细嚼慢咽，可以品尝出一股子真的味道。从屋顶尖开始，到瓦片到窗台到青苔，万物小口小口抿着细雨，细雨的嫩鲜都裹在一根根牛毛雨丝中，不催不争，不恼不急，万物都还来得及慢慢酝酿品尝，把细雨含在嘴里，把细雨捧在心上。

这样的细雨中，我适合重返年少，父亲适合重返人间。父亲领着我去菜地压薯苗。黄土地饱含春雨，高筒套鞋粘满春泥，春泥让开一条通道，让细雨和薯苗一起容身。

这样的春雨中，适合老农与一头老牛并肩同行，老农身披蓑衣，老牛的步子迈得并不比老农快，他们一起互相鼓励，细雨无声，都是一种体贴。

这样的细雨中，适合有人在河边浣衣，春水里浸泡着花花绿绿的衣裳，那个洗衣服的女孩抬起头，发尖上缀满雨珠，她的脸让春雨润透了，粉粉的，冒着热气，她的眼睛里盛着最明亮的两粒雨珠。

这样的细雨中，适合与藕断丝连的那个人再去春天的田野走一走。油菜花结籽啦，春雨催花开催花落，果实增加了分量，春雨滋润着一切，为什么我们不可以水远山长。

这样的细雨中，也适合我一个人，站在春天的泥地里，一个人抬起头，接受细雨的垂爱，很像一株植物，静默地任春雨喂饱了土地和人心。

跟在春天这样的细雨之后，雨就要停歇，春天就要放晴了。

2019.05

# 花事了

## 含笑的含笑

为含笑命名的人是天才是神，或者是最懂她的那一位。光是念着"含笑"这个字眼，叫人禁不住地眼角含情嘴角含笑，唇边还似乎沾染了一些香气。三四月间，在重重叠叠的雨幕之后，从最寻常的绿树上，含笑终于绽露星星点点的花苞。玉片一样的小花瓣层层包裹着，她半绽的花形正与半咧的唇形呼应，而每一朵含笑吐露出来的馥郁芬芳则极大宽解了路人潮湿黏稠的心情。

午后，经过阳光的进一步加温催化，香气发酵，醇厚浓郁。一朵含笑就是一小杯盛满花香的小酒杯，轻闻深嗅，每一次呼吸都是对芳香的一次彻底啜饮，每一口都足以应对乍暖回寒。捻下一朵，指间染香，衣角带香，随风生香。

小区的绿地种植了一些含笑，含笑被修剪成矮墩墩圆滚滚的一蓬蓬。花开时，我总觉得含笑成了一位胖墩墩的妇人，身上披挂很多精致的叫作"含笑"的小配件。她总是和和气气的，我一朵一朵摘下她的小挂件，她笑嘻嘻的，从不生气，从不会用暗刺扎伤我。好风如水的夜晚，踱步至院落中央，一株株含笑正殷勤守望，香风醺人，同醉春风。

## 栀子花的一团和气

绿地成片种植了一些栀子花，初夏时经过便多出一桩心事，观察，期盼，等待。是这样寻常的枝叶，蹲下来仔细看，只是叶脉更加清晰突显，配合着周遭的热闹喧嚣，栀子花在泥地随遇而安。五月末的某天黄昏，终于看到一个小一号的洁净身影，梦幻一样浮起在绿波中。

还是一个花骨朵儿，娇小灵气，神气自在，类似一个小姑娘紧紧抿嘴的严肃模样。一个花骨朵儿在傍晚时分挺出身姿，这一刻，恰巧有久违的一线光照着，产生追光灯一样的舞台效果，周围人来人往，并没有谁刻意等待垂怜这一刻的荣光。初夏帷幕已经拉开，她是第一个迈上舞台的，责无旁贷地承担起一场铺天盖地大汇演的领舞。

她手脚并拢的小模样如同是一只白中泛青的小号角，香气在体内积存冲撞，很快就要撑破她青白的小身躯。她松开了一道小口子，如同一个忍俊不禁的微笑，香气袅娜游走，向大家发出出场的暗语信号。花朵次第开放，心照不宣地呼应，争先恐后激励，不离不弃的陪伴，由此激荡出一整片初夏时光的芳香国度。

多次路过，多次心荡神驰，终于没能忍住。摘花时，一位老人家远远看着我，点头微笑，默许我如此举动下裹藏的另一份怜爱珍惜。菜场上有农人兜售她们。地上拢起好大一堆，恹恹堆挤着，有风吹雨打后的零落之美。喜滋滋将她们带回家。这些天，餐桌、茶几、书桌、床头柜上，处处流动一碗清香。嗅着那一缕若有若无的香，烦躁的心神都被静静敛收，唯余初夏的一抹神闲气定。

## 白兰清绝

栀子花香淡淡消隐，白兰花香又渐渐浓郁起来。

白兰花是身影修长的瘦高美人，每一朵都具备天生的模特衣架。绿叶枝上，她凌空托举着长长花瓣，酷似明眸善睐的美人于枝头长袖善舞，产生空灵的出尘美感。

夜市的街头，一缕白兰花香就是一种暗号，她在汹涌的浊世气息中若隐若现，引人暗暗四处兜寻。几支白兰花连坠成一枝花链，束于手腕或者颈脖，配花之人也变身其中的一朵白兰，香气隐约，光芒耀眼。和栀子花香的甜腻娇美有所不同，白兰的花香冷艳清冽，每一朵都从骨子里散发出孤傲决绝，萦绕鼻息。闻香之人屏息凝神，芳心暗许。

我从未见过成片种植的白兰，白兰花就是那一类曲高和寡之香草美人，以一种天上人的孤绝美艳，在疏影绿丛中寒光闪现。窃以为，白兰花适合种植在山林或者大庭院间，要是把她压缩成小小一盆，那就是对她美丽的一种打压与屈才。

## 茉莉花是一小枚香气弹

盛夏时分，花店绿影葳蕤，我却单单只捕捉到在角落里的茉莉。一旦靠近，脚步再也挪不开，一定要抱得美人归才乐颠颠喜滋滋心满意足。

一盆茉莉令屋子蓬荜生辉，进进出出的人儿脚底生风，轻快畅意。时不时要在茉莉面前放慢步子，再不就是直直盯着，朝觐膜拜，呼吸都变得小心翼翼，生怕冲撞这位美人的一团香气。茉莉是一位有着自己心性儿的美人，心高气傲，需要好生供养。茉莉一小朵一小朵的花香自成一脉，密密匝匝，覆满枝丫，摇曳出花团锦簇的一团和气。

一株缀满花朵的茉莉花如同一位锦心绣口的伶俐女子，每一朵花都美丽精致又纤巧典雅。她轻启芳唇，她所吐露的每个字眼都需要你侧耳倾耳。一小朵茉莉花就是一小枚香气弹，香气如此稠密紧实，如此威力巨大。于笑语盈盈间，于不动声色间，引擎被触动，人心被轻易降伏。

屋外热浪喧嚣，屋子里一枚枚香气弹循序引爆，火气热气都被这殷勤的香气裹挟了。细碎的花香集结成一阵阵切切的叮嘱，殷殷体贴无处不在无孔不入，一朵接着一朵，一波连着一波。你不由自主松开眉头，嘴角弧度上扬，看起来，你也是一枚乖巧又威力惊人的香气弹。

花香就是植物的体香，当植物们开花，气息或浓或淡或雅或浊，皆不加修饰遮掩，香气的密码电波一样层层扩散，从含笑，到栀子，到白兰，到茉莉……我们探知并接受密码，驻足，嗅香，观赏，陶醉。喜欢类似的她们，素净，清雅，一朵是景，一树也是景。有时恍惚觉得，眼前的花树就是我的前生或者来世吧，此刻，逐香而来，这一刻我们终于欢喜相见。

2016.06

# 简　历

　　三十年前，他是村里的一个风光角色。身强力壮，人高马大，一米七八的身材在一个小山村是相当抢眼的。那时他刚当选为村民小组负责人，踏在田垄间，他感觉脚下的每一寸土地都散发出屈服的震颤。

　　都想不起来是怎么与她来的电，也许只是人群中多看了她一眼，也许只是一次农活时的肢体偶然碰触，那一年，她和她家是他世界的焦点所在。山村的四、五十户人家中再没有比她更出挑的人才啦。三十出头的她，婚育和年岁刚好将她收拾得恰到好处，身材凹凸有致，风霜还没有侵蚀她的肉身。脱离了少女的矜持和一根筋（换作痴情这词也可），添了识大体和懂风情，她像一个光源，光芒从她家的那个位置一直灼穿他的心身。

　　多少次，他熟门熟路摸到她的床上。村庄似乎集体退隐，只留余一间房一张床任他们折腾。又或许，那时他们都有着太强烈的欲望，屏蔽一切不适，一切的不适都如履平地，只为通向那一张床，那片刻交欢的时段。好呀，他是经历过好时光的人，她也是。他们在彼此的身体中见证了另一种奇迹。那段时间他们真正是如胶似漆，只争朝夕。

　　他没有想到，他老婆会那么在乎他。他一直以为自己做得滴水不漏，一直愚钝而痴蠢的她却开窍了一样，她用尖酸刻薄的话语整夜整夜地攻击他、挑衅他。他卷着铺盖去了另一个房间，鼾声山响，他要恢复体力，明天他要将一个生龙活虎的他好好地进献给她，他的力气与激情都是一种祭品，一类对青年、对壮年、对轨迹之外的烙印的祭品。

这个蠢笨的女人却整日整夜地疯闹，哭肿了的眼睛看起来更加俗不可耐，三个孩子她也没了心思管教，孩子拖沓、肮脏，她终日只知尾随他，她的聪明才智在那一时段都集体迸发，她变得机灵甚至狡诈。他一早将要迸发的力量在他回头瞥见暗处她衣角的刹那，都泄了气。他向她挥起拳头，拳头如炸雷，每一下都带着深刻的嫌弃与更彻底的释放意愿，拳头将她的身心轰炸得体无完肤。但一切无济于事，既阻止不了他老婆的继续跟踪尾随，也阻止不了他与另一个女人的飞蛾扑火，他们终究会想方设法在一起。

头天晚上，他的拳头在她的旧痕上又添了新疤，这一次，她反应有些反常，她只是拼命搂紧他、搂紧他，从脖处开始。他一指一指用力将她的手指掰开，蛮力接近掰断。她的手指痛到战栗，却不肯松开。她手指一寸一寸的，近似蛇体竭尽全力之后的寸寸瓦解，手指自他的脖处到他的肩，真宽厚结实的肩膀啊，到他的腰，有力的腰肢啊，到他的臀，好看紧致的肌理啊，到那……她的手指努力想要碰触他的那儿，他恼火异常，坚决回避，到他的大腿，他的小腿，他的脚趾……她蠢笨到甚至不放过他的每一个脚趾，彼时他脚趾散发着雄性激素和汗液，她都无比珍惜。她毫无办法地委泥在地，一指一指摩挲……他扬长而去，出门前回看一眼，她保持着那个委泥在地的姿势，保持着刚刚摩挲过他脚趾的那个姿势动作，仍在悠长的回味中。她头发披散着，挡住脸，她本是粗糙的几根手指在那刻，散发着白净凄凉的光。

他从欢愉的满足中迈进家门，看见了她被唾沫淹没的唇，再不会对他说出一个恨字了，眼睛瞪着，向上直愣愣地瞪着，精气神与光都渐次隐没。她的身体还是微温的，他对她身体最后一次的抚摸、亲吻和抱拥她都置之不理了，他抚摸着她微温的身体上他亲手烙下的千般罪痕，这微温的身体正在渐渐冷却。

那一年，他三十五岁。他带大了三个男孩子，没有了亲娘的家缺失温度和热情，家里再没了烟火气息。她似乎带走了他的全部好运气，改选时他注定落选。他和她，他们从此再无任何接触，激情耗尽，再多看一眼，彼此都心灰意冷。她用一具尸体成功地对他的生命注入了恶咒。

他再没行过好运，他觍着脸皮，一天天活着，活成一个被所有人指指点点的背影，一步步走着，走成乡村一个茶余饭后的话题。身影日渐佝偻苍老，他觍着脸皮，用活着的每分每秒赎罪。

六十岁这一年，他迷迷糊糊坐上客车，去城里拜托一位亲戚办点事情，他提了一点乡下的土特产，他和亲戚说完要求，转身走了，那点土特产他大老远地提来，又被他顺手提了回去。他反应过来时，亲戚已经走远，他发出破帛的喊叫，无人回应。

2019.6

# 以 荷

千亩荷田，安营扎寨，浩荡的景致一路绵延。荷香缭绕成一款奇异的香云纱，香气游走堆叠，布下一个幻局迷阵，七月，在横峰，莲荷迎来了一年中最为盛大庄严的终极道场。

一枝荷，擎长手臂，花骨朵攥在手心。微风摇荡，她不理不睬。细雨摩挲，她不管不顾。她攥紧花骨朵，闪躲一般避开风避开雨，努力把花骨朵往高处扬送，手心里的这个小秘密她不想被任何事物染指。

至高处，她谨慎地松开掌心。这是一个神奇时刻，围簇的荷瓣脉络中微微泛着血丝，这一朵含苞吐蕾的荷，带着稚气，带着坚贞，温柔又骄傲地绽放了。黄金粉蕊溅开香气，清香自带一种颤颤巍巍的心跳，清香让一朵荷的绽放变得举世无双，世界仿佛匍匐在荷的足底。

一群荷在做准备。月光打底，星光匀粉，饮足了露水蜜，第一缕晨曦是恰到好处的胭脂红，一群荷惊艳亮相。着好彩妆，众荷娉婷，或倚或牵，袅娜万千，凭栏静候蜂蝶与韶光的双重君临。清风撩拨，荷的一抹红若隐若现。荷叶如团扇，荷花半遮面，小心爱惜地看了又看。这似曾相识的人间啊，她已经爱过生生世世。

雨水的滋润增添了荷的娇妍甜美。雨珠如水钻，晶莹璀璨，一朵镶钻的雨荷因此风韵足具。雨珠亦如热吻，爱的印迹遍布荷的每一寸肌肤，被爱沐浴的一朵荷因此神采奕奕。荷叶密密匝匝的，墨云在翻滚堆卷，荷叶都是识大体解风情的，甘愿成为背景。荷叶清圆，雨水聚拢，一掬水在心中凝成一面小镜，荷的真身如一粒星，闪耀其中。

有时，一朵荷低于一片叶，荷于是安享来自叶的庇护。雨水自荷叶宽阔的裙裾边滑落，涌向一朵花微启的红唇。有时，一朵荷高过一片叶，荷叶敞怀，包容地溺爱地注视着眼前的荷。那样卓尔不群，那样超凡脱俗，荷的一切动静都在叶的心知肚明中。

荷与荷之间，不攀比争俏。叶与叶之间，不推搡夺抢，荷田是一群世外隐士的修道场。在谦让与包容中，一方圆融，别有洞天。这样的场景是寻常的，也是稀奇的。一千个曼妙身姿千娇百媚，互为提携引领，营造出铺天盖地的绝佳气场。一万亩荷田无边无际，摇荡出一幅高蹈超脱的中国风立体长卷。

荷的枝杆挺立，抛弃一切旁门左道，以最简洁的直线抵达。自淤泥中，自暗黑处，一朵荷逐光而生，剔透纯真，坦荡磊落。荷在磨砺中披荆斩棘，在苦难中所向披靡，自由起舞的分分秒秒都是上苍的恩赐。一朵荷抖落过往艰辛，以四两拨千斤的从容，亭亭玉立。一万朵荷历尽千劫，亭亭玉立，让一个喷香的地名变得实至名归。

此地命名"莲荷"，注定了荷香暗涌莲蓬满地。我们对至爱冠之以最动听的字眼，在口诵默念的日积月累中，承载深情。莲荷，注定是要以莲荷的清香与风雅嵌入大地的骨架，用莲子与荷香绵延福泽。而越过所有苦难，人花齐心，一朵崭新的"莲荷"正在喷香吐艳。

2019.07

# 烟火的模样

在我们这个小镇，她算一个奇迹了。

她的老公是她的学生，比她小蛮多岁。这个学生不知怎么回事，就是对她一见钟情。年轻的时候，他们走在一起，区别还是有的，一眼看过去，是姐姐带着弟弟的感觉。姐姐是娇小玲珑的姐姐，弟弟是人高马大的弟弟，被弟弟呵护的姐姐神情甜蜜娇柔。弟弟看着姐姐：眼前的人，就是真爱啦。

周围的人并不看好这段感情，包括两边的双亲，对这样一份明显看出差距的情感多有担忧。但没什么能阻止两颗心的靠近与融化，他们携手组成一个家，生下的男孩活脱脱就是她老公的再版，一模一样的头型，一模一样的眉眼，一模一样的神态，用我们这边儿的话说就是：简直是清明果一样刻下来的。

中间有过几次危机，脾气、生活习惯、作息等等，种种磨合都考验着彼此的心智。和大多数男子一样，婚后他将一个家撒手给了她，他和朋友一起玩牌聚会不亦乐乎。她待在家里，和大多数女子一样，承受着希望和失望的轮番转化，收拾好心情，面对夜以继日。这些，并不因为她年长了几岁，磨合就变得轻而易举。

幸运的是，两个人的情感足够牢固，一些擦边球的风花雪月不足以撼动婚姻之舟的乘风破浪砥砺前行。过了许多年，他们的孩子又生下了他们的孙子，活脱脱是一版接着一版的再版，一模一样的头型，一模一样的眉眼，一模一样的神态。

他们走在街头，区别还是一眼分明，哪怕经过了这么多年，区别一直都在，并没有因为彼此融合得恰到好处而缩减半分。还是姐姐带着弟弟的模样，但因为有了一份相濡以沫的滋润，姐姐看起来是那个幸福的、知足的姐姐，弟弟看起来也是那个幸福的、知足的弟弟。这样就蛮好的。生活并不是一定都要经过刀光剑影、血雨腥风的搏杀，才会获得片刻安宁的幸福，像这样的、细水长流、润物无声的琐碎点滴才是我们大多数人拥有的寻常光景吧。

酷暑的路上，她带着她的孙子去读暑期班，她的孙子仰着一张憨憨的笑脸说："我去上暑期班。"这情景真令人恍惚，多年前，她带着她的儿子去上学，她的儿子也是仰着这样一张完全相同的脸，笑嘻嘻告昭天下："我是去暑期班啦。"

从多年前起，从她牵着他爱人的手开始，她的模样就是那样：皱皮打褶，黄头发，鹰钩鼻，小小个头，细瘦的腰身扎进宽大的衣裙里，非常符合一位女巫的造型。过了这许多许多年，她的模样依旧瘦小，皱皮打褶得越加真实，腰身扎进宽大的衣裙里。不同的是，褶皱叫这么多年的爱情亲情熨帖过，沟沟壑壑都流淌着一种自在安逸，时光将她的模样从女巫蜕变成一位慈眉善目的老太太。

多少人，年轻时就是一副气盛的女巫模样，靠着一份巫气（或者也叫仙气、神力）支持，终于撑到如今的花好月圆。多少人，经过着相似的过程，刻画出凡尘长卷，勾勒出烟火人间的模样。

2019.8

# 只闻其声

　　小区是一个神奇的地方。我们躲在各自的树洞里，但并不妨碍我们认识整个森林里的其他事物。

　　居然听到了人猿泰山一样的喊叫：吼吼吼……声音抑扬顿挫高低起伏，吼吼吼的声音被喊叫出了一种森林的悠远自在。吼吼吼……吼吼吼……他一定是站在顶楼仰天长啸吧，他一定是闭上眼睛的。周日十点一刻的此时，他睡足了，精神抖擞，他站在屋顶就是爬上了自家的树梢，他嗷嗷嗷嗷一通乱叫，没人看得见他，他好自在的模样，他的嗷嗷叫在这个林区自由自在地穿云裂雾。那样大叫一通之后，身心获得极大的满意感，痛快，惬意，满足。那是一个蜗居在树洞里的男人，这一周给予自己的最大犒赏。

　　他住在小区的腹地，处于中心地带，一条人造水沟围绕着那幢楼，人造水沟就是这林子里的一条溪流了。每次走过溪流边，一走近那棵参天大树，他特有的笑声就在树枝上响了起来。他是一只蹲伏了很长时间的"狒狒"或者"猩猩"，也可以想象成是一只胖胖的"二哈"。他蹲在树枝上，不知道蹲了多久，他呆呆地看着树底下的一切，每一个走动的人影他都看得饶有兴趣，甚至一片落下的真正树叶都会让他惊喜莫名。他的招牌动作就是笑，笑容是他的纹路脉络和心跳。他其实更像一只胖京巴，他的脸圆墩墩的，身子也是圆滚滚的。我走过树下，他一准出现在枝头，我从不好意思抬头仔细看他，我想象得到他的表情。他的脸上堆满了笑，笑容是刻出来的一条条花纹，真诚愉悦。在他的笑声中，我穿过这片林子，他的笑声阳光般洒落在我的前后左右。他和他的母亲长得很像，脸庞都是圆圆的，他估计有三十多岁了。母亲牵着他，走过每一天的每一步。他的智商三、四岁。母亲牵着他在我前面走着，他回过头来继续对着我笑，仿佛他是一朵一直处于盛开状态的向日葵，欢笑的纹路一瓣瓣延展开去。

　　每天傍晚五点，鼓点在小区里回响，鼓点的起伏让这一时刻成为一个隆重神圣的时刻。时间持续一节课，两年前开始的。从架子鼓被摆在阳台一角，从那个青涩男孩在鼓面上落下惊喜的第一鼓，两年时间，每天的同一时段，鼓点由单一变得密集，由单调变得复杂。一个人捣鼓一样物件久了，花样技巧正在日臻成熟。有时踩着鼓点我走进楼道，有时一个人在餐厅吃一点简单食物，有时在电视剧情的间隙声里，鼓点远远近近，都是给予我的陪伴。不知道他高矮胖瘦，不知道他是否曾黯淡灰心，鼓点停歇的时段少之又少。一个男孩子用心良苦，持久恒长，以毅力坚定迈向他成熟的每一步。这鼓声同时也鼓舞激励着每一个听闻者，击碎了平淡的日常浪花，激发出鲜活的另一种生命乐章。

　　在更早的时段，我终于挣扎着起来看过几次时钟，当我被这声音惊醒的时候。从凌晨三点多到四点，这声响一般都产生在这时段。"突突突"，是那种老式的柴油发电机，"突突突"，是一辆老旧的三轮车，"突突突"，突破了夜雨的凄冷和黎明的暗黑，带着曙光的喧哗，君临了我的耳朵。它先在楼房后面的马路停下来，"突突突"，发动机继续喘着气不停歇。这辆老旧的经过改装的三轮车把一桶桶垃圾吞下肚子，好比是吃了一碗碗热干面，它在每一个垃圾桶前面稍作停息，它干脆利落将一个个垃圾桶吞吐干净，它"突突突"地吃得均匀而有力。更让我充满想象的是那一位驾驶者。无数次他唤醒我的时候，我很想起身走到他的面前，跟随他去探看每一个垃圾桶，跟随他去唤醒每一个黎明的耳朵。我这样想象他，他一定风衣披身，大大的斗篷式，他一定罩着口罩，只露出两只眼睛，他瘦削高个，沉默寡言，惜字如金。他怀着一段不堪回首的往事，他怀揣一个巨大的身世之谜，他用破釜沉舟的勇气，暴风骤雨般席卷了每一个垃圾桶，巡视他的城，察看他的子民，带着王者的骄傲与尊荣。"突突突"，他咆哮而来，"突突突"，他呼啸而去。

还有一段声音来自几年前，来自后面那幢楼某单元楼道里的犬吠。时至今日，有时它仍在我的梦里一声声狂喊，似一位故人在切切呼唤。它被主人放置在楼道里，白天它是安静的，它总在夜深人静时忍不住叫喊起来。听这声音，听这浑厚的中气，它是一只公犬吧，强壮，高大，威猛。这勇士的身躯却被安置在一个逼逼逼仄的楼道里，它如何不寝食难安。许是它冷了，饿了，寂寞了，犬吠从它的喉咙喷涌飙溅，仿佛一朵朵鲜血之花怒极而放。夜深人静，这鲜血之花飙溅得我满身满脸，这生猛热辣让我在夜梦中猝然惊醒。我的卧室正对着它居身的楼道，它好比就是正对着我的耳朵，咳出了一朵朵鲜血之花。我如何再稳得住身心，如何还能再度安眠。白天去过那楼道，它留下的气息强烈，却身影全无，它的主人将它携带别处，此地只做了它的歇脚夜场。犬吠让我的神经愈加衰弱，犬吠令我几近疯魔。经过多方斡旋，它终于被挪了地，自此夜半，耳畔清静。可那一朵鲜血之花却时常在梦中喷涌在我的枕畔，我用了很长时间才终于适应了犬吠的离席。它仍时常叫唤着，隐隐约约，依稀梦里。我听闻它的叫唤，声声切切，我从梦里满怀歉意地醒来，再难入眠。唯愿它安乐无恙。

　　与楼层之间的犬吠一起，与夜半调情的猫叫一起，与枝头啁啾的鸟鸣一起，与游乐场上孩童的哇哇啼哭一起，与乒乓球在少年人的掌中轻快碰击声一起，与深夜旅行箱碾过沥青路面的一路惜别一起，与抽油烟机喷出一口浓郁蒜香的嗡嗡声一起，与妈妈叫你回家吃饭的声音一起，各种声息弥散在小区，这人间的密林，生机，有情。

2019.04

# 掌灯时刻

　　暮色已临，这一段时光是我最喜欢的一段时光。天将暗未暗，人群如蚁，在陌路上飞奔仓皇，努力借着余光，在天黑前安全返回家的城堡。暮色已临，我在城堡里，不开一盏灯，窗帘透露出天光的隐约变化。云之上有一名技艺超高的调光师，巧妙调整天光云影，专注微小变化的循序渐进。屋子里的光影发生着缓慢改变，调光师将灯盏一点点拧暗，这个过程不易被察觉。

　　屋子慢慢沉入黑暗这艘大船，一切都仿佛被催眠，失语，失色，失声……晚上七点，是一个神奇时刻，暮色垂落一块黑色帷幕，夜的深海就要淹没众生，我享受淹没之前的片刻寂静……这时候，广场舞的音乐炸响了。

　　这音乐是突然扔出的一枚手雷，将安心封锁在家的男女老少轰炸出门，这音乐也是一个深海漩涡，人群被牢牢吸附在小广场上，小广场于是成为这里人口密度最高的区域。排除了广场舞带来与噪音等同的不良后果，人们在小广场上载歌载舞，以震撼音乐、嘹亮歌声、划一舞姿欢送又一天的完美离席，迎接夜色对大地的全方位收编与覆盖，这样的方式传递出国泰民安幸福和谐的一种全民知足喜乐，出力出汗的两个小时的宣泄带来一整个长夜的安宁，这其实是一件功德无量的好事。而我的短暂享受于是就到了头，身心遭遇噪音的全方位攻袭，身心被裹进广场舞的炼丹炉，在折腾中金身不死，隔岸观火。

听听，此时，有两股势力在小广场呈胶着状态。一路是通俗广场舞曲，一路是动感广场舞曲，彼此杀气腾腾，斗音量，斗人气，正杀得难分难解。两类不同音乐是纠缠在小广场上空的两条恶龙，都妄想以嚣张气焰绝杀对方。通俗音乐一时占了上风，风头正劲，成为盘旋其上的一条张牙舞爪领头龙。在通俗音乐的抒情怀抱中，动感音乐暂时屈尊，委曲求全，一只不安分的动感暴龙蠢蠢欲动。

动感广舞换曲了，调音师动了真格的，音量被扭到最大，鼓点凌空突起，简直要震坏了在一边的调音师自己，音量迅速被调小，又再次被扭大，音量恰好可以将那一条扶摇而上的通俗恶龙拉拽下马。

两股旋风就这样开启了轮播模式，人们一边享受通俗音乐的活泼与亲和，一边又要防止自己被动感音乐的节奏与神采飞扬拉走神，人们要注意力高度集中，专注肢体语言与音乐表述的高度融和，才可能在这两股漩涡中稳住阵脚。两类音乐在小广场划分出两个势力范围，不动声色，一决高下。暮色加重笔墨，舞动的身体更加肆无忌惮，随心所欲地摇摆，是水草自如呼应水流的起伏。不同的节奏互相冒犯，咄咄逼人，交汇过程顷刻剑拔弩张，下一秒又相安无事烟消云散，看起来，只是那些在不同曲风中巍然不变舞姿的身影颇有些怪异荒诞。

音乐在我耳边咆哮呼啸，一次次试图攻陷身心。以广场舞为主旋律的此刻，孩子追逐叫闹，傍晚的这一刻成为他们最为放松的时刻，仿佛要借着黑夜掩护投奔自由。在一边看护的大人不时提醒苛责，保持十二分的警惕小心。围着小广场的小圆圈，一些坚定的身影正一次次穿越广场舞的重重封锁，严格按照轨迹走完一万步。路灯被嚣张的乐曲惊醒，一盏盏地睁开眼睛。暮色中，众神俯瞰这人间狂欢，叹息怜悯，暗自拧亮另一盏灯。

2019.09

# 韭莲开在小花圃

九月初的一场透雨，被太阳晒得土头灰脸的韭莲接收到神秘信号，一小片杂草丛生的小花圃挑出第一朵韭莲的粉红信号灯。

上弦月将花蕾的影子淡淡覆盖在叶丛之上，一抹超常规的阴影面积被无限放大，一股强烈信息在月夜的静默中扩散：时辰已到，可以发动全面进攻。韭莲的一生都在为此刻准备，韭莲突然挺直的腰杆充满喷涌的愿望，一盏盏粉色信号灯在草丛中次第闪亮。

星光垂下夜色帷幕，韭莲排兵布阵，严阵以待。月色温柔并不能减轻她们的内心焦灼，轻风抚爱也不能冲淡她们的期待，韭莲的小脸绷得绯红。接受了曙光给予的终极点化之吻，她们开启进攻大戏。

一支粉红韭莲轻骑兵正在小花圃异军突起。韭莲挤挤挨挨密密匝匝，花朵推搡着花朵，花朵照耀着花朵，花朵牵引着花朵，花朵复制着花朵，每一朵盛开的韭莲都在另一朵的盛开中看见自己的前生今世，由此激发的进攻模式令人眼花缭乱目不暇接。只用一个夜晚的时间，韭莲实现了从无到有的奇迹再现。

韭莲开花，小花圃于是迎来属于自己的盛大节日。韭莲铺满花圃的每一寸土地，她用这样的颠覆与重塑表达对这一小片土地承接的感恩。之前花圃是狗尾巴草的天地，狗尾巴草占据了花圃的角角落落，落日的昏黄烘托着一根狗尾巴草的落寞影子。

韭莲的轰烈攻势让狗尾巴草目瞪口呆，生活一下变得摇曳芬芳，竟然有一群仙女姐姐就与自己朝夕相处，这简直令人心花怒放。狗尾巴草恍如置身梦境，现在，它身边缭绕着深深浅浅的香气，远远近近的笑颜触手可及。韭莲开花，这是属于这一整个小花圃王国的盛大节日。

花圃戴上了一顶韭莲皇冠，曾经寂寥暗淡的小花圃变得缤纷绚丽身价可估。蜂蝶造访频频，婴儿车停在小花圃边上，孩童尝试着去抚摸一朵韭莲的高贵与出尘。行人匆促的身影在路过的那一刻慢了下来，生命的怒放让人不忍正视更不容错过，一朵韭莲刻录下路人恍惚感伤而眷恋的眼神。老人坐在花圃边，久久不肯离去，一朵韭莲的娇艳与她青丝的花白也是一场前生今世的终极比对。

与一朵韭莲相遇是一件何其有幸的事情，时光因此变得珍惜珍贵珍爱。生命中的好时光就是一朵盛开的韭莲，让每一位遇见者都恍如置身美梦。

据说，韭莲有预知风雨的强大感应，对每一场风雨的突袭，韭莲以花朵的灿烂肆意呼应，而看似绮丽的美景之后，一场更犀利的风雨即将来袭。韭莲空降在小花圃，带来与星光等同的惊艳，给栖居其中的大小生物刮起一场华丽生命的龙卷风。三天之后，韭莲消失，韭莲的退隐带来的是一场大梦的沉沦与初醒。

没有遇见过这一场盛开奇迹的人是不会相信的，小花圃曾经戴过一顶华美的韭莲皇冠。而只有遇见过好时光的人才终于肯去深信，每个人的生命都会因为"一朵韭莲"的绽放与护佑而此生无憾。

2019.09

# 念念有声

下午两点十分，我抄近路去单位，从一条巷子穿过去，民居遮挡了阳光，带来阴影部分的清凉，风是穿堂风的感觉。早秋这个点，阳光还是很有杀伤力，被阳光照射久了，皮肤会产生与烫伤类似的灼痛感。从撑伞的臂弯处，汗水流下来，我几乎是小跑着躲避进这一条巷子。这时，巷子以奇怪的声音迎接我。

声音从第三幢房子二楼一个西晒的阳台那传来。一扇锈迹斑斑的铁门之后，是一幢三层楼的老式建筑，二楼、三楼都有阳台，林林总总的东西堆放着，晾晒的衣服、被单将阳台占据得满满当当。这时，还多出一个人，她立在西晒的阳台下，与器物一起恭迎这满目阳光的灼热。

她是眯着眼的，阳光实在过于刺目。我经过巷子，仰看，她如一个盲人，只听得她嘴中喃喃，如念着经卷佛号一般执念有词。我居然听不懂她说的一句话，我太想知道她的念词，她说的是方言，语句连贯。她的脸微微侧向一楼的东边厢房，一楼厢房里一定住着一位重要人物，是她此番长篇大论的主要对象。她的语气平静中带着一丝抱怨恼怒，她努力要平静地表述观点，但说着说着又把自己给说气了，音量增高放大。她以激昂的语气占领一个制高点，说着说着又慢慢松懈下来，语气变得和缓。述词如此往返。

　　这个午休的点，她想着想着，从床上忿忿起身，她没有选择跑下楼去，直面那个对手。她只是冲到阳台，西晒的阳光成为另一个帮凶，是她必须直面的另一个残忍对手。她的脸微微侧向一楼的东厢房，她让自己处于暴晒之下，她让自己没有退路。

　　东厢房始终静静悄悄，什么声响也没有。有耳朵在倾听，那是肯定的，但持有者保持了听而不闻视而不见，也许，这是另一种漠视的方式，让来自对手的攻击都石沉大海。或者，也是保持偃旗息鼓的一种姿态。

　　她一个人持续喃喃。我为我听不懂她的一言半语而深深抱憾。在这条巷子里，她的声音是唯一被放大的、明确清晰的存在。她身板单薄，头发苍白，阳光刺目，世界冷眼旁观，她这样孤军奋战的方式让我体会到一种难过悲凉。我向她投去专注一瞥，给予她一种体恤怜悯。她朝着东厢房，她低垂的姿态隐藏了一种隐忍，她用这卑微的略高一级的站姿让自己获得力量。排除了她有精神病的可能，重压已让她不堪重负，午后的宣泄是一个良好的突破口，借此，她可以在歪斜的生活中保持一种平衡。

　　这样一个人的战斗她还要持续发声多久。另一栋屋角，一个抱着婴孩的老妇人估计已倾听了很久，她冲我笑笑，我指了指声音的方向，她知情地释疑：和她媳妇吵架。

　　她一个人的念念有声让这条巷子更加寂静了。狗从巷子里远远走过来，带来精疲力尽的摇晃感。一只猫咪蹲在树底下，竭力保持一份镇定，它眯成一条缝的瞳孔空空如也。

2019.09

# 摇　椅

　　母亲在电话里神秘兮兮地说："我要给你一样礼物，不要告诉别人，只有你有哦。"傍晚，表妹夫气喘吁吁把礼物扛上楼，是七十多岁的小舅舅亲手制作的一把摇椅。竹片做底座，樟木做成边框，通体涂抹了清漆而散发着淡淡清香。

　　母亲的电话跟着摇椅一起到来。母亲说，这把摇椅小舅舅是打算送给我的，可我现在在你们家里轮流住，不方便带了，我想来想去，只有你家最适合留下这把摇椅。"大姐呢？大姐一定更需要。"我提醒她。"早几年，小舅舅送了一把摇椅给她啦，二姐家人多东西杂，摇椅占地方摆不下去，三姐会嫌弃摇椅档次低，想来想去，只有你家最适合啦。""可是可是……"我在电话这边支支吾吾。我的犹豫立马招惹了母亲。母亲的声音大起来："我说了不要在你们家里轮流住的，如果我没有在你们家里轮流住，这把摇椅我放在自己家不知道多好，哎呀，我这是什么命啊，一把摇椅也放不下……""就放我家，只能放我家，必须放我家！"我斩钉截铁撂下三句话，挂了电话。可不能因为一把摇椅就让母亲逮着机会又把我们都数落个遍啊。摇椅——它被撂在客厅最靠里的地段，像一个不速之客，不请自来，它微微颤动，新环境让它惴惴不安，它与周遭的静默格格不入。

很长一段时间，我都没有搭理它。我腻在沙发上，我在小书桌前坐下来，我去阳台进进出出经过它，我无视它。摇椅突兀地空降我家，从心理上我是拒绝的。摇椅目睹我的言行举止，它与我近在咫尺，却远隔天涯。如果它能发声，一定狂喊我无数句，如果它有感情，它眼里一定噙满了泪水。看，只要稍微碰一下它，它就迫不及待地喜极而动了。摇椅被搁放在客厅最靠边的位置，长久保持一个僵硬的姿势，一件灰尘的薄裳慢慢披在它的身上。

一直这么摆放也不是个办法，这一天，我试探着碰触摇椅的把手，尝试着在摇椅上坐下来。被舅舅涂抹了一层清漆的摇椅，樟木的纹理与竹片的色泽清晰可见，清漆凝结在表层，产生特殊的摩擦和钝涩，清漆粘连着我的衣服，连同肌肤一起粘连。这样的粘连让摇椅类似一个饥渴难耐的人，任何接触都如久逢雨露，它不舍得再松开拽在手心里的任何事物。我那天穿的是一件真丝质地裙子，它这一通胡搅蛮缠差点就要把我的裙子给拉抽丝。我忿忿起身，被它类似乡下小子初出茅庐般的莽撞搞得恼火异常。接下来又是很长一段时间对它不理不睬。摇椅闷声不响，呆头呆脑，不知道自己犯了什么过错。舅舅因为好心涂抹的清漆让它不伦不类，好比一个本来清新脱俗的家伙因为穿了一件蹩脚外衣而明珠暗投，舅舅的本意是想把摇椅打扮得更加精致一些，效果却适得其反。灰尘又慢慢笼罩了摇椅，抹布抹过去，它连同抹布都一并要牵扯了。

我给婆婆打电话："你们乡下不需要一把摇椅吗，放在房间，一边看电视一边摇呀摇，很舒服哦，我这里有一把摇椅可以送给你们。""不不不，我们坐在摇椅上摇来摇去头会晕的，楼上有一把摇椅都是新的，我和老头子谁也不敢坐。"婆婆如是说。突起的一个好念头就这样搁浅，我悻悻挂了电话。还有一个办法，可以把它放进车库，可那样就真的把它打入冷宫了，辜负了舅舅一番好意不说，万一母亲问及摇椅去向，搞不好又会掀起一场轩然大波。

　　我买来砂纸，戴上手套，打算对摇椅进行一番彻头彻尾的打磨。我鼓足劲，下狠心，以砂纸的尖利对准摇椅兜头盖脸扣下去。在速度与力量的冲击中，砂纸自身的尖利与摇椅的钝涩互为抵消，清漆与杉木彻底地融合。经过砂纸的一番磨砺，摇椅的毛刺疙瘩神奇消失，取而代之的是一种通融圆润，好似一个愣头青的青涩小伙转眼就迈入通达包容的中年。再摸过去，手感完全不一样了，樟木接受清漆的滋润，清漆深入樟木的纹理，两者交融，一把摇椅正在脱胎换骨涅槃重生。

　　外观上，摇椅看不出任何异样。打磨之后的摇椅在眼前晃动，好像与我的心情一样忐忑不安。我小心翼翼坐上去，很好，很好，不再担心衣服会被勾丝，扶手、靠背、肩头、脖颈……无一处不妥帖不服帖。砂纸的悉心打磨让摇椅成功摒弃了自身诸多的毛躁缺点，它以全新的流畅与顺畅迎接我的置身其中。我头部向后靠，双脚踩在踏板上，我将身心尽数托付一把摇椅，身体跟随摇椅一起摆动晃动，身体与摇椅一起达到摆动幅度的极限。摇椅前后摇晃，如一叶小舟，我们一起前后飘荡，任意西东。

　　我还是有些提心吊胆，如此简易打造的摇椅肯定会经不起考验的，说不定在我飘飘欲仙时会一下就仰过了头，来一个后空翻让我摔个大跟斗。我一次次小心尝试，一次次加大晃动幅度，摇椅向后摆动，到达最大限度的那个临界点之后，它一次次化险为夷，成功带我回归稳定的轨道。只是在中途，在向后摇与向前摇的中途，底座因为有一截横杠没有被磨合到位，会产生一刻细微的颠簸感，好像在一贯平稳的路上一个小石子带来了颠簸感。这是属于这把摇椅特有的质感了，不是那么一马平川一路顺溜的，一点小磕绊让这把摇椅更具特色，显得它有自己的小脾气、小个性。我一次次驾驭着摇椅，如同耐心驯服一只小动物，从抵制到了解到慢慢掌握特有频率，摇椅与我正在达到一定程度的心领神会和默契相投。

我尝试着如何用最轻松的方式让摇椅可以驰骋更久。我坐在摇椅上，高举两只手臂，前后晃动，惯性牵引让摇椅保持匀速晃动。有时候懒，我只举高一只手前后晃动，摇椅在一只手的指挥下，一样前仆后继指哪打哪，那一刻摇椅与我颇为心性相通。我伸长再弯曲一条腿，与前后高举手臂产生的效果是一样的，动力与惯性都能促使摇椅与身体一起俯仰自如。可缺点是，摇椅不允许我偷懒，我要有丝毫怠倦，停止动作，它立刻有所察觉，立刻也放缓节奏止步不前。好吧，我放下手臂，停止了腿部的摆动，懒洋洋蜷缩在摇椅的怀中，晃悠悠地进入了梦乡。

之前，我一直都不喜欢任何动荡状态，但坐在摇椅上，我开始痴迷它带来的这种晃动感。仿佛被无穷无尽的涟漪簇拥，仿佛摇椅与我一起成为那一枚小石子，正一起产生无穷无尽的轻松涟漪。周遭的喧嚣与静默都隐身在一面湖水之中，时间慢慢沉入水中，时间慢慢晃出水面，摇椅载我，沉浮出没，逍遥自在。傍晚回家，我先在摇椅上坐一会，音乐响着，散漫，深情，摇一会，神游一会，摇椅如飞毯，摇落了一天的疲倦，一个夜晚的新鲜与漫长缓缓君临。相比床与沙发之类的稳固托付，摇椅均匀的摇摆晃动带给身心更迅猛的松弛与放松，那是与母亲臂弯中的晃动一致的，与儿时睡在箩筐中的晃动一致的。烛光亮起来了，星光隐约，好梦的天罗地网正弥漫开来。

摇椅不光接纳我，也接纳家里更多人。有时，家人坐在摇椅上，玩手机，眯着眼睛打盹休息，他们那样逍遥快活，他们不会知道的，此刻坐在一边的我心里的羡慕与不平正在起伏澎湃。摇椅是懂得我的，经过它我会摸一摸它，算给它打了一个招呼。我把收进来的衣服一股脑扔进它怀里，那些暖烘烘的饱含着太阳味的干净衣裳啊，摇椅搂抱着它们，心里该乐开了花吧，这代表着一种贴己一种家常啊，摇椅已经融入了我们的生活日常。

　　置身摇椅，我恢复着生机，我清醒地意识到：七十多岁的舅舅亲手打造了这把摇椅。他从山林中选来樟木，他从竹林砍下竹子，他的力气、他的汗水、他的专注、他对他八十岁姐姐的爱意都融进一把摇椅的边边角角，他最后再抹上一层清漆，清漆的清澈、杉木的坚实与竹片的高洁以及他对姐姐的情意都凝聚为一把摇椅的光源。我们落座其中，时刻享受的其实是来自母亲，来自亲情延绵而出的福气啊。

**2019.09**

# 这里有张乒乓球桌

　　四年前，小区更换了一批健身器材，两张崭新的乒乓球桌出现在小广场，蓝色桌面，红色支架，好像两个身披蓝斗篷的超人空降，这着实让我欢喜一把。回家我翻出多年未动的几副球拍，盒子里装着的乒乓球还是满满的，我谈不上有什么球技，但不妨碍我对乒乓球持有一股天然热情。

　　我握着球拍，加入闹哄哄的人群。孩子居多，与球桌上下高矮，三、四年级的小学生居多，高矮胖瘦都有。我不挑人，只希望他们不要嫌弃我太老。这样的阵营一般很少有中年妇女参加，这对他们而言，多少是一种新鲜体验。打球的过程激烈愉快，这些孩子都不容小觑。我不会扣球，小屁孩个头虽小，球却打得机动灵活，扣球的杀伤力更是威力十足。小屁孩一发动扣球的凌厉攻势，我忍不住哀求：不要扣球啦。对手忍住笑意，暗自得意，扣球次数越发频繁。扣球成为他们的常用撒手锏，他们还不习惯对一位中年妇女手下留情怜香惜玉，我唯以声声哀号作了次次狼狈注脚。

　　孩子们都很愿意与我交锋，也许，我成为他们的手下败将让他们成就感强烈。为了保持这样的优越感，他们达成默契，允许我输了十个球之后再下场（其他人都是输五球立即离席）。这样，我比他们略高一些的个头、我的大呼小叫、我的及时鼓励、我活跃跃的身影都成为小广场上的一块显眼招牌。

有些孩子没带球拍，或者他们家里也没有给他们准备一块球拍，他们只能随机应变了。谁的球拍留下来他就用谁的，那还得是一位大方的前任主人才行。这时尴尬场面就出现了。轮到下一位上场，桌面空空，他向别的小伙伴求助，希望对方可以借他一块球拍用用。但如果他人缘欠佳，面对他的求助小伙伴们纷纷转身，一种略微奇怪的冷场气氛就在一秒内遭遇冻结冰封。

不要让我看到这个场景。我先一步向他招手：用我的。我还补上一句：谁没有球拍以后都用我的。这话让我赢得了一片欢呼。我跑回家，把家里剩余的好几块旧球拍都拿下来，分发出去。球拍质量虽然一般般，但分到手的小伙伴都发出了欢呼。一块质量最好的球拍我当然留给自己，用专门的袋子包装好，手感以及击球的触感相对而言都更稳定更有弹性一些。第二天，一位大姐特意跑到我面前来，估计她是哪个孩子的奶奶：你是不是体育老师啊，你是不是有球拍发啊，你昨天为什么发给孩子那么多块球拍啊，我孙子也想要一块球拍哦。哦哦哦。我被她的三连问给问得发笑了。

那段时间，新乒乓球桌的出现让我产生一股持续的狂热。每天，只要有空，我一定会出现在球桌前，等待，观望，参与，一个小小的乒乓球承接着多少次输输赢赢的起起落落，两张小小的乒乓球桌就是两块巨大的吸水海绵，凝聚了多少人的阴晴喜怨。

我发球速度很快，一般与人初次交锋，我的秒速发球会打对方一个措手不及，我极易被对方误以为是一个强大对手。几个回合下来，我的三板斧用完了，黔驴技穷，地位迅速回落，双方球技的势均力敌逆袭了我与他们身高上的反差，在两张球桌之间，一种友好欢快平等的气氛弥漫其中。

　　小广场上，两张球桌并列摆开，我最开心的场景就是，我刚从这桌败下阵来，那一桌的小伙伴立马在招呼我了：快点快点，轮到你了。我来回赶场，要出一身汗的意愿很快达成。在一次次接球的交锋中，在一次次弯腰的过程中，汗水流下来，感觉到一种奔涌的活力，一种筋疲力尽的喜悦，一种愉悦的健身过程让我仿佛看到自己的理想身材就在瞬间塑形。

　　两张球桌，只有四人正在进行，其余都是围观者。孩子把球桌两边的位置围堵得满满当当，老人和更小的孩子只能在远处注视。学步孩童跌跌撞撞奔向这两张拥堵的球桌，仰头，好奇地看，飞驰的乒乓球、人群的围观喝彩在他都是一种浸染。老人远远站着，热闹令他产生片刻恍惚，年轻时在球场上叱咤风云的片断就在瞬间复苏，这两张乒乓球桌以最佳人气的排行组合成为小广场的焦点所在。

　　很少有像我这样的大人参与，但那段时间我却遇见了一位真正的高手。他也是一位大人，年纪估计比我小十来岁。相对孩子而言，他微胖的身躯、黝黑的皮肤、他看起来略微显得彪悍的外表让人对他的第一印象会大打折扣。每天下午五点之后，他出现在这里。他穿的衣服总是脏兮兮的，好像他刚刚从机修厂下班回来，他脸上带一点点疲倦，仿似熬了好几个通宵一样。他的突临模样有点像一只鹰隼空降，孩子们摸不清他的状况，麻雀一样叽叽喳喳聚拢又散开，他沉着脸，看起来非常严肃。他耐心地遵照排序，缓慢地一点点地向着球桌的那一端移动。他终于站在球桌的那一边，他的对手是个毛头小孩，外表上看他们不在同一个级别，对抗赛已在紧锣密鼓中开始。

　　他按照规矩，终于站在球桌的那一端，他的脸上露出一丝奇怪的笑意。他握住球拍，开始终极对决。我在一边观战，我想看看他的三板斧。输五球下场，老规矩，一个小伙伴与他开始交锋。过程很快，第一个小伙伴连输五球，悻悻走人。第二个小伙伴意志踌躇，信心满满，他只是延续另一个连输五球的过程，悻悻离场。第三个小伙摩拳擦掌跃跃欲试，仍旧连输五球，抱憾归去。我在一边观战。他让我感到迷惑，不知道他到底用了什么移魂大法，也没见他使用什么大招妙招和奇招，他就是站在那儿，脸上带一丝奇怪的笑意，他微胖的身躯仿佛在那个位置扎下了根。

他的漫不经心激发了在场所有人的斗志，所有人轮番上阵，想要攻克他的坚强堡垒，只不过是又添了几个小伙伴的折戟沉沙遗恨一方罢了。让我最害怕的来自这些小家伙的扣球，在他眼中是不值一提的小伎俩了。对面的小家伙用尽十成功力，发动凌厉的扣球攻势，他扎下根来的伟岸身躯似一面墙、一扇门、一个会变身的弹性网，所有杀气腾腾的扣球都被他轻飘飘地挡回去，在小伙伴的瞠目结舌中，一切以迅雷不及掩耳又四两拨千斤的方式，让战局在瞬间完结。

所有的小伙伴以能和他过招为荣，以能让他输一球两球为至高荣誉，他一直保持着隐约的笑意，在球桌的另一方稳如泰山。有时他心情不错，或者他想要给小对手一个鼓励，他故意输给对方一个球。看着对手欢天喜地败下阵去，我忽然明白他那丝隐约笑意的含意所在。那是他的志在必得，他是永远的甲方，其他人都是流水的乙方。

我站在他对面，我的快速发球没能见效。我快他就快，我慢他就慢，我稳他更稳，结局就是我抵抗不了他的快，也无法驾驭他的更慢，我的求胜心切让我输得干脆彻底。我夹在小伙伴中，灰溜溜下场，他瞥我一眼，对眼前飞驰而来的小小乒乓继续以不变应万变。

我对他的其貌不扬产生好奇："你为什么上这儿来打球？"他指了指人群中一个其貌不扬的小男孩，小男孩清瘦白皙，他俩相同点就是都有一头的自然卷发："我想让他对乒乓球感兴趣。"小男孩也是他手下灰溜溜的败将之一，多少小伙伴已经被他父亲的强大战斗力深深折服，他却未必，现场的惊叹与欢呼无法将这个小男孩引燃。小男孩打球，走人，热闹仿佛与他无关。

一个月之后，球神与他的孩子一起消失，像他们的空降一样悄无声息，他们没有再在这个小广场出现。几个月之后，我的乒乓热情慢慢消褪，热浪涌过身心，人安静了下来。再路过小广场，小伙伴会高声约我："一起来啊打球啊。"我围观一会，开开心心上楼去。回家，拉开窗帘，他们的喜怒哀乐就在我的眼皮底下远远近近、起起灭灭。

属于一个小区的这两张乒乓球桌其实是有它们特定气息的，有它们特定的早课和晚课，有它们固定的寒暑两假。下午放学至天黑这时段是球桌的高峰期，乒乓球欢快撞击出好听的音乐响彻四周。暑假时，天一放亮，心急的一个孩子已经出现在球桌前，一个人托着一个乒乓球反复练习，张望，等待其他小伙伴的陆续汇入。正当午，再毒的太阳也不能阻挡他们的热情，从下午两点多就开始预热。球桌的一方西晒，人站在那个位置，阳光刺得人几乎睁不开眼睛，更不要提高温难耐酷暑难当，什么都不能让一颗少年炙热的爱好之心冷却。有时，借着灯光与月光，仍有击球声响传来，两个年轻人忙里偷闲，切磋锻炼。对于热爱运动的人们来说，球桌上没有任何不可能，只有一种打球的必然存在。

其他时段，乒乓球桌具备了新的其他功能，之一是成为小区奶奶们的小小晒场。新鲜的南瓜片、红薯条、萝卜叶、白菜新鲜水灵被摊上桌面，被一床被单或者被子完整覆盖也是另一种常态，也有带孩子的年轻女人图省事，将孩子直接放在球桌上——晒娃，反正他那么小，不担心他会摔下去。有时还会看到小孩子球桌上开始散打表演，那真是我非常不乐意看到的场景。球桌它不是金刚之躯啊，经不起这样的折腾，五六岁孩子的拳脚很有些力度了，踹，踩，踢，跳起来使劲踩脚，球桌摇摇晃晃的，我都不忍再看这个暴力场景。乒乓球桌面三缄其口，以沉默承受一切。

有时，突降一阵暴雨，孩子们呼啦啦一下全缩进球桌底下，这个情况是一张乒乓球桌所不能预想到的吧，它平整干脆的线条和平面居然还可以化身为一把挡风遮雨的大伞。雨停了，孩子们纷纷走出来，开始新一轮的 PK 角逐。有两个更小的孩子却不愿意走出来了，那两个更小的小毛孩就安安心心躲在球桌底下了。头顶有乒乓球蹦蹦跳跳在唱歌，围绕着球桌走动的杂沓脚步也是另一曲欢歌，声响铺天盖地，是另一张覆盖球桌的严实之网。

一张乒乓球桌在不知不觉中露出了老相。千磨万击让它湛蓝的表面发白，伤痕累累，它的红架子不知不觉褪了皮，由鲜红转为暗黑。隔壁的一张乒乓球桌因为磨损厉害，身架变形，桌面凹陷，仿佛枯瘦老人面相上两个深陷的凹坑。某一天黄昏，发现小广场只余留了一张乒乓球桌的孤单身影，我对着那块空地发呆良久。

我想，再不会有当初那种人仰马翻的热闹场景了，再有，那也是没有我参与其中的热闹了。再不会有人扯着嗓子欢实叫喊，再不会有一个“我”被催促着轮番赶场，再不会有那个惊鸿一瞥的卷发胖子扫地僧惊现此地，再不会有谁可以稳坐一方，笑看风云四时，变幻更迭。有一天，这仅存的一张乒乓球桌也会于某个黄昏走失，正如它们的突临。有一天，记忆慢慢聚拢在一起，成长为一种枝繁叶茂、一种根深蒂固。有一天，一切都会凭空消失。而我，只能在此时，说一句：这里，曾经有一张乒乓球桌。

2019.10

## 丝瓜出篱墙

丝瓜藤懒洋洋爬上篱墙，第一朵丝瓜花惊喜万分地打量这个世界，世界并没有因为这一朵丝瓜花的注视而产生丝毫震颤。蜂蝶频繁探访，晨风早晚吹拂，烈阳炙烤，这些都令一朵丝瓜花感到幸福，它以震颤的方式呼应世界给予的纤毫体验。丝瓜花其实是很惊艳的花，有明艳的色泽，薄绢的褶皱花面揉进了巧妙心思，叶柄扭曲，费尽思量托举着东一朵西一朵的丝瓜花，隐藏着国画的意境与讲究，丝瓜花朝向瓦蓝天空盛开的模样符合一类宗教的虔诚祭献。但丝瓜的目的只在结果，它开花的那一段美妙于是被人忽视了。

丝瓜挂了藤，颜值分出三六九等。在菜地里无拘无束烂漫生长的丝瓜，它的青白表皮会附着一层隐约的雾白，类似豆蔻女孩脸上蒙着的那一层茸毛的视觉感观，还未经世事侵扰的童稚仍是一层保护屏障。等丝瓜长到一定长度，具备一定腰围，雾白笼罩其上。摘下，冲洗，薄薄地削了皮，切块切片切丝随意，蒜泥在茶油中炸香，投入丝瓜翻炒，注入清水烹煮，三五分钟后扔下葱段添香。青白玉色的豆蔻丝瓜堆卷在青白汤汁中，仿佛一堆碎玉堆积。口感极其绵软香甜，丝瓜无忧无虑的一生在入口刹那获得善终。

市场普遍出售的是在大棚种植的丝瓜，规模化生产似乎压抑了其天性，大棚丝瓜板着一张脸，统一了身高体重和神情后，它们脸色青中泛黑神情沉闷呆滞。雾白肯定是没有的，大棚丝瓜普遍缺乏一种灵气，催长促使它们面目不清，灵魂无法从一个突然鼓胀的身体中成功突围。自它们墨绿厚实的皮囊中取出一截丝瓜，以相同手法烹饪，丝瓜塌陷堆叠。丝瓜本身都还没有品尝到生命自身的一丝甜美，只能释放生硬口感，我们无法从中品尝出一种甘心情愿的融入与释放。

夏天我好丝瓜这一口。菜场摊贩几乎都备有丝瓜，我的火眼精准从百十条丝瓜中甄选出最年轻灵气的那一批，挑两根，长短适中，肥瘦恰当，一定罩有雾白。两根青绿丝瓜在袋中隐约闪现，仿佛我刚刚降服两条小青龙正擒拿回家。啜饮下一碗翡翠青龙汤，惬意，满足，飘飘欲仙。

将丝瓜茎切断，切口置瓶中，一夜即得丝瓜水。丝瓜水原液具备充分的活性物质，能为肌肤补充养分，精明的商人出售丝瓜水，销路甚好。毕竟世人都希望自己能拥有一张白嫩无瑕的脸，寄希望于丝瓜水不失为一种良策。丝瓜先替我们作一层过滤防护，清清白白的根茎总比另一些护肤品的来路不明更让人觉得可靠。

任由丝瓜一直长一直长，老丝瓜垂挂枝上，皱皮打褶，老态龙钟，生命中水灵灵的记忆逐梦而去，刻骨铭心的点滴呈网状遍布体内。坚韧的网状纤维就是丝瓜络，做成鞋垫，当作洁净用具都是蛮好的出路。丝瓜络的横空出世才符合丝瓜的另一个别名——天萝。在丝瓜体内，经纬交织，阡陌纵横，命运早早布下一张天罗地网。我中意天萝这个名称，一根根天萝垂挂其下，如一根根棒槌棒喝敲击，时光易逝，命运有痕。

丝瓜还可以制作另一道美食——炒丝瓜皮，丰产时削下数根丝瓜皮凑成一碗，切成碎粒，热油烹炒，佐料比平时下重两分，一碗色香味独特的炒丝瓜皮令人食欲大开。我只在小时候频繁吃过，自家菜园的丝瓜垂挂满架，母亲厉行节约，从<u>丝瓜</u>花到<u>丝瓜</u>皮到<u>丝瓜</u>肉再到最后的<u>丝瓜</u>络，<u>丝瓜</u>在乡村收获了它们极致完整的一生。

　　最粗壮的那一根丝瓜活到了最后，最年长的那一根丝瓜孤零零悬挂枝头。青葱时光陪伴身边的热闹与开心都无影无踪了，绿叶蜷缩身躯，一片片飞离枝头，老丝瓜黑着一张脸，它怎么可能再开心得起来。使命感让它老而不僵，种子贮存体内，这时的老丝瓜是一枚火箭弹，携带着生命火种，等待开启下一场轮回的进阶模式。

2019.10

# 桂花香

　　夏天与秋天的界限尚不分明，这时，一缕桂花香引路了。人们从夏天的闷热困乏中缓缓回过神来，暗香浮动，我们知道，秋天到了。

　　如果可以用特殊的仪器观察桂花香，那香真如一缕缥缈的香，细若游丝，袅娜游走。从夏天的云端开始酝酿，在初秋的云端降落人间。一小朵一小朵的桂花散发一脉脉细香，继而凝聚成黏稠的阵阵桂花香，类似一团团云朵或者一床床棉被那般，将人间细密地包裹，将人群软绵绵地包藏，兜头盖脸地蒙起来。嗅着桂花香，人如中蛊，四肢无力，再迈不开步子。

　　桂花香是甜的，这是属于桂花香带来的精准滋味。这样甜的桂花香，谁嗅着了，紧锁的眉头会舒展，糟糕的心情也会变得愉悦。一株桂花树就是一个生长的香水瓶，朝四周源源不断挥洒香气，这是对严苛人世的一类奖赏与恩赐。

　　一株巨大的桂花树在村庄中散发浓郁芳香，笼罩在炊烟与桂花香的双重温柔中，村庄变得眉清目秀，温婉可人，是值得信赖的，是可以靠近与触摸的。将一枝桂花斜插鬓角，一个村庄的依恋获得一处理想的寄存地。

　　在小镇的大街小巷，小小株的桂花树规规矩矩站立着，乖巧，安静。金桂点缀枝头，似有萤火光芒闪烁其间，一座小镇被赋予了某种特殊的照拂与关爱。被桂花香独宠，被谁在心里悄然惦记，一种淡淡柔情在小镇的市井烟火之上融化、漫延。

一株株桂花树生长在市井人家的墙角屋檐，是与生俱来的模样，两小无猜的模样。在庄严无量的宝刹一角，端立一株株桂花树，也是与生俱来的模样，深情款款的模样。

桂花既有江湖之近，也备庙堂之远，是远近通吃的一类花，是老少皆宜的一类花。世人对其情有独钟，桂花茶、桂花蜜、桂花酒、桂花糕……爱它就要吃掉它。这份爱只有结结实实地落进肚子才妥帖稳当，才算实至名归。

属于桂花的旋律，当属罗文那一曲《尘缘》：尘缘如梦，几番起伏总不平，到如今都成烟云，情也成空，宛如挥手袖底风，幽幽一缕香，飘在深深旧梦中……这一首深情曲调在九一届我们的唇齿中反复吟唱，当时的少年几乎无人不会。"少年不识愁滋味，为赋新词强说愁，欲说还休。"让我们沉溺的其实就是那种强说愁的滋味吧。

月亮上也有一棵桂花树，葳蕤葱茏，成为所有中国人情感寄托的心之所属、目之所向。遥不可及，又深得人心。如仙如幻，更贴心贴肺。几场秋雨之后，月中仙飞离高枝，地面承托起桂花的另一段锦书，细密，绵实，颇有锦心绣口的感觉。那些尚未说出口的话语，尚未了却的心愿，皆入土泥，成全另一份滋养。

空气中遗留一抹余香，似美人离去的身影，隐隐约约。有缘人嗅着若有若无的一缕香气，若有所忆，若有所失，暗自品咂这独属初秋的以桂花为因、为果的百千滋味。类似桂花的每一类生活日常都值得我们礼敬有加。它们扎根岁月，年深月久，开花结果。它们比我们缄默，比我们深情，比我们久长。

每年桂花开，桂花是新知，桂花是故旧。

2019.10

# 鹅湖书院的日常

秋雨落下来，书院外墙，雨水的痕迹又增添笔墨，靛青，厚重。槭树叶翻飞如巧手，描摹出盛夏的清简沉静，描摹出此时的绚烂翩跹。红鲤仍是池水中的神仙，优哉快活，一如往昔。碗莲浮起在水缸，渐缺渐圆，渐舒渐隐，一个水缸就是一整个美学世界。蕨草长在缝隙间，瘦寒清苦，是天生的逸士隐客。墙头上，是紫弦月还是垂盆草，一个胖一些，一个瘦一点，唤你紫弦月更动人吧。叶片一瓣瓣的，如撅起的嘴唇样，如半弦月的模样，淡紫脉络如掠过的云影隐约。

拉开暗红的门闩，秋天浅浅铺陈在门外的小径。一地彩金是枫叶堆叠出来的，楸树只是远远旁观，甘心作为背景。一株拥有薜荔和青苔双重痴缠的樟树，还拥有密布天空的枝丫的持重，拥有落叶归根的空灵归宿，体现了一份德高望重的圆满与体面。樟树如亭如盖亦如幕，是书院的庇佑与依仗，是书院向虚空发出的一声质问与长叹。而书院只是樟树延展而出的一段特殊掌纹。

秋风夹着秋雨，吹落了叶，吹瘦了一棵一棵树。曾经簇拥着书院的盛妆美人都凋敝了，书院的耳根子也清静了。雨水顺着瓦檐渗落，渗进泥土与池水，书院仿佛矮了一些，整体都往下沉了沉，书院陷入了一场追忆的入木三分。书院三缄其口，保持着一如既往的深沉。

在时光风起云涌的眼里眉梢,书院是惊鸿一瞥,是一道盈盈眼波,是落地无声的一缕幽叹,是旷野的一个落寞背影。书院是一枚书签,别在铅山的山河胸襟,别在秋之庆典的页扉之间。

2018.11

# 纯粹的银杏

　　农历十月，冬天绽放了温暖色调，景致慵懒迷人，植物体内积存了盛夏岩浆，一路慢慢释放。

　　泡桐是冬风的第一批跟随者，冬风一起，叶子落尽。桂花抱香枝头，不肯撒手，人们循香走近，生出仍在深秋的错觉。杨树撑开一树调色板，叶子慢慢上色，想匀成什么色调都由着自己心性。茶花开满山冈，清晨的薄凉中，小白伞一朵一朵撑开了……农历十月，植物与人都如沐春风。

　　银杏树是冰雪聪明的那一类，她以纯粹的光芒拔高出挑。她魔幻的黄金小扇哗啦啦地鼓摇起来，黄金的铜铃轮番播转。她化身一道黄金闪电，醒目地将自身与周遭剖析、隔断。

　　她选择了正黄，最蛊惑人心的色调，世人对其趋之若鹜。也是最温暖的一种色调，阳光储存在单薄的体内，固若金汤。她选择了扇形，天地的玄妙之手执掌着这一柄柄精巧小扇，将墨绿缓缓扇出，将金黄一脉脉引进。将秋天缓缓扇远，将冬天一阵风一阵风地缓缓扇近。

　　她招了招黄金小扇，人群如蝶，纷至沓来。一片叶子被摘下，她忍住了不喊疼。一根树枝被折断，她身子一趔趄，生生止住颤抖。她始终一语不发，憋着一股力气，只是拼了命地黄，黄，黄。她的黄是一则山盟誓约，她要让远在远方的山河故人看见并洞悉，这是属于她的黄道吉日，这是属于她的黄金世界。

她与你两两相对。每一片叶子盛满阳光的和煦、纯真、无邪，美梦的光泽在叶脉间闪闪烁烁。她的身姿劲挺峭拔，一朵黄云凌空而起，笼罩，庇护。她垂落下万千叶身，温婉俊秀，知性通透。一片叶子在掌中飞舞，干净，轻盈。她是这样美好，值得你耗尽余生，珍惜且仰视。

捧住一片叶身，以为是拥有了她。当置身树下，才发觉她始终遥不可及。你无法拥有一片叶，你也无法拥有她的一线根，你的靠近与远离都无法撼动一棵银杏树的孤注一掷。

从地底的旧情岩浆中，叶如飞花，喷涌迸发。她是一树永远的黄花女儿，黄尘清水，走马千年。她是一道神圣灵符，盛世绽裂，绝世孤存，只献天地，只敬过往。她最终选择成为一枚银杏种子，选择降落在此地。她的神奇在于，百年沧桑，只如一瞬，她遒劲的身躯驻扎着不老童心，她将赤金的心打磨成一片片赤金的叶，越磨砺，越无邪。她的存在对照了那一句：万物入境，心不染尘。她永远是一幅不会老去的模样，经历再多记忆的风霜雨雪，身世始终如谜。

十月底的一夜是印证奇迹的一夜，一夜过后，叶落满地。再来到树下，你会诧异。千娇百媚，只如幻影，千姿百态，化为乌有。银杏树轮廓清晰，千帆过尽，斜晖悠悠。落在地上的每一片叶子都是曾经的一句情话、一首情诗。如今，词穷，言尽，大地将一封封扇形信笺悉数收回。银杏树收藏起这一轮回的叶落归根，凛冬的路上，寒风正紧锣密鼓刮起来了。

2018.11

# 唤作"小雪"的冬天

在南方，唤作"小雪"的冬天是一位冰雪少年，敏锐、机智。窗棂被摇得吱呀作响，木门一次次被反复推开，风从烟囱中反灌下来，机灵的少年四处撩拨，无处不在。天黑透了，少年以风声替代歌喉，开始他的彻夜嗷唱。这歌声是如此揪心，月亮与星光一起屏息聆听，洒下晶莹的露水。"小雪"如一匹孤狼，毛皮反射着月色银光，遗世独立。

在南方，唤作"小雪"的冬天还是一位冰雪公主，单纯，果断。捋下枯瘦的黄叶，催促火棘结出红果，让各色菊花亮相登场，她享受这个奔忙过程。正午的艳阳中，梧桐叶被风吹着一溜儿小跑，伴睡的公主忍俊不禁。

在南方，这一对唤作"小雪"的金童玉女是冰雪国王派出的先行使者，他们以讨喜的模样先入为主，先得人心。人间驳杂，见惯百味，对这样的安排却颇为满意。经由他们执手，南方安心被引至寒冬。

"小雪"迈进门，置身的领域仍被暖洋洋的仙障控制，范围之内，一切都暖得不像话。暖风甚至熏得桃杏开出一两朵懵懂的小花，酡红的脸蛋分明就是一副喝醉了的小迷糊模样。然而，周围并没有其他的小伙伴赶来附和照应，她们只好强撑枝头，怯生生的，带一点点酒醒之后的娇羞与故作镇定，将那一盏花灯高高擎起。

在紫荆的枝丫间，一枚枚心形叶片缓缓喷涌而出。立冬过后的光影中，她们具备通透的赤子心性，表里如一。她们摊开一只只心形手掌，抚摸着晚风，抚摸着即临的夜的黑，暗淡光影的吞没过程变得迟疑犹豫，心有怜惜。这些青绿小叶与苍老斑驳的老叶夹杂相生，生命汁液的充盈丰盛与蚕食鲸吞互为填补，稚童的天真无邪与沧桑风尘互为成全。

檵木的叶子一片片红了，仿佛瞬间着了火、着了魔，光的拥抱起了魔法。被光拥吻的叶子迅速成为光的一部分，在热爱与热情的双重包围中，檵木叶成为一个燃烧的小宇宙。她原本是如此寻常，如今是如此非比寻常。终其一生，她都在等待燃烧的此刻。

枣树的瘦长叶子舒卷下来，身躯柔软金黄，深情款款。一长条叶片是一行长诗，镌刻在蓝天的画板之下，缕金的长短诗句喷涌在"小雪"的肺腑间。零星几个黑枣点缀，那是一树金光浮动中的几尾鱼翅起伏隐约。

栾树成为一头金花灿烂的美娇娘，一长排栾树恍如列队的迎宾佳人，风起时妖娆热烈，风止时沉静金光亦会灼伤了眼睛。一株株栾树是一封封金字情书，在"小雪"的此刻装帧完毕，朝蓝天敞怀，向大地抒情，与近在咫尺的深冬互诉情衷，遥相呼应，被"小雪"呵护的人间万物安详。

等紫荆的青绿小叶再鼓胀一些，等檵木的叶子一片片烧透，等枣树的诗行一句句落向大地，等栾树的情书被寒风一一收藏，等火褪尽，等光暗淡，等"小雪"这一顶帽子结结实实扣在南方头上，属于寒冬的冷酷气息开始向四面八方蔓延扩散。

寒冬，保持冰雪国王的威严形象，揣手远观，不急不恼，一切在潜移默化中循序渐进。历经三季的肆意生长，南方在此时迎来甘心情愿的收手与蛰伏。

2019.11

# 苦瓜凉

苦瓜苗从地里没头没脑钻出来，掌状的小叶片就成了她的小手掌，风吹着，雨润着，阳光浴又及时充足，小手掌一天天变得轮廓清晰。它东一拳西一掌对着虚空乱打一通拳法，它对这世界的探知欲望逐日蓬勃。苦瓜藤伸长卷须，四处搜寻，一定要依附什么，它才可以立起身。半面弃墙，一径篱笆，数杆枯枝，一截旧藤，都可以是它的依持。

一旦有了依持，苦瓜生命的延伸便有了可期待的深度和广度。看，跃上依持的苦瓜藤体态轻灵，动作娴熟，小巴掌抚慰四方的手法自得真传。绿意缭绕着枯枝，老藤徒生新趣，一面枯墙以一根苦瓜藤蔓的缠绵相依而添了生机无限。

苦瓜开了花。一顶顶自娱自乐的小冠冕开了满墙满架。开心的时候就要及时开一朵花，就要及时给予自己一点小小犒赏，不要只顾着一路跋山涉水啦。苦瓜是一类深明大义的植物，懂得借力，懂得均衡，懂得劳逸有度。

苦瓜结果。第一根苦瓜的模样一定惊呆了苦瓜自己。哎哟哟，我怎么长成这副模样呀，皱皮多瘤，天生一幅受苦受难的模样，意料之外啊，它费尽曲折修炼而成的正果就是眼前尊容。苦瓜内心纠结，苦瓜天生的豁达率真又解救了它自己，也只有我苦瓜才可以长出这满脸满身的宝贝疙瘩啦。自家的娃自家爱，苦瓜对自身的一言难尽很快转为爱不释手，叶片摩挲，藤蔓牵挽，一根根苦瓜垂挂枝头，享受万千爱惜，喜不自禁。

苦瓜的滋味世间独有，它的苦是世间独一无二的苦，苦是另一种滋养，苦是另一种甘甜。苦瓜是不是转世的金刚，肉瘤替代他圆睁怒目，千难万险都敛化在一尊尊苦瓜肉身中。苦瓜吸收了世间万般苦厄，贮存体内，四魔得以降服，六道因此慈悲。

苦瓜成熟的黄金身躯中裹藏着颗颗红心。苦瓜讷于言，敏于行，红瓤镶嵌的种子隐喻了它对人世大爱。最后时刻，苦瓜真身爆裂，红籽满腹，它的热烈忠贞大白天下。不到最后一刻，它的真心不会对世人剖腹。

不论将苦瓜如何烹饪，凉拌，清炒，煲汤，苦瓜对自己的苦守口如瓶，苦滋味绝不波染他物半厘半分。这样的苦进驻身心，喉吻润，破孤闷，肌骨清，通仙灵。苦瓜以一剂苦作了良药，除热解乏，排毒祛火，明目清心。再多的苦，也只苦自己，苦瓜守着自己的苦，心口如一。

生活中，有没有这样一类人，看起来他不苟言笑，他的认真沧桑都裹藏在他斑驳突起的肃穆线条之中。接触久了，透过他苦瓜的表象，包罗万象的暖意开始散发辐射。如果有人再这样说，你这个苦瓜啊，且不妨把这话当作一种至高无上的褒奖。

2019.09

# 紫薇　紫薇

　　三伏天，能撑起场面的花只有紫薇了。

　　酷暑将紫薇的花形压成轮盘，闷热将花瓣碾出皱襞，再添一份气力，再增高一度气温，紫薇花怕要香消玉殒了。然而她并未被热化，一朵紫薇舒展六个小花瓣，兵分六路，若一瓣不小心折戟，其余五瓣仍能顽抗。紫薇花还擅长集结，几十朵紫薇密密匝匝开成一枝花条，就算一朵或者几朵紫薇临阵脱逃，花的阵仗并不由此褪减半分。紫薇花具备聚小成多积沙成塔的谋略，花朵绵延成一条花溪一片花海。再低矮的紫薇虽然身形瘦小，几条花枝却高举得摇曳，如振臂的几声高呼，对热浪侵袭不屑一顾。又或许，她的小身板里有着一个不容察觉的小宇宙，就爱这热浪滚滚排山倒海。

　　一树开花的紫薇以盛妆姿容出现在屋角墙头，清晨的霞光为紫薇泅开另一层敷粉，花枝俏丽若清丽女孩倚门顾盼。盼着有人远远走来，有人靠近，有人在树下徘徊，盼着他驻足，仔细分明地瞧定其中一朵。若再多看一眼，多片刻停留就抵却了这一季的消磨。烈阳下，人群多半来去匆匆，紫薇花瓣如叹息声声，陨落一地。

　　正午时分是不忍心再去端详一树紫薇的，她们薄绢的花面正经受着被灼伤和毁容的危险。紫薇是身披彩缎的一位佳人，没有香气的咄咄逼人，没有花形的流光溢彩。唯以执着沉默站立，细碎花朵构画喷涌欲出的千言万语，一字字倾诉，一行行书写，一段段封印成卷，束之高枝，只待有心人前来一一拆阅。要真正体恤和懂得她的美与好的人才肯向着一朵紫薇花深深躬身。

暮色将临，紫薇花美得有些惊心动魄，黛青的天底作了另一块画布，月色是恰到好处的染料，紫薇悄然变身。自灼心的烈日煎熬中逃遁至夜色温柔，紫薇身披一件月光大氅，白天的疲倦困顿都化为无形。窗前一树紫薇婷婷，半眯着眼儿在打盹，且允许她做一个美梦吧。允许她抖落铠甲，放低身段，允许她松懈片刻，只赐一个美梦成全。

有时觉得，成为一株开花的树是一件残忍的事。如果说为了成为一株开花的树，还要在佛前求五百年，那更是一件痴蠢的事。现在，终于成为了一株开花的紫薇，你终于走到树下，你终于没有停留。你离开的身影之后，紫薇的每一个花瓣都咬出心碎的牙印与血痕，何苦来，何苦求。不要想着来生要去成为一株开花的树，今生不要欲言又止，不要吞吞吐吐，既已为人，你此生的每一句良言，都应该是一朵应景之花。

人间紫薇有三色，宛如相亲的三姐妹，大姐爱紫，二姐恋红，三妹喜白。三色紫薇是盛夏一截搭配相宜的三色织锦，于流火中盈盈浅浅，滋养出不迎不拒的神姿异彩。总有这样的花，看似纤细的外表之内，生命的喷薄，循序渐进，有条不紊。一朵花就隐喻一个这样的人。总有这样的人，看似柔软的身子却隐藏着巨大潜能，以某一种姿态，以一朵花开的灿然，轻快击碎周遭铁蹄笼罩的蹂躏。

据说，一株年长的紫薇树会有"怕痒"的奇妙反应，轻轻抚摸树身，无风亦会枝摇叶动，花树震颤。我宁愿这样去想，那是她期待已久的触碰，那又不是她期待已久的触碰，那只是她多少年的心有所念，必有回响。

2019.08

# 凉风木槿篱

　　六月，总能与木槿相遇。路边，木槿垂下长长的一枝，三两朵花错落有致，符合中国画的绝佳构图。走过树下的人总感觉就要被一朵木槿牵挽了，仰面是花朵的盛极而放，匆匆而过是对她的一种辜负亏待。一步三回头，她在枝间颤巍，别意隐隐，聚散依依。

　　小区的花园中心地段，雨水将一株小木槿树浇洗得挺拔干净，被花朵团团围簇的小木槿树有了缤纷热闹的美感。虽然淡紫是让人微微感伤的颜色，但花朵面颊上附着晶莹雨水，每一朵木槿花都似一位好人家的女儿，被捧在手心呵护备至。这一小株木槿以一树高贵紫花的点缀成功脱颖，成为我的心头好。

　　雨天让事物潮湿霉变，雨水却让木槿日渐娇美。我每天都担心心仪的那一朵不会是昨天那一朵，但是这一周，我心仪的那一朵都出现在相同的位置，在 C 位上傲视群芳。没有其他花朵有这个实力可以将她比压下去，她于是用各种姿态，侧脸、正面，俯看、仰视，全景、半身，她成为一朵肆意之花，成为这一树木槿的点睛。

　　很多次，手指已经轻抚上花瓣，花瓣细腻如丝绸的质感令我沉迷。手指的粗糙会轻易划伤她的娇嫩，把整朵花拢在掌心，稍微一用力，就可以使她飞离枝头，成为书桌前的一尊完美瓶插。掌心里的这一朵却没有一丝畏惧，开得无物忘我。松开手，我松开了欲望。

　　木槿花的花期真长，不知道是什么促使她这样竭尽全力。雨天过去，接着数日响晴，她丝质的花瓣极易被烈日灼伤吧，可她都挺了过来。花叶彼此鼓劲打气，互为遮挡风雨艳阳，每一朵木槿开得无忧无惧，前赴后继。她们听命于一道隐秘的旋律乐章，花朵绽放为某个音符，一树木槿是一曲跳跃的生命长歌行。

　　如果有小小庭院，可种植木槿替代篱笆。木槿篱是活的，每一年都带来满墙的灵动新意，每一天都在成长改变，每一刻都是崭新的。一篱花树裹藏着一间院子，人间烟火在花枝间氤氲蒸腾。过往云烟浮起在苍老或青涩的面容上，是一朵渐开渐隐的时光木槿。

　　爱她，就吃掉她，木槿花具备这样大无畏的气场，她的美既可出尘更能入世。汤汁里，嫩滑的木槿花瓣落向喉吻深处，她的爱如此彻底果决，身心中携带着木槿的微量元素，成为最好的相亲相融，合二为一。

　　每一年，与木槿的相遇都恍如旧梦，似曾相识。她们根植此地多年，以一朵花开的模样激活记忆。路过一树木槿，你要小心，不要搁浅太久，不要被其中一朵敛去魂魄。路过一户筑有木槿篱笆的人家，你要小心，凉风中，不要轻易叩响那扇柴扉紧闭的院门。

2019.08

# 其实，只要一缕风

一般情况下，屋子里的窗户只开半扇，外面的灰尘不太容易挤得进来，屋内形成一个小气场，空气以不易察觉的细流方式暗涌。屋子里有花香有体香也有点了檀香遗留下的余香。多半时候，屋子只与一个人朝夕相处。屋子似一个安心抱拥，一个人在屋子里待久了，与屋子的情意渐浓。

好多时候，都不愿意再出门了。真的，走得再远，还是要回到屋子里来。而走得再远，没有哪一个怀抱能超出屋子的长情。是这样吧。人在屋子里安心待着，屋子如一个茧，茧内的人正在发生另一种蝶变，日渐睿智，日渐苍老。

屋子有半间阳台，是一条狭长通道，种植了一些简单花草，铜钱草、吊兰、文竹与茉莉，只这四种。花草虽不能走动如常，虽不能高声谈笑，但日日相守，她们早已意气相通情意相通了吧。

人走到阳台，与眼前的绿意两两相望，心便又再安宁了一些。不远处，樟树亭亭，撑如大伞，成为与楼层阻隔的最好屏障，万千樟叶变幻四时色调，交付日复一日的真心陪伴。久久观望，人心便又再安稳了一些。

把阳台的门打开，风像水流，呼啦啦涌进来。门一直开着，任流水的风一遍遍冲刷屋子和屋子里的人。窗帘在风中飘旋，仿佛快乐得无法自持。纸张吹落在地，仿佛风在即兴抒写一首无字诗。风冲进厨房，挂在墙上的勺子铿锵落地，勺子用这一声破碎声响向风表白瓦全的信仰。大风一直吹着，围绕着屋子里的人使劲地吹，全力以赴地吹。

人坐在摇椅上。风似一个贴心人站在后背，轻轻在推。风似一个有情有义的家伙，抚摸这个人的全身。风带着穿透的力道，与这个人肌肤相亲。风把这个人的身体吹凉了。风把这个人的身体吹热了。风把这个人的心都吹暖了。风把这个人的眼泪都吹出来了。屋子和屋子里的人正历经一场风的扫荡浩劫。

可是，门总是要关上的。关上了门，屋子和屋子里的人就都回到了正轨。屋子开始接收一个人的慢慢归类与整理。捡起无字信笺，挂好跌落的勺子，捋好窗帘……屋子里那么干干净净，屋子里的人那么安安静静的，仿佛风从没有来过。

风，一直都在屋子外面逡巡，伺机而动。风带来包罗万象的气息，风向屋子里的人捎来一封又一封情意绵绵的长信，关于远方，关于梦境。屋子里，几乎没有风。灶火日复一日舔着铁锅，透过半扇窗，屋子里的人向风捎出一日三餐的气息。

2020.01

# 不如来饮酒

友朋聚会，看喝酒阵仗，很能看出一个酒局的亲疏远近。空杯置上，统一加满，杯子转一圈，人手一杯，男女老幼，一视同仁，不推让，不忸怩，这一桌团团围坐的必是默契至交无疑。彼此有几斤几两都知根知底，新近有什么远虑近忧也心知肚明，相视一笑，杯酒知心。

有一句话这样说，我喝的不是酒，是寂寞。我偏要说，姐喝的就是酒，与寂寞无干。请问，世间还有比酒更好的事物吗，酿酒师简直是世间第一大功臣。端起酒杯之前，第一口啜饮先要毕恭毕敬地敬了那功德无量的酿酒师。"美"酒，只这一个美字，足见世人对它的青睐钟情。美酒与美人美物无异，在这样的人间好物之前，其他一切都黯然失色。

神奇啊，将糯米、大米、高粱、玉米蒸熟，加水加麦曲加酵母，充分发酵，蒸馏或者静置，时光作为最好的一类催化剂，美酒摇曳，缤纷出场，以液体的形式，以绵柔的姿态，以水中之火的内涵，入侵四体百骸，灵魂飘飘，出窍飞仙，极乐只在瞬间。真正懂得酒之妙处之人定能秒懂我说的这种感觉。我酒量不见得有多么好，我也不见得品尝过多少类好酒，借用那不知道是谁说过的一句话作辅证：我曾经在最美的年华，遇见过一个最美的你。当我们端起酒杯，人与酒同时见证了彼此的互为最美。酒色迷离，恰恰印证了这一刻的心心相印。

　　很多年前，有段时间我频繁饮酒，一天两次，重复一个粗暴动作，一杯白酒，一口干。一杯白酒有一两五的容量，酒精度一般五十度左右。不使用任何铺垫，没有任何前奏，就那么倒满，一仰脖，这水的火焰呲啦一下点燃肺腑，潜行血液，一段奇妙之旅瞬间开启。几乎是在入喉同时，大脑感觉到一类晕眩迷醉，火苗自内而外开始烘焙，文火慢煮，烈焰灼心。热，晕，燥，小迷糊，大清醒。天地开始微微旋转，而我是那个轴心。万物瞩目，世事皆为浮尘。

　　古话说，一人不饮酒，因为会越喝越闷，越喝越不开心。很多时候，我都是一个人饮酒，可我从来也没有觉得这样喝酒不开心。我不喝多，一杯辄止。我不为任何情绪而喝，我只为美酒而饮。路遇好景，不妨缓行。路见佳人，闻风相悦。且尽杯中酒，敬天地，敬过往，敬朝阳，敬月光。我所求的只是希望通过眼前这一杯薄酒，与自己释怀。"花间一壶酒，独酌无相亲，举杯邀明月，对影成三人。"看看，李大人可谓千古美酒第一知己呢，他早已深谙独饮之妙。

　　理想中的饮酒仙境应该归属山居，有柴门，有凉亭，门前有溪涧，流水潺潺，如泣如诉，亭内有清风，清风不绝，如摩如挲。屋角放置酒坛数缸，让人看了安心。青山满目，群鸟啁啾，缓步至凉亭，山光水色，四时良辰，皆可下酒，人间获此极乐，夫复何求。"涧树含朝雨，山鸟弄馀春。我有一瓢酒，可以慰风尘。"看看，我们正在做的美梦早已有人替我们一一做过并成了真。

　　想要坐上一条小船，不问来路与归途，只管出发。船夫摇楫，欸乃声声，逆流而上。身如不系之舟，任意东西。更有琼浆如加持，载沉载浮。在黄昏的时候开始饮酒，就着蒹葭下酒，就着白露下酒，就着月光下酒，就着西风下酒。酒杯落进水中也浑然不知，干脆掬起一杯河水一饮而尽。大醉，酩酊，今夕，何夕。

　　一定要在小船上醒来，在夜半时分。只有月光远远地看着我，河流映照出一道淡淡天光，星星齐齐投奔同一条河流，是星星，溅开了这满河璀璨的星光。我醒了，我仍愿意醉，我还有梦。"醉后不知天在水，满船清梦压星河。"我只是个小女人罢了，我只愿意在醉与醒的河流之中，做一个忘川摆渡人。

2020.01

## 小巷似隐居

　　从大街的洪流切入，就拐进了小巷的浅溪。一小块水泥地仿佛是一小片濡湿的沙地，旧时光的溪流正从源头汩汩蔓延。

　　小巷里的房子看似杂乱，其实井然。前后的间隔，左右的距离，与林子里生长的植物类似，看起来密密挤挤，其实遵循着各守其道、相安无事的准则。

　　一幢幢老房子是携带了主人体温的，从最初的选址到最终的成形，从朝向到高低到大小到一扇窗户的位置到庭院里一株植物的最终摆放位置，一幢老房子凭空而起，凝结了主人太多的心思。看起来，它们只是伫守在小巷深处，静默无言。

　　在晴朗的天气走进小巷，光线陡地暗了几个色度。小巷就是这样的，有它独特的气质，特别适合一个人前去打探，适合睁大眼睛去发现它的细微之美。看，一道天光发亮，自上而下流淌倾泻，与小巷的狭长阴影遥相呼应，一个秘境正等待被深度发掘。

　　小巷的灵魂来自一面泥壁上的深邃青苔，这是经过多少时光累积才布满了这一整面墙壁。俯身察看，青苔以慎微的姿态延展出一类严谨的视觉效果。青苔的小小模样努力在拔高，擎长手臂，彼此牵挽，丰富了一整面泥墙的盎然生机。闭上眼睛，聆听，你能听见它们微弱而极致的欢呼。

与一整面青苔心心相印的是一整面墙壁的爬山虎。青苔安守低处，爬山虎盘踞高处，青苔的静与爬山虎的动遥相呼应。青苔是温婉沉默的那一类女子，爬山虎是灵动跳跃的那一类男子，活力，朝气，充满对未知世界的探险欲望，意愿向无穷处无限探寻。在风的推波助澜下，一整面爬山虎有了起伏的线条与波光。看起来，他正用这样的方式向低处的她招手，传递一份切切的关心与爱意。植物的内心积贮着深情，从不曾被辜负与遗忘，年深月久，它们担当得时光的包浆与嘱托。

在小巷的第一间庭院里，一株枣树正以良家女子的模样站立，作为小巷的开元起始姿态。每一间院落都散落着这样的良家女子，你带一眼就过了，她也只是淡淡瞥一眼你，好比风过无痕。她萌芽，吐叶，结果，那都不是她最美的时光。要等枣子落尽，要等时光将每一片枣叶尽数吹成赤金，那才是一棵枣树最美的终极呈现。就像她一般，一个女孩子嫁进这户人家，开枝散叶，在院落中葱茏，那都不是她最美的时光。要等院落安静下来，屋子里只有她一个人，她生出了白发，她有了皱纹，她身形佝偻，她一个人站在院落中，过往的时日融进院落，一种独属于小巷女子的独特气息散发出来，沧桑，风尘，特别有质感。她与小巷融为一体，枣树与她融为一身。

小巷中部，一株或者几株柿子树挑高了视野，参天，葳蕤，不知道是哪位祖先手植，亭亭如护佑。绿叶当中，一个个红柿子的箴言之果被点亮之时，一条小巷就有了缤纷摇曳的动感。举头之上都是希望呢。小孩子一天天眼巴巴盯着，惦记着，柿子灯把一条小巷映照得清澈透亮，仿佛溪流中有欢快的鱼群正闪烁明灭。小鸟的心情与小孩子一样样的。鸟雀们一天不知道要在绿叶中往返多少回呢，穿梭，看了又看，叽叽喳喳，讨论确认，当啄啄到了甜香的第一口果子，美梦都成了真。

　　橙子、柚子和橘子一直安心高挂枝头，真到轻霜微染，直到薄雪浅积，它们仿佛戴上一顶白绒小帽，看起来真是特别安心乖巧，让人万般爱恋啊。当这样的黄灯笼陆续在小巷点亮，这条名叫小巷的溪流开始流光溢彩，每一处回眸都会被惊喜照亮。一个晴朗的午后，长梯已架好，院落里的老人慢慢爬上梯子，缓缓地摘下果子，轻拿，轻放，一颗颗黄灯笼被放置在竹篓里，打算要闭上眼睛开启入冬的安眠模式。属于小巷的所有果子都有着特殊口感，那是一种叫"真"的口味。

　　小巷的恍惚来自一段鸽哨的倏忽。一群鸽子掠过小巷屋顶，是突如其来的一类巡视，小巷又一次被赐予了空灵含义。属于小巷的屋顶、窗台、天井、门槛、台阶被印刻下稍纵即逝的风痕。在小巷中慢慢行走的人追寻着哨声悠远，那一刻目光所及，那一刻心荡神驰。一条小巷就是蛰伏在时光深处的一段鸽哨，将旧时光带回，将眼前的江湖送远。

　　看不见的花花草草潜伏在小巷深处，隐秘，安心。透过天井的微光，朝霞和晚霞花着心思变幻色调，兰花的黄与茉莉的白呼应，鸡冠花的红与指甲花的粉呼应，屋檐下飞出一枝梅花，窗边绣着几杆修竹。风里有香，月夜有影，花下有人。一条小巷在灯光中起伏，荡漾，散发温暖家常的涟漪。

　　小巷最让人动心的气息是烟火气息。墙面露出一个洞，屋顶竖起一截烟囱，炊烟有时身披黛青长袍，袅袅钻出烟囱，有时换成白灰色长袍或者青黑色长袍，总之都是袅袅的模样。虽然是从那么狭促的洞里钻出来的，每一缕炊烟都钻得神闲气定，仪态万方。炊烟中携带了木材的体香，携带了一个家的体温，炊烟自问世起就具备了最打动人心的小巷气质。

　　从小巷的每一间院落开始，站在每一扇窗户底下，可以嗅到家的气息。竹竿上晾晒几排衣裳，带着皂角的清香，带着孩子的奶香，洗净母亲父亲身上的汗渍，淡化了爷爷奶奶年老体弱的药香，衣裳是时光的另一种抚摸与拥抱，亲亲密密拥抱着每一个属于小巷的来客与归人。

在小巷的光影中，孩子在戏耍追逐，尘灰舞动宛如仙境，一辆摩托车从上坡处缓冲下来，一条狗慢慢悠悠晃荡着，猫咪蹲在树底纹丝不动，仿佛入定。小巷的迂回线条恰似溪流回旋，在小巷进进出出的人对一切细节都了如指掌。小巷如此静谧，只有风一遍遍轻轻吹抚，笛声隐约，仿佛来自梦境。小巷从不设防，一声咳嗽，一声嗔怨，一阵热油烹炒激出了蒜香，不偏不倚的，一声声都落进小巷人的耳朵与心上。

正午时分，小巷迎来短暂的日照，老人靠着墙角，半眯着眼，风吹动白发，与青苔构成另一类呼应，与爬山虎构成另一类呼应，与红灯笼黄灯笼构成另一类呼应，与门口悬挂的两盏红灯笼遥相呼应。老人靠着墙角，半眯着眼，醒来时看看日头，看看天光，看看小巷深处，那个被他惦记的人是不是正向着家的方向走了回来。

小巷总是静默寻常的，没有旗帜鲜明的符号与标识，容易被忽视。人们轻松地拐进一条小巷，隐约的纹路在不知不觉把人领向小巷深处。你总能与一些事物迎面相逢。一个背影的孑孓独行，门后一双眼睛在盼望，开满花朵的小天台，破旧的椅子，报废的脚踏车，雨滴从屋檐一滴滴濡湿青苔的地面，雨水渗入墙面，以饱含深情的笔墨默默书写诗行……你与这些事物打了一个照面，似曾相识，猝不及防，你就此沦陷进一条小巷的万丈深渊。

时光汹涌，唯独对一条小巷情有独钟。小巷以谨小慎微得以自保，入世，更出世，小巷以卑微的姿态在时光中风雨不扰，波澜不惊。黄昏来临，小巷隐身，化身梦境烟火的一个组成部分。小巷自梦中醒来，隐居了锋芒，以拈花一笑的淡然，恰好迎接第二日的曙光。

# 有　心

春有细柳，夏有风荷，秋天交出斑斓的一地金，行走到冬，萧瑟与词穷营造出盛大的一种气场。人在空旷处坐下来，是孤鸟一只，被寒风吹得摇晃欲坠，此时若非定力十足，内心一定感到极其困惑：这一年，又行至最后一步。

越靠近知天命的年纪，每一步行走得越发坦荡。自知，知人，知物，知音，仿佛有一丝光亮在面前索引，迷雾拨开，佳境渐显，那些此生注定了会相遇的人与事，在命运的中途早已恭候多时。与其迂回，不如直面。与其忸怩，不如天真。如四季的循回有序，起始有终。

没有早一步（早并不一定好，早有夭折的命数），没有晚一步（晚并非就一定坏，桑榆未晚，霞尚满天），一切只是刚好。是开过的花，是醉了的酒，是醒来的人，是梦过的人生。还有花好月圆可以憧憬，还有天长地久可以观望。我们走过了很长很长的路，只是为了去遇见那一朵半开的莲。我们做了很久很久的梦，只是为了醒来要去见的那个人。

垂柳借风，在湖水的面颊划出涟漪圈圈。蜂儿沉浸在花蕊中轻诉蜜语，嗡嗡声如天籁。一个人孤枕难眠，月光刚好瞥见了她的忧伤。心内有惦记的隐痛与狂喜，辗转，扩散，一个人以更大的隐痛与狂喜，呼应，只为有心。

　　始于一缕眼风的照拂，一道背影的回眸，一个顿悟，一份了然。从有心迈向懂这一步，我们跋山涉水，迈越了重重关山。有心，所以才原谅一切错过。有心，才甘愿接受一切失去。一切皆有因，一切皆是果。

　　且提着一颗真心上路。风声渐紧，世道维艰，要紧的事情是护紧怀里的这颗真心。真心如种子，际遇成泥成土成滋养。肉身已斑驳，唯真心不死。春来必发一缕芽，夏至必开一朵花，立秋必结一颗果，冬临，守口如瓶，守身如玉。光阴四时，真心又铸。

　　唯以余生，一一相认。

　　唯以有心，一一重逢。

2019.12

—— 尘　情 ——

# 枯荷之偈

　　风干，曝晒，日日夜夜，水灵蒸发，激情悉数吐尽，连同一起散化的还有我的记忆。冬日，我终于历练成这一幅尊容：枯荷。卷曲，萎缩，干瘪，有谁还如我这样丑怪，从此被封印禁锢在这渐干的半池湖水之中。

　　我想上苍总是公平的，赐予你什么，最终会收走什么。曾经的花容月貌，曾经的婀娜多姿，曾经的良辰美景恍如一梦。梦中，我拥有那受不尽享不完的恩宠青睐，宾客如云，车马如龙，笙歌艳舞，通宵达旦。我既然得到了彼时的极乐，就该享得了此刻的极寂。

　　极乐是什么，是身在其中的热闹，是万人瞩目的繁华，是日复一日的花好月圆，是应有尽有，是心想事成。极乐亦如昙花一现，转瞬即逝。身处万丈光芒的耀照之中，谁能设想到黑暗笼罩的那一步。

　　极寂是好戏散场，人去楼空，曾经以为的八面玲珑不过是海市蜃楼。枯茎一杆，自成一派，前世的热闹成为隐藏水中的幻象，化作一粒粒莲子，深埋心底。"莲子"——若我口中曾含有多少颗"莲子"，就隐喻着我遇见过多少良缘。看，良缘已将这池水铺天盖地覆没。

　　近期，有个傻子总痴迷于我，每日午后，他的身影准时出现在湖畔。也不说话，也不唱歌，也不跳舞，就是坐下来，一直坐到黄昏，就是用他痴傻的眼神一直注视着我，直到涌起泪花，直到我的真身在他的泪光中浮动隐约。

借着寒风，我把身子撤过去，我才不需要谁的怜悯，上苍既然收走了我的花容月貌，我也就彻底心如死水，再不会对人间有任何绮丽幻想。就让这世界彻底对我死心，就让我亦对这世界彻底死心吧，断不要又来一段死灰复燃。

我是寒凉不晓了，可他的血肉之躯还温热芬芳，那一日，他将我枯瘦之体搂入怀中，生的欢娱离我如此近，近在肺腑。这痴人，竟想用他的血肉之躯捂热我这濒死之魂吗。万千意志冲不破枯荷的桎梏。看起来，我只是毫发无损地被他拥在怀中。

黄昏，他消散于暮色。他君王一般的威严，他眼底的温存缱绻，他独特的气息，他藕节一般生嫩的肌肤都遗留给夜了。那是自前世涌来的滚滚鲜活记忆啊。说来惭愧，前世的一切都模糊了。我记不清我付出了多少，也许我从不曾付出过。我也记不清我得到了多少，也许我从不曾真正获得过。也许失与得从来就互为消弭，如潮涨潮落，如云散云聚，如风来风过。良夜中，疏影渐显。

落雪的那日，他仍来了。似乎特别中意我顶着一层薄雪的模样，久久端详，久久不忍离去。他的掌心温热，携带着几重天的暖，摩挲，贯顶，几欲震断我的脖颈。我一动不敢动，不忍动，四体五骸皆感知于极寒源源涌来的暖流。就此与他归去，也是人生一大幸事，朝夕相处，晨昕暮守。可这个冬日，他始终不曾侵犯我，彬彬有礼是他的拒人千里，伸出又缩回的手是他的心底情深。我的根扎向深深处。发愿：来世，还他一个更好的我。

年年，荷寂。年年，荷开。过尽千帆，斜晖悠悠。皆为荷，皆为我，皆为你。驻足停留的每个瞬间皆是缘起。

2019.12

# 火　棘

　　我原来住在深山。那一日，一个痴人像从石头缝里迸出来一般，突然震落身边，吓得我花枝乱颤。他的出现简直是场灾难，但凡有入眼之物，皆被他收之囊中。彼时我模样正好，花团锦簇，仰仗此番姿容，倒也不怕这个痴人的任何异常。

　　感觉到被连根拔起的痛楚，他辣手催花，迅雷不及掩耳，我来不及同过往——作别，就被他连根拔起乾坤大挪移。在山路久久盘旋，不知颠簸多久，身子被扔进一个园子，我感觉到末日的惶恐，匍匐在地，奄奄一息。

　　他摘下手套，轻拿轻放，对我悉心梳整。泥土松软如被，重新覆盖我，水流汩汩，我贪婪吮吸，感觉自己又元神归位。他将我放置在一个大花盆里，我觉得我的整个身躯都处于一种恍惚的游移之中，虽然这是被动的游移，但我仿佛于瞬间被赐予了奔跑的双腿，这令我惊且喜。我睁开迷惑的眼盯着他，这个痴人，究竟要对我做些什么。

　　他将我挪至屋内，就在他的床榻之侧。好奇妙的感觉啊。不能再看得见月光与星光，不能再凝聚露水。他就在不远处，烛光中来回走动，轻轻翻阅书卷，偶尔走到我面前细细端详。手指轻抚花面，瞬间被他点化一般，所有的情意都涌到他这手指的轻轻一点上。深夜，奇

火　棘

269

特的鼾声传来，与起伏的蛙鸣是不一样的聒噪，与夜鸟的梦呓是不一样的空旷，与孤兽的仰天长啸是不一样的孤清。这鼾息近在咫尺，均匀持续，是小火炉中源源喷发的暖意。他离我如此之近，我的气息与他的气息融为一体，交织，缠绵，如此，三月之久。

三月恍如一梦，花褪之时，我被他从室内挪至园中。偶尔，他在我面前停留脚步，我几乎无法正视。此刻我是如此寻常，花容如月影，倏忽不见，我自惭形秽。我自有我的办法，我的枝枝叶叶都在收集他的气息，那三月好梦是酝酿在根须间的种子。虽隔天涯，犹似咫尺。

他们唤他棘。极有个性的一个人，也是极性情的一个人。专注一样事物，半月闭门不出是常态。有时大叫大嚷一通发飙，有时仰天长啸似傻如狂。那一日，窗户飞掷出一个酒壶，正砸在我身上，当下就削了我一截枝丫。我无语，忍着泪和剧痛，独自舔舐伤口，等它结痂，等新的枝柯覆盖伤痕。这样的一击带着闪电一般的魔力，仿佛将他的情绪也一并击入我的身心。情感一定是这样的吗，不全是甜蜜的，不全是笑，是笑里有泪的，是要一起承受风霜雨雪，才会看得见彩虹。我远远注视着屋子里的灯火，非常想念在屋子里的日与夜。

因为不再开花，置身花盆仿佛一种奢侈待遇，周遭那些花花草草都自有异禀，千娇百媚，享有被挪进屋子的最高待遇，我在角落，看着这些变化，心有万千语，却说不出一个字。我那被赐予的双腿，只能假借他人之手才可以飞奔。我还是要看天乞命。而且，情况越来越不好了，角落里的我仿佛被人遗忘。很久没人来浇灌我了。我渴。我饿。根须在盆壁极力搜寻，空无一物。这样的死地还不如我在山中的极寂，至少，极力挣扎还可以碰触到希望。这盆体如魔咒，将我定死。我几乎无力再向着那个方向凝望。

是露水救活了我，也许我晕迷了几天几夜，我失忆了。我嗅到了林地的熟悉气息。蔫蔫的我被拔出，扔出园子，庆幸一块松软土地接住了我，露水唤醒了我。我用尽全力让根须向深处摸索。我终于活过来了。而那个人没有再出现过。如果我没有惊世容颜，他断断不会再走到我的面前，向我俯下身来。

秋天，想不到那三月的烛火成为种子，我的身体发生了奇妙变化。火种涌出身体，我的全身遍布火珠。这样的改变让我惊喜又束手无措。我从来不知道意念的力量如此之大。是的，我从来没有忘记过属于他的点点滴滴，每一分，每一秒，每个呼吸。它们就这样在我的身体里扎下根。它们就这样不管不顾诞生于世。与爱一起并生的还有恨。这是一定的。无数刺桩与火珠一起连缀枝丫，刺桩密布全身。那是我唯一的武器了，那是爱的牙齿。

我又重新变得光彩照人，甚之从前素淡的花。如一株燃烧的焰火，暗淡的角落亦让我照耀得熠熠生辉。这样的光芒可以将黑夜驱逐，亮瞎任何人的眼。果然，他被吸引而至。他的眼神充满惊喜，仿佛是第一次与我相见。他也失忆了吗，这江湖的风起云涌瞬息万变，多少莺歌燕舞不过南柯一梦。他不记得也好，且将第一次又重复一遍亦未尝不可。我的身体炽热，滚烫，一切身不由己。

剧痛又开始了。这一次他下手得干脆利落。他手起刀落，那些火焰在他的巨剪下被修枝塑形。好啊，我分出千万个我来，这千万个我替我继续来爱他，守护他。这一次我的舍身让我可以离他近一些再近一些。他摩挲着红珠，我的脸颊与他的脸颊挨在一起，他将其中一枝红珠握在胸前，我听到了一类地动山摇：扑腾扑腾的他的心跳。我们高攀上他的书桌，从此，他的一笑一颦尽收眼底心间。足矣。此生。就这样相守岁岁年年。我可以既往不咎，我可以忘却前尘旧痕，只要现在就好。

我应该对他感恩戴德。我已形容枯槁，红颜不再，他还将我高置书桌，时常以殷勤眼神投向我，满是情意爱怜。我时常沐浴着这爱的光辉，醒来又睡去。近来，我越来越嗜睡，有时是被他手的一阵轻呵弄醒，他以深情的眼光等待着我迎接着我。枝头绿叶一片片落尽，唯有红珠闪耀，虽干瘪，亦有一种打动人心的从容。我倒也坦然，老之将至，死之将至，万物必定呈现一定的放手安详。

　　书卷间，红珠滚落纷纷，我即将进行下一场美梦的开启之旅。世人从此以他的名赐名于我：火棘。

2019.12

# 双　面

## 一

　　二胎政策放开，吴妍欢天喜地把这个消息分享给了她认识的每个人。所有人听说之后心照不宣，紧接着一句话就是：恭喜啊恭喜，你心想事成了。

　　还真是一件天上掉馅饼的大好事呢。程朴家三代单传，当初吴妍怀第一胎时他们就绞尽脑汁想方设法做遍尝试。既依照科学依据，又参考民间偏方，努力想要吴妍一胎就生下一个男孩。从嫁进程家开始，婆婆言传身教，吴妍从吃的喝的到睡的用的，婆婆样样事必躬亲监督到位，力求吴妍一一执行。最夸张的一次，婆婆也不知从哪里听来一个偏方。那天晚上，婆婆拉着吴妍走进房间，关紧房门，婆婆看着吴妍脸红耳赤支吾半天，吴妍总算听明白了婆婆的意思。婆婆的意思是房事时候让吴妍尽可能地不要动兴动情，这样的话，程朴雄性的决胜力量在她的身体里会更加强大。吴妍羞红脸点点头。在生男孩子这一点上，她和婆婆是一条心的，吴妍下定决心要为程家传宗接代，这决心由来已久根深蒂固。

　　为了怀孕，吴妍吃了不少甜头和苦头，半年的备孕期她和婆婆意见统一目标明确，默契度一度超过了吴妍和程朴的磨合。自从婆婆传授了那个秘籍之后，以后每周一次的行房之夜，吴妍都如临大敌严阵以待。她躺在程朴身下，程朴再激情发力，她都克制隐忍，努力不让身子乱颤乱扭，她努力做到心如止水，她付出了一位准妈妈的无比殷勤和无上虔诚，暗地里默默丧失一切功力，竭尽全力为程朴助力。程朴的表现真不算太好，仓促简单，草草了事。多年之后吴妍回想当年的一幕幕，产生了一种被程朴玩弄多年的羞辱感觉，当然，那是后话了。

一家人如临大敌备战半年，半年后的某一天，吴妍从卫生间走出来，婆婆满怀期望迎上前去：结果怎么样。两杠。吴妍按捺不住心头的狂喜，她终于怀上了。公公平时从不发表意见的，在场听见这个消息，忍不住走过来，抱住吴妍，拍拍吴妍肩膀：感谢感谢，有功劳有功劳。婆婆搂抱着吴妍，激动得声音都有些抖：啊呀好呀，终于结了果啦。婆婆小心搀扶着吴妍在沙发上坐下：从现在开始，我要把你当成菩萨一样供起来。吴妍激动得满脸通红：这才哪儿跟哪儿啊，只是怀孕而已，万里长征第一步，生男生女还是未知数呢。婆婆不是这么想的，婆婆铁定了心坚信吴妍肚子里怀着的一定是个男孩。婆婆一次次用目光扫描吴妍的肚子，犀利眼神像超声波一样进行精准推测。从这天开始，吴妍享受着来程家人的最高礼遇。

说实话，吴妍在娘家真没享受过什么待遇。吴妍姐妹三个，她排老二，大姐是父母头一个孩子，疼爱自然不会少。小妹是他们最后一个孩子，疼爱也不会少。她处在中间，父母对她的呵护就是寡淡一些无视一些。吴妍有时会觉得自己是风箱里的老鼠，两头都受着气。父母是一条心的，姐姐和妹妹是一条心的，她夹在中间，特别不受待见，不明不白的气、不深不浅的气，总之都是郁闷之气始终环绕着她的少女时代。她遇见了程朴，这个男孩诚实稳重，讲话并不俏皮诙谐，但他对吴妍的喜爱和珍惜都是她之前岁月从未有过的。程朴领着她去见他的父母，未来的公婆对她更加热情体贴。尤其程朴的母亲，一位非常情真意切的母亲：我们只有程朴一个男孩，我们会把你当成女儿一样来疼爱的。说这话时，她当时就褪下手里的老玉镯。吴妍的手大小粗细和她差不多，那只老玉镯适时更换了场地和主人，体贴吻合在新主人的细嫩手腕上，还依稀带有旧主人浸润多年的怜惜体温。如同被镶嵌了魔咒，这样的慎重接受让吴妍激动万分感慨万端，她是怀着一股投奔新生活的喜气洋洋离开娘家的。

　　早晨，在程家餐桌上，两个剥了皮的熟鸡蛋清清白白托付在小碟子里，点缀着恰到好处的白糖，甜鲜口感让吴妍吃着不噎不哽。婆婆炖好鸡汤，多贴心的人啊，她还拂净了鸡汤面上浮着的那层腻油，生怕吴妍喝着犯恶心。婆婆喜滋滋看着吴妍一小口一小口喝鸡汤，关注吴妍的每一个细微表情。吴妍稍一皱眉，婆婆就紧张起来："是不是烫着了？味道可以啊我尝着。"吴妍赶紧冲婆婆笑："妈，我只是呛着啦，这么好喝的鸡汤！"两个人如释重负相视一笑，一种惺惺相惜的黏稠亲情弥漫开来。

　　胎儿三个月时，程朴陪着吴妍一起去医院做了 B 超，婆婆也跟着一起去了。婆婆早早打通关节，一起走进 B 超室。主任亲自检查，主任用非常肯定和清楚的语气昭示真相：女孩。这简直就是晴天霹雳，震得吴妍简直站不起来。吴妍灰溜溜走出医院，每一步都重有千钧。她感觉自己是个犯错的孩子，她对不起婆婆这么久的精心照顾和倾心付出，她交了白卷。

　　之后的一个星期，婆婆对吴妍的照顾一点没有减少，相反，她照顾吴妍更加周到细致小心谨慎，吴妍被照顾着的每一分每一秒都如同煎熬。婆婆时不时发出一声叹息，在吴妍听来像是平地惊雷，惊得吴妍心慌意乱焦虑难安。卫生间里，吴妍抚摸着还不见起色的肚皮，难过地坠下泪水：宝宝，妈妈对不起你了。

　　吴妍是个要强的人，她不想让任何人感到内疚为难，这是她自己决定要做的事，这是她一个人的事情。她躺在医院的流产病床上，以一种英雄赴义的决心闭上双眼。器械生硬地捅入吴妍的身体，器械在吴妍的身体里横冲直撞，把她的身体搅得一塌糊涂支离破碎，污浊血浆裹藏着一个折翼天使。吴妍把流产票单摆放在婆婆面前，错误的种子已被拔除，地盘已清空。婆婆一把抱紧吴妍，婆婆真的哭了："傻孩子，我们程家感激你啊。"吴妍像个孩子，她就是个莽撞懵懂的孩子，一心要讨得这个新家所有人的喜欢和热爱，她勇敢地对自己捅进第一刀。

　　接下来的半年休养时间，吴妍谨遵医训，谨听家长之言，静养，重新进行培土整休。更多的营养源源灌输进吴妍的身体，伤痕慢慢愈合，土地重新变得肥沃丰美。待遇一直都好，这是不用说的，连备孕的步调节奏都是相似的。不一样的是，当程朴的身体刺进时，吴妍再难以保持以前纹丝不动的姿势。吴妍的身体止不住颤抖，类似机械捅入的感觉、剥落的感觉、生拉硬扯的感觉、痛不欲生的感觉，种种感觉都跟随着程朴的节奏拉拉扯扯。折磨啊。吴妍真是好女人啊，她成功克服种种不适，以无比坚定的信心勇气迎接每周一课。

　　比较怪诞的是婆婆后来又教会吴妍使用的一招做法，据说也是有科学依据的做法，女性身体呈碱性环境，生男孩几率就会更大。以后每周一课又添加了新鲜内容。房事之前，桌头柜上，托盘里摆放着拔去针头的针管，针管里注满了碱性液体，针管携带着预示希望的碱性液体朝向吴妍的身体流去。开始是由程朴帮助注射的，他总是小心翼翼缩手缩脚，后来就换成吴妍自己操作了。程朴木鸡一样蹲伏一边，吴妍张开双腿，看一眼程朴，将液体缓缓推入身体，美妙的情爱过程演变成一个庄严仪式，死板程序，了无情趣。他们无可奈何。愿望分明如明镜高悬,任何一个人脑子里如果起了退缩念头那简直天理难容。代价已经付出,只有万众一心前赴后继。

老天有颗童心,总爱捉弄世人。三月之后的孕检,还是主任上阵,主任说的还是那两个相同的字:女孩。吴妍的肚子当时就感觉到了阵痛,心更加痛,刀割一样,一刀一刀剐穿了她。孕检床上,她不争气地哭泣起来。婆婆和老公各站一边,呆若木鸡。

家里气氛沉闷阴郁,本来怀孕是一件开开心心的大喜事,现在变成了这样的节奏,这实在是让吴妍始料不及的一个难题啊。吴妍失了方寸。第一次她是凭借初生牛犊的勇敢向自己开刀的,尝到苦头后她再没勇气贸然行事。再说,谁能保证啊,万一又心想事不成呢。气氛变得古怪,大家都心知肚明,但大家都不点破,硬扛强撑死忍,比拼的是谁最后沉得住气。吴妍这次倒心里坦然,没有了第一次知情后的忐忑,她觉得自己对得起程家人。相持了两个月。第五个月,婆婆泪水汪汪开了口:妍,宝,再帮我们程家这一次吧。

第二天就要上刑场了,头天晚上吴妍内心七上八下滋味百般。有这样的公婆是她吴妍前世修来的福气,程朴也是她自己当初一心爱上的人,可想获得妻子和媳妇的好名声那是需要付出担当和代价的。吴妍长叹数声,一夜难眠。病房里,吴妍握着婆婆的手,手心里都是汗:妈,别再叫我受苦了,这是最后一次。

折磨啊。那样的经历反反复复折腾了整整四年,吴妍先后流产三个。第三次流产时,医生非常严肃地说:子宫壁已经很薄,再流产以后孩子都难怀上了。所以,现如今已满十二岁的程素丫头是他们程家没有办法的办法、没有结果的一个结果。十二年之后的今天,曾经经历的伤痛苦难都消失殆尽,二胎放开的消息让吴妍如打鸡血,再一次激情洋溢。这一次,一家人跃跃欲试,既然老天又给了他们一次机会,那就再试一次吧,好好把握,是男是女都是一个大好良机。

四十一岁的吴妍身材几乎没什么变化，平时她一直注意饮食更注意锻炼，看背影她还像个姑娘一样。谁都说吴妍好呢。这样一个善解人意的人儿，谁和她打交道都如沐春风。性情好，模样好，嗓音都好听。一直与公婆住在一起，从没见她与他们红过脸吵过嘴动过粗，把公婆当成自己亲爹亲妈一样尊敬关爱。虽然当年生了女孩程素不是他们一心想要的结果，也好过没有结果，一家人最后还是开开心心接受了。亲孙女带了这么些年，公婆对程素呵护到位宠爱有加，孙女早成为他们的心尖肉。

吴妍是天生的热心肠和软心肠，有天大的事情睡上一觉第二天也就烟消云散，吴妍总不能生长气记长恨。臣妾做不到啊。程朴犯了什么事情惹着了吴妍，吴妍咬牙切齿朝他翻几回白眼，一转身，她又娇娇媚媚任由程朴压住她，压在身下的她还要笑嘻嘻补一句：臣妾做不到啊。十二年后的这一夜，这一回，他们笑嘻嘻轻松行事，敞开性情。臣妾做到了。成功怀上二胎的这一刻，吴妍的语气带着一丝决绝戏谑，四十一岁的吴妍赶上了生二胎的末班车。

## 二

吴妍用钥匙打开苏谨的家门。"我怀孕了。""真的？宝。"苏谨有些不敢相信自己的耳朵。吴妍朝苏谨撅撅嘴，撒娇："高兴不？怎么报答我？""高兴啊！"苏谨开心地抱住吴妍，一个法式深吻长达五、六分钟。"才一个多月呢，还早着呢。"吴妍让苏谨吻得心猿意马蠢蠢欲动："先洗澡。"苏谨抱她更紧："你吻吻，知道你要来，早洗干净等了，吻，香不香？""香。"苏谨特有的体味，微膻微香，类似沉香檀木，一股暗香从苏谨的身体里涌出来，吴妍嗅着嗅着情难自禁。长椿园七幢1516，可以说，这是吴妍的另一个家。苏谨有家有室，但也等于孤身一人。老婆和孩子三年前让苏谨安排出了国，现在，他一个人住在长椿园七幢1516——他的家兼创作室。三年前，他和吴妍在一个画展上相识相交，一段恋情由此开始。

　　苏谨是位画家，表面上看，他真不像一个风流之人。样子非常严肃，板着脸，对身边所有女人都冷冷冰冰的。吴妍对谁都笑嘻嘻的，对苏谨也是。苏谨对她的冷淡态度让她难以接受。"这算怎么回事嘛，我哪里得罪了你吗？"吴妍眼睛亮晶晶的，朝苏谨发问。"没有。"苏谨回答完毕，抿紧双唇，一语不发。吴妍把自己的QQ号码写在纸条上，赌气一样强行塞进苏谨手里，翩然转身，非常美好的一个背影。两个星期之后，吴妍几乎要忘记苏谨了，这天，QQ上一个申请添加好友的提示跳跃闪烁。是苏谨，他终于上线。去外地采风半个月，刚回来。他是这样解释的，吴妍信了，吴妍愉快地通过了他的申请，这个时期的吴妍正处在一个非常时期。

　　这个时期，吴妍发现了丈夫的外遇。程朴那么老实的一个人居然玩起了外遇，这简直有些匪夷所思。端倪是慢慢显现的。之前，婆婆对一家人一直尽心尽力鞠躬尽瘁，她努力想让三代单传的程家继续传承下去，不至于在她儿子手里断了根，她的热切拳拳诚心可鉴。可计生管得那么紧，偷生是绝无希望的，居委会大妈都是火眼金睛，瞅一眼你就真假突显，要想瞒过她们的法眼简直登天一样难。三年前的这个时期，程素八岁，这一年开始，很奇怪的，婆婆开始特别关注起程朴的身体。借口说程朴最近工作累了瘦了，餐桌上时不时就有一个好菜专门是为程朴添加的。熘腰花、炖土鸡、炒鳝鱼，香气扑鼻，还不许其他人落筷。婆婆用爱惜的希冀的眼神注视着程朴，看他吃得光光才心满意足。奇怪的是程朴虽然被母亲滋补到位，他和吴妍的情事却少到没有。程朴被吴妍不解的追问逼到无路可走了，婆婆再一次及时上前，体贴圆场："妍，最近朴工作忙，你们分房睡吧，让素素跟着你睡一段时间。"

找不到什么理由说不。也仿佛没有破绽。和长辈住在一个屋檐底下，有很多方便也有很多不便。守着女儿睡了半个月，老公仍旧没有搬回来的苗头，不知道这样的软禁哪一天才会解除。吴妍有时大大咧咧有时也心细如发。婆婆给程朴买了新衣，程朴每天都光光鲜鲜出门去。公公婆婆都回避着吴妍质疑的眼神。婆婆总是背着吴妍接听电话，警觉吴妍的靠近偷听。程朴的电话也常常出现忙音，过后翻看他的手机记录却凭空消失了那个时段的通话显示。一个多月过后，程朴搬了回来。那晚进行的情事让吴妍有了很奇异的直觉，他绝对绝对接触了别的女人，他的手法和整个过程都和以前不一样。他在努力克制收敛，风浪暗生。

察觉的那刻，吴妍的身体僵硬。婚姻有个七年、八年之痒那都说得通，但这么些年吴妍自问问心无愧，凭什么这样一个木楱男人还要偷腥啊。最悲哀的是，婆婆竟然是偷腥的帮凶。所以啊，要他吃那么滋补。所以啊，要他穿那么精神。所以啊，要他们分床分房。偷着了吗，他们到底要玩什么花样。头几年她身体遭受过的种种磨难一点一滴倒带逼近，一边的程朴响起了鼾声，吴妍死死咬住被角，在夜里失声痛哭。

程朴住了回来，事情就这样失去了下文，家里恢复了以前的节奏旋律，但只是貌似温馨团结的氛围，吴妍心灰意冷看着眼前的这一切假象，不知道接下来她还会面对些什么。她在镜子前仔细审视自己，腰身脸蛋都还不错，但一种挫败感滋生在眼里眉梢，令她恼怒异常。她越来越老了，她迫切想要抓紧时光的尾巴，她得成全自己一点什么才好。

这一年的某个周末，她溜达在某个画展，百无聊赖，正好撞上苏谨的冰山一角。那天她脾气挺大的，看谁都不顺眼。她鲁莽冲动地将写了她 QQ 号码的纸张强行硬塞进冰山的手里，她不知道接下来她会遇见什么，她就是冲动地恼怒地想要摧毁她眼前的一切不合时宜。

QQ 上，苏谨申请添加好友的提示图像跳跃闪烁，QQ 聊天展示让吴妍的才情发挥得淋漓尽致，凭借在 QQ 上的妙语连珠，吴妍成功破冰了苏谨的老道漠然。苏谨也算阅人无数，但一个三十七岁的半老徐娘散发出的威力和魅力还是非常光芒四射的。苏谨自恃自己读书万卷博古通今，在吴妍的机敏聪慧面前，他的语言却被衬托得黯淡无光。吴妍在 QQ 空间放置了一些照片，不同时期的她，不同风味的美。苏谨在她的空间流连，沉醉在一个小女人精致优雅的无敌风采中。"宝，你试着写写文字，你如此绝顶聪慧，我帮你把关。"半个月之后，苏谨对吴妍的称呼已经变成了"宝"这一个字。"才不要，我做个读者，你写你画，我点评，指点江山，激扬文字，粪土苏老先生……"那是吴妍第一次来到苏谨的家，长椿园七幢 1516，她在屋子里指手画脚比比划划，这一句戏言还没有说完整，苏谨的热唇就贴过来了。他真是有胆量耶。

多少年了，吴妍没有接触过这样炙热缠绵的热吻，吴妍被吻得心旌荡漾意乱情迷。"我的法国女朋友教会我的。"苏谨得意夸耀。吴妍直接一个耳光重刮在了苏谨脸上，顺带还狠狠踹上一脚。"吹什么牛，你吻你的法国女朋友去呀！"她作势要离去。疼痛让苏谨兴奋了起来，他捉牢了面前的温软腰肢，朝那一片近在眼前的红樱桃蜜糖稳稳深啄下去。

第一次是说不出的好啊。好得让吴妍觉得自己之前十余年的婚姻情事都虚度了。照理说两个人之间的第一次应该生疏僵硬，他们却完全不。水到渠成，浑然天成。这得益于事前苏谨对吴妍身体的百般讨好。吴妍的身体不是身体了，是高山是流水，苏谨的身体也不是身体了，是琴弦，是知音，是此刻终于融聚在一起的滔滔不绝、绵绵无期。

神奇。这两个字常被苏谨挂在嘴边。神奇。宝，你一出现我就活力充沛。宝你真是我的灵丹妙药啊，助我强大，我灵感泉涌啊。看看我的作品，我的表现力上了一个台阶，都是宝的功劳啊。苏谨画的人体画，裸女，谁能看出是吴妍呢。呼之欲出的鲜活热气腾腾，那属于吴妍小腹处的一颗朱砂痣在纸上纤毫毕现，唯有两人心知肚明。

神奇。三十七岁半老徐娘的潜能一旦被开掘激发，从此夜夜笙歌。吴妍多感激自己的好工作啊。多感谢私企每周例行的夜班值勤啊。上半夜她的身影还像模像样坐在值班室，下半夜，一具疯狂的肉体就在苏谨的摆弄下欲神欲仙。神奇，苏谨让吴妍尝到了极乐滋味，排山倒海的极乐淹没吴妍身心，她陷入昏厥一样的狂喜。是这么多年程朴从来不曾给予过她的颠覆感受。吴妍喜极而泣，醒后复醉，像贪吃孩子，一次次索求。

苏谨觉得吴妍根本就是个女孩子，举手投足一笑一颦都与少女无异。她身体里同时住着一个少女和一位少妇，她们如此矛盾而又和谐地统一于一体。她天性中的色情部分正如同少女一样等待开发，她理性中的少妇成分让她处事周全大方得体。免去少女部分的烦琐痴缠，结合少妇的优雅素简，苏谨觉得，自己将家人送到彼岸，就是为了等待此刻吴妍的来到。上天体恤他多年潜心修行，终于为他送来了一个吴妍，度他此生了无遗憾。

吴妍重新焕发了活力，程家人说不清道不明的鬼祟阴霾暂时忽略不计。回到家里，吴妍对一家人更加体贴温婉。她很少做家务的，第二天一早她从苏谨的住处回来，她心情好，兴致高，她尝试着为家人做早饭。她生疏笨拙的手法让婆婆感动不已。婆婆抢过吴妍手里的煎锅，大呼小叫："妍，走开走开，不要让油溅花你的脸哪。"饭后吴妍就抢着一定要洗碗。婆婆拧不过她，婆婆看着一边洗碗一边哼唱小曲的儿媳妇，百感交集：真是一个没心没肺的好女人啊。

　　这之后，吴妍还是被程朴重伤了一次。一年之后的某天下午，吴妍去超市为公司采购物资。超市里，她远远地看见了程朴的背影，正要冲上去给他一个惊喜，另一个女人的身影紧接着出现，吴妍呆在原地，再等等。那个女人正和程朴走在一起，他们一起牵着一个小孩。太明显了，中间那个孩子分明就是个虎头虎脑的男孩子，一两岁的样子，走路摇摇晃晃的。吴妍身子躲在货柜背后，耳闻生性木讷的程朴原来也可以如此俏皮活泼的。他一迭声对那个男孩子叫出口是程还是诚还是成呢，程朴对那个男孩子喊出的每一个字都爱意满满。成成，爸爸带你去游乐区。真相隐藏了一两年，一切还是昭然若揭水落石出。

　　吴妍稳稳站立在超市明晃晃的灯光下，脸上的表情欲哭无泪似笑非笑。这么多年来，她是一个彻头彻脑的愚蠢蛋啊。这么多年来，她把他们都当成亲人，他们却仍旧当她是个外人。当她想到苏谨时，她的心头涌起了一丝暖意，像在水里踩到了底摸上了岸看到了光。那一刻，她无比感激苏谨的存在。现在，吴妍活着的每一天都离不开苏谨。每周，她最盼望的一件事情就是她值班的下半夜。那刻超市如此惊天劫难般的一个场景并没有灼伤和击垮吴妍，苏谨是一尊太周到完美的金刚护罩。在长椿园七幢1516，在苏谨的调理之下，吴妍一天比一天娇美强大。吴妍心里发下宏愿，谨，我们生个孩子吧，不管男孩女孩，二胎马上就要放开了，我们有机会的。她的表白让苏谨怔住，苏谨内心波澜起伏。他沉默良久，唯有以更加珍惜和珍爱的手法让吴妍更加幸福欢愉。

　　某一天，晚饭过后，婆婆试探：要不，妍，我们领养一个男孩吧，妍，你的意见呢。决不。超市的那幕图像清晰浮现，吴妍的语气冰冷坚决。她的语气没有一丝犹豫迟疑，她洞穿了他们暗自玩弄的无聊名堂和肤浅把戏，她比任何时刻都清醒勇敢。决不。她内心的温情正在一点一点土崩瓦解，一道冰雪长城崛起壮大。

三

那个女人真是不错的女人啊。事情过去了好几年，程朴的梦中还经常出现那个女人的身影。对程朴这样一个木讷男子来说，没有母亲在暗处操持，他今生都别指望着可以相遇那样一个女人。真是个好女人啊。年轻，丰满，有劲。如果不是她家庭拖累，她怎么会答应接受这样一件事情呢。可是，她对程朴我还是有点真情的吧。虽然她和程朴在一起时，都几乎没见她欢心大笑过，眉宇间有淡淡忧郁挥之难去。可当程朴像孩子一样吮吸着她的双乳时，她抱紧程朴的脑袋，眼神迷醉。真是享受啊，吮吸着她的双乳就像吮吸的仍是母亲的双乳，程朴又重新是个简单纯净的婴儿了。如果可以，他一生都不想离开母亲的双乳。母亲真是太伟大的一位母亲了，替他张罗好一切，一切的一切。就算她是看在不菲的报酬上，此时，她愿意这样温顺接纳并顺从程朴，程朴从她身上品尝到的每一口香甜滋味都包含着母亲的忡忡心意，程朴感到心满意足。

更开心的事情在后头呢，程朴在她的身体里植下了如此强大而心想事成的一颗种子，她生育下一个男婴。一家人都为这个男孩狂喜。特别是母亲，她太不容易啦，她控制自己的情绪，强忍喜悦，每天若无其事为一家人洗洗刷刷，抽空偷偷溜出去，看望她最心爱的孙子。她最心爱的孙子一天天长大啦，女人拿了报酬痛快消失。母亲寻访了好多人家终于找到一家合适人家，支付了可观的看护费用，她终于让她的心头肉、她的乖孙儿有了一个落脚之处。可这只是权宜之策，母亲一心一意服侍着吴妍他们，指望的就是哪一天吴妍可以松口，她的乖孙儿就可以正大光明住回家来。恼人的是吴妍迟迟不肯接纳领养孩子这个建议，这就让问题卡住了。眼看着孙子有家难回，这件事情到底应该怎么了结呢，母亲真是操碎了心啊。母亲对程朴说，你没事人一样，你偶尔去看看陪陪你儿子就行了。程朴什么都听母亲的。母亲说，只待时日，苍天不负有心人的。母亲几乎从没有做错过什么事情，母亲会把一切都安排妥妥当当。只待时日，这四个字让程朴心潮起伏，延续香火的重担只待时日。

　　程成满三周岁了，就在这一天，吴妍宣布了她再怀二胎的喜讯，她欢天喜地声明：不做B超，是男是女我都要定了。她下定决心的样子让程朴心里涌起一股难言感受。事情过去了这么多年，她还心念所系程家的香火传承，以前她吃过的苦都忘记了一样，真是个执着的女人。只待时日啊，老公。吴妍高兴地抱紧程朴，老天又赐给我们一个良机啊。可是，接下来，事情的处理只会更加复杂吧。心里，程朴希望吴妍这次肚子里怀着的仍旧是一个女孩子，这样，他和母亲就可以名正言顺地把领养男孩的事情捋顺了。他默默虔诚祈祷。

　　婆婆用喜忧参半的眼神关注着吴妍的肚子，她对下一代的热切渴望在吴妍怀孕之后占据上风。婆婆延续着对吴妍的悉心照料，嘘寒问暖，知冷知热。吴妍心安理得接受一切，她内心带一点点恶作剧的心理。她说不准肚子里究竟是谁的孩子，是程朴的还是苏谨的，那段时间，他们都爱了她。随便是谁的，是程朴的那就是程朴走狗屎运，程家终于不会断后。是苏谨的更好，她会和苏谨开始另一段婚姻。人生行进到这一步，无限可能，她对眼前的生活感到厌倦，她不惧怕洗牌重来。

<h1 style="text-align:center">四</h1>

　　孕期八个月了，吴妍行动有些不便，早已在家待产。这一天，她慢慢散步出门，的士将她送到长椿园七幢1516，她走出电梯间，掏

出钥匙正要开门，苏谨已经惊喜地先打开了房门。进门之后，他的动作开始疯起来。他对吴妍耳语，这个时候孩子非常稳定了，可以疯了。一套法式热吻吻下去，苏谨在她体后冲撞的力度猛烈起来。开始吴妍还忍着忍着，小腹剧烈紧缩。她扣住苏谨动作的剧烈，拔出时一股血浆跟着一起倾漏出来。两个人都惊慌失措。仰躺在苏谨的车里，吴妍下体的血渗涌得更加汹涌，吴妍的脸色慢慢惨白。苏谨把吴妍送到医院的。苏谨和医务人员一起推送她冲进急诊室，都以为他们是一对老夫妻了。也是苏谨打电话通知程朴的。

吴妍孕期八个月了，快临产了，结果就快水落石出。婆婆看着体态臃肿的吴妍，百味杂陈。如果再是个女孩那就名正言顺把孙子带回家，皆大欢喜，可要是个男孩呢，老天要是成全了他老程家的又一个朝思暮想呢，婆婆喜忧参半，左右为难。这一天，吴妍说想一个人出门走一走，婆婆马上点头："妍，你就在附近走走，不要走远。"吴妍一走，婆婆紧随其后出了门。看护孙子的那家人刚刚打来电话，说程成高烧不止，那家人怕耽搁误事，要她立即赶去照看。紧赶慢赶赶到了那一边，程成脸红唇焦，躺在床上，神志有些乱，他一看来人是奶奶，大嚷大叫："我要爸爸我要爸爸……"拨通了程朴的手机，儿子的哭喊撕心裂肺，手机那一边的程朴听得心跳突突心口剧痛。

程朴的手机又响了起来，来电显示是吴妍的手机号码，这时候程朴正抱着儿子急匆匆往医院赶。隔了一小会，来电提醒还是吴妍的手机号码，手机铃声欢快地唱响了第二遍、第三遍……。程朴腾出一只手摁通电话，手机里传出一个男人的陌生声音："你爱人正在第三人民医院妇产科急救，请立刻赶过来。"第三人民医院，程朴愣了一下，他面前的医院挂牌上赫然书写"第三人民医院"。

场面有些乱。

程朴抱着孩子，母亲在他们后头追赶，看护人也跟在后面一起赶过来，连父亲都神速地赶赴现场了。父亲跑得气喘吁吁："电话都打到家里的座机了，吴妍在妇产科急救呢，你们的手机怎么一个也不接电话啊，急死我啦。"父亲指指程成："怎么把他也带来啦，什么情况？"一家人在妇产科急诊室的走廊上，心急火燎，六神无主。苏谨朝他们缓慢走过去，他身上沾染的血迹清晰可见。他和他们面面相觑，目瞪口呆。有些情节发展得实在太快了，来不及思考布局回避，迅雷不及掩耳，只能被现实捕获，一起充当了狼狈俘虏。

程朴母亲的脸色变得非常难看，她瞪着苏谨，怒气冲冲。她平时的温和都消失不见，此时，她是一只母老虎，对着苏谨虎视眈眈，随时就会朝他撕咬过去。苏谨坐在一边，神情紧张，但紧张不是因为来自对面的虎视，他的注意力集中在急诊室吴妍身上，吴妍的安危紧紧揪住他的身心。

绿灯亮了，手术终于结束。万幸，母子平安，吴妍产下的是一个男孩，吴妍终于实现了他们程家梦寐以求的梦想。程朴母亲情绪激动，嗓音刺耳，她对这个孩子非常抵触："这是我们程家的血脉吗？"她要问的其实是站在一边迟迟不肯离开的苏谨。"肯定是！"苏谨直视着这个色厉内荏的女人，非常镇定而肯定地答复，"多年前因伤我已做了绝育手术，再不能生育。"程朴母亲松出一口气，看孙子的眼神变得柔和。她目光转向病床上的吴妍，眼神有一种说不出的嫌弃："我真是太小瞧你吴妍啦。"她摇摇头，在那刻她没有表现出一丝一毫的长辈该有的体贴温情，对这一个濒死的、刚刚闯过鬼门关的、终于为他们老程家生下孙子的媳妇，她眉头紧锁，表情冷酷。苏谨看不下去了。他伏在病床上，手轻轻摁住吴妍的被角："是这样的，伯母，如果你们不珍惜她，接下来的时间，我会好好照顾她，连同孩子一起。"吴妍人已经清醒，苏谨的话语字字入心。她胸口滚过剧痛，紧接着滚过狂喜。这世间，终究还是有人怜惜她的。迷迷糊糊中，她这样意识。

　　在医院的一个星期，婆婆白天照顾，晚上换成程朴。两个人对吴妍和孩子的态度都还不错，该他们做的他们做得滴水不漏。回到家，月子做足了整整四十天，四十天里婆婆尽心尽力，真的挑不出她什么毛病啊。坐月子的最后一天，婆婆给小孙子洗好澡，将一个香喷喷的宝宝捧到吴妍身边。吴妍自己也彻底清洗干净，长头发湿漉漉拖在脑后。婆婆走过来，自然地拿起吹风机，春风一样的暖流即刻拥抱住了吴妍，吹风机在轰鸣中吹出满屋洗发露的清香，和着一屋子的奶香，揉生出了一屋子其乐融融的圆圆满满。这个时候，门打开了，是程朴回来了，程朴走进房间，跟着他一起进来的还有一个男孩子。吴妍看着程朴看看那个男孩子再看看身边的娃娃，两个小孩子长得真有几分相似呢。男孩走到吴妍面前，仰起脸，奶声奶气喊：妈妈。这一声妈妈叫软叫化了吴妍紧绷着的铁石心肠。妈妈，我喜欢弟弟。这个虎头虎脑的孩子也许是真的喜欢小娃娃，也许并没有谁在暗地里仔仔细细教会他。男孩子站在小娃娃面前，眼神明亮，流露出真心实意的喜欢。

　　对曾经发生的事情大家选择了失忆遗忘，新生活也是旧生活接踵而来，哪里还有时间精力再去追问追究刨根问底。四个大人围着三个孩子团团转，个个都有些忙不过来。这样的时刻，从厨房飘出婆婆烹饪的菜香，吴妍正在沙发给孩子喂奶，沙发另一边，公公戴着老花镜正吃力地给小男孩念读故事书。门打开了，程朴从学校接回了程素。一屋子嘈杂有序，声声入耳。欢乐到底多过苦痛，而原谅也多过罪过。吴妍眯上了眼睛，她怀里，他们老程家的一个纯正血脉在此时突然爆发出惊天动地的嘹亮啼哭。

2017.03

# 黑

## 一

伸手不见，不伸手也不见，睁眼不见，闭眼也不见，没有温度，没有厚度，没有质感，没有体积，无处不在，无时不在，死沉的，湿答答的，黏附的，甩不掉，躲不开，明明知道身在噩梦中，就是无力挣脱，无法醒来。黑，就是这样一种感觉吧，彻底纯粹，无边无际无穷无尽的黑。

可是，很少会有那么彻底的黑出现，哪怕在夜里。夜里有星光，还有月光。就算是乌云遮盖的雨夜，雨声淅淅沥沥滴滴答答，雨声是一只小手轻轻拨开夜的浓稠，摸索出一些让人依靠的安心响动。

母亲走进房间，晓音知道母亲要干什么，晓音用被子捂住脑袋，闷得不行了才一把掀开。母亲已经离开，屋子完全陷入黑暗。晓音怯怯的声音响起："可以亮着灯吗，我怕。"外屋传来了父亲的恼怒语调，"想挨打是吧？"一句话就让晓音再不敢发出一点声响。几天前，晓音也这样哀求过母亲，父亲冲进来，巴掌犀利搧在脸上，余威仍在。

谁喜欢挨打呢，晓音几乎天天都要挨打。父亲的拳打脚踏随时会落在晓音身上。猪不安分拱着猪槽，父亲的拳头朝着晓音追杀过来，以为是晓音没有将它喂饱。父亲扫一眼屋外地面上的杂物，扫帚就追着晓音的鞋后跟飞扑过来。有时，是因为晓音没有发觉自己吃饭的声响过大了。有时，也没有任何先兆。父亲想打她了，巴掌就那样捆过来，拳头就那样砸下来。父亲出手的速度太快了，晓音根本没有时间躲闪的。脸瞬间红肿，疼痛感震动一样起起伏伏忽大忽小，晓音的半边脸迅速红肿，红肿的脸产生了重量一样，拽着晓音的另一边脸跟着一起微微倾斜。巴掌有时打偏，削在她的眉梢，掌风会削扯下一缕头发，几根发丝被削扯下来。泪水只是一种条件反射，不仅仅因为疼痛。晓音视线模糊，一切都变得遥远起来，桌面震颤，菜汤震荡出涟漪，真相晓音已不能看得分明。

可还是要吃饱，吃饱了哭好过饿着肚子哭。父亲和母亲出门做事去了，哥哥出门上学去了，晓音一个人待在家里。不能上学是因为她没到入学年龄。可到了入学年龄，父亲又不让她去上学了。父亲说："女孩子长大了就是人家的，在家的这些年就好好守守，不听话我就打，打到她听话。"说这话时父亲表情平静，平静的父亲显得恐怖。

晓音不明白，她到底该用怎样的表现才能够与父亲隐藏的心思不谋而合。苦闷时，晓音在屋后一块一块砸着石块。生硬的石块就好比是父亲。父亲是一个和石头一样的人，冰冷的死寂的。父亲甚至不如一块石头。如果把一块石头放在身上捂一整夜，它至少可以保持一小会温暖。而如果可以剖开父亲的身体，他一分为二的身体和破裂的石块没有不同，不会有浓情蜜情流淌出来，不会有悔恨有懊恼流泻下来。父亲的身子碎裂两半，一半是冷漠，另一半还是冷漠。

也没有多少时间伤感难过，家务事那么多，打猪草，采茶叶，没完没了，一件接一件。八岁那一年，累了一天的晓音回到家，哥哥放学走了很远的山路也到家了，父亲和母亲都在家里，手头上赶制着竹编。背着茶篓的晓音走进家门，屋子里的三个人同时看她一眼，又继续之前的节奏，仿佛她没有出现。

晓音放下茶篓，她全身湿漉漉的。她今天采了多少篓茶，每一篓都嫩芽堆尖，她今天出了多少身汗，她自己也记不清。她能为这个家付出的只有力气和汗水。她累了整整一天了，她很想听到一句话，简单的一句招呼：你回来了。随便谁说都可以，就可以让她快乐满足。可是，没谁理睬她。她拖着透湿的身子走过去。她努力不让自己去注意饭桌上的书本，书本上那些奇怪的笔画、色彩和图案，那些与她是没有一点关系的。她放下背篓，饮了一筒凉泉水，开始生火做饭。

书本具备了神秘的吸引，晓音情不自禁向它们靠拢。家里只有她一个人的时候，她拿起哥哥遗落在家里的某一本书，翻开，一页一页轻抚过去。字面背后仿佛隐藏着一个美好天地，却是她无法破译触及的。她一个字一个字轻抚过去，平整的字面仿佛产生了轻微的刺痛感，刺痛感持续不断地从晓音的指尖扩散开去，牵扯着她的心跟着一起疼痛起来。不知道抚摸了多久，不知道痛了多久，那是晓音唯一一次抚摸书本。

春风浩荡，肆意照拂大地山冈，也照拂着小院里的晓音。几年时光，在茶场上采摘嫩芽的晓音已具备美人雏形。采茶时，晓音围一条红围巾。绿海遍野，只有她这一点红格外显眼醒目。不识字的晓音和那些读了小学或初中辍学后的采茶姑娘是不太一样的。在父亲频繁敲打下，在家务活繁重磨练下，晓音通身滋生出一种野性的美，无遮无拦，无拘无束。她的美不是溪水边的幽兰，不是绿叶掩映下的梨白。她就是悬崖边一丛突兀绽裂的杜鹃花，艳阳底下艳，凄雨苦风中也还是艳，一股青春烂漫天真的气息正从晓音的骨头中渗透而出。

村子里很少有人会和晓音打趣，因为晓音并不太懂得和他们开玩笑。她一般都不说话，她习惯以一种抵御的方式旁观。而从她嘴里蹦出来的每一个字都硬邦邦的，小石子一样会磕着人伤着人。她也没有学会接受别人的好感和善意。也没有人对她展示一种友好和友善。所以晓音习惯了用一种进攻的方式来保卫自己。她看着你，眼神无畏无惧，从不回避，眼神中包含的感情单纯直接，喜欢就眼神发亮，不喜欢就暗哑无光。

晓音家和几户人家住在一起，说是住一起也各自住得散，几户人家被无边的茶园竹海包围着，远远看像紧挨在一起。一切都寂静冷僻，想要对外散播的一切声响都被无边的山野吸收了埋没了。人在这样的静寂里待久了是会发闷的，闷久了就会有一些反常。比如父亲对她的暴力，比如母亲对父亲的纵容，比如哥哥对暴力的无视。而身体却是抗击打的，落在身体上的每一次击打都如同对身体的一次平整和耕耘，晓音这块年轻的土壤因此更加肥沃。

蓬勃朝气从晓音身体里由里而外散发传播，她的身体每天都在觉醒和更新之中。睁开眼，其实和昨天并没有不同。但晓音的心情却格外地好，莫名开心，挑水、做饭、洗衣，晓音用年轻的体温去靠近温暖一切。青苔更绿犹自装扮，流水潺潺哼响小曲，茶树上绽放的第一片绿令晓音雀跃。那个突然发怔的晓音就是一管翠竹，正以惊人的速度向着成长向着必然的突围狂奔。

山脚下有唯一一家裁缝店。晓音看着半墙花花绿绿的布料，眼睛放光，内心发狂。她顾不得自己烂污的手，直接朝一块块布料抚触过去。女裁缝正要阻止。晓音一回头，一个没心没肺的灿烂笑脸毫无保留地敬献给她。女裁缝正要开口的责备话语就被轻轻压下去了。临走时，女裁缝把一块红头巾送给晓音。十五年的时光，这块红头巾是晓音收到的最好的也是唯一的一件礼物。红头巾从此被她没日没夜披挂在头上身上。红头巾成了一片绿叶，把她的娇艳美好衬托得楚楚动人光芒万丈。

在一群采茶姑娘里，一条红头巾让晓音轻而易举地就跳进众人视线，嫩芽更嫩，粉脸更娇。晓音却没有意识到自己的与众不同，她神情专注，动作娴熟，将一批采茶人远远甩在身后。披着红头巾的晓音是一只红头鸟，一头扎进了深深茶林。

二

小学毕业，曹平辍学，再不肯上学。他受不了学校的约束和老师的管教。在家里多自在，如果父亲不在家，他就是另一个父亲。母亲对他千依百顺。父亲早出晚归。母亲对着父亲急匆匆走远的背影吐一浓痰，骂一句：不知道又被哪个骚货勾走……曹平游手好闲混了好几年，隔壁村子兴建一个采石场，父亲作为村支书，卖了一些薄面让他们同意曹平去采石场上班。那一年，曹平十七岁。

从采石场回来的路上，歌声从茶园里传出来。拂开茶枝后，红围巾簇拥着的一张俏脸，烈焰一下灼伤了曹平的眼。回到家，曹平晚饭也吃不下去了。歌声一直在曹平耳朵里咿咿呀呀、拉拉扯扯哼唱着，那张红润脸庞一直在眼前晃来晃去。母亲把饭菜端到曹平面前，要喂曹平吃。以前也会这样，母亲喜欢看到曹平对他言听计从的乖乖模样，曹平也乐得饭来张口，这个场景中付出和接受对双方来说都是享受时刻。今天的曹平却一点儿也不想理会母亲。母亲受了冷落，气鼓鼓走出房门。曹平翻转身子，一门心思继续回味。

曹平提前了下班时间，多出来的这一段时间他把它消磨在茶园附近。靠近茶园，他的心就开始突突狂跳，他摁住内心激动，像一条猎狗悄无声息接近目标。茶园里，晓音丝毫没有察觉到谁人的偷窥，她摘茶叶哼小调怡然自得。

茶树后头，曹平已经被晓音迷得神魂颠倒。有人在更远的地方又关注着曹平的一举一动，风言风语传到曹平母亲的耳朵。在听说的当下，曹平母亲身子震了一下，心口刺痛。她的男人不爱她，她无能为力也无可奈何，她以为儿子永远会是她的。可现在，儿子也要被抢走了，她却没有还手之力，她没法对她未来的儿媳妇心生起妒忌和仇恨。

曹平的母亲也在茶树后头窥视，看儿子的痴傻，看姑娘的无恙。从模样上看，晓音确实有点大大咧咧，但模样是真的俊俏，粗衣贱长都遮掩不住她的丽质天生，一点点倔强和认真的神情衬托得她更有神采。曹平母亲委托了媒人前去打探。她年纪还小，才十五岁。这边曹平饭茶不思走火入魔了大半年，他第一次动心动情，他又没那个胆量上前造次，他只敢在家对着母亲撒野胡闹。曹平母亲化了重礼央求媒人再次上门试探。晓音一句话就把媒人顶出门：你是收了人家多少好处哇，我才十五岁你不知道哇……晓音是匹烈马，顺着毛捋都不一定顺服。

媒人灰溜溜走了，曹平母亲想给儿子一个大人情和大惊喜的愿望落了空，她心里第一个憎恨的人就是晓音。还没过门呢，就收了我儿子的魂，真要过了门还不得生吞活剥了我这把老骨头。她给曹平张罗了另外好几家姑娘，可曹平一个也不肯去相见，整天只知道涎着个脸远远近近跟定晓音。晓音多少也知道一些风声，却没把曹平当回事，她没把他放在眼里，任由他跟前跟后瞎凑。

是折磨。这些年，曹平想的哪桩事情不能如愿。可这一件事却没法让他如意。面对晓音，他还不能发一丝脾气，他得一直忍着一直按捺着。他就算是个膨胀的火球呢，一碰上晓音刀剑一样的无畏目光，凭空先戳破了气，兀自先胆怯了退缩了软弱了。回到家，他撞墙，摔碗，嚎叫，闹出天大的动静，任性一通发泄。母亲由着他胡闹。母亲说，再等两年，她到了岁数，她就是你的人。

这样的话让曹平吃下一颗定心丸。再看见晓音，动作神情都收敛一些，早晚是自己的人，先让她枝头再飞两年吧。他在晓音的茶树附近走动，无数次偷偷瞄看晓音。可一旦和晓音正面交锋，他就心猿意马难以把持。周围一起采茶的姑娘都把曹平的举止当个笑话传遍了，话语传到曹平老子的耳朵里。曹平老子吃野食正吃在兴头上，差点要忘记家里还有一个要他教辅的亲骨肉。曹平父亲一直暗暗得意就是自己吃野食的肆意和痛快，没想到儿子却是吃素老虎无法下口，这个事实简直令他颜面无光。

婆娘与他抱怨过几次，说："你一身好功夫怎么没有遗传一星半点给你亲生子呢。"话里一半是泄私愤一半也是寄厚望。可是，又不能手把手帮忙调教，也不好对那姑娘霸王硬上弓，这件事情只能慢慢等慢慢熬。当面大家都不会说什么，背地里，曹平的一厢情愿就是个大笑话。这两年多的时间，曹平等于是把这个笑话每天都上演了一遍。每演一遍，曹平心里对晓音的喜欢和讨厌都同时成倍增长。他知道自己成了大家的笑话，他无能终止这个笑话。他心里有多爱她，他心里就有多恨她。

晓音一满十七岁，媒人又一次迫不及待进了她家的门。晓音的父母对这门亲事是满意的，应诺，吉日选定，订婚酒热热闹闹办起来。一订婚，曹平就好比是拿到了入场券，他从此可以名正言顺地和晓音成双入对。

晓音却是匹烈马，性子倔，又是刀子嘴。她从小在父亲的拳脚下、在亲人的冷遇中讨生活，她是从最深冷的生活底处慢慢游到了此刻的貌美如花，她才看到一点点阳光和笑脸，她带着新奇和无畏迎接和挑战一切。

曹平想要和晓音亲热，她不肯让他近身。论力气，曹平未必强过晓音。面对晓音，曹平总是会无端脸红耳热、心虚气短。晓音说："结了婚才什么都可以。""人家订了婚，都住在一起，人家还帮着给一家人洗衣裳了。""你想得美，我才不会给你们洗衣裳。""订婚，那我家可给了你家好大一笔钱。""那又怎么样，只要没结婚给再多的钱也没用，我才不会把钱还给你们家。""那你没事就纳些鞋底，以后结婚了好带过来，我妈说要看看你的手艺。"曹平这样无力要求着。第二天一早，晓音把一面鞋底扔给曹平，鞋底只纳了三分之一，针脚粗劣，晓音把手上的几个血点也一起捅到曹平眼前："去你妈的鞋底，扎得我手上好几个血泡，我再也不会给你们家纳一双鞋底。"

拿着那只残损的鞋底，曹平的母亲彻底愤怒了，她第一次把一腔怨气都朝曹平泼洒过去："你个怂人你个孬种，你是不是曹中华的儿子，曹中华天天夜夜在外头操，想操谁就操谁，想睡哪个就睡哪个，你呢，快三年了，一个女人都还没有搞过一次，现在都订婚了，还要整天被她埋汰糟践，你还是个男人吗，你有屌吗……"曹平父亲正好回来，赶上这一幕。他看着气得血脉贲张的老婆和懦弱的亲生子，哼出一句："是你的马还骑不了吗？你就是废人。"

曹平一转身，冲出自家院门。

跑到晓音家，说晓音去了茶园，他一口气没有停歇，直接往茶山上冲刺。他的胸腔都要炸裂了。如果这一次再不能得手，他曹平就真的是个废人了。

最深的茶园，晓音一定是在那里。她正春风得意呢，她把曹平一家搅得鸡飞狗跳，她把曹平扰得日夜难安。她就是个妖精，此刻，曹平也陡生伏魔降妖的壮志雄心。

曹平冲到晓音后头，狂奔的模样就是一只失控的丧心病狂的狗。晓音被他一把撂倒在茶树底下，他的舌头第一次成功攻陷了晓音的口腔。晓音的牙齿是多么锋利的武器，只一下，就把曹平的舌头咬掉一截。

满口的血、满腔的痛激起了曹平更狂躁的躁动，他一次又一次向晓音发起进攻，不达目的誓不罢休。晓音的衣裳被撕破，两个结实圆润的乳第一次被他死死扣在手掌心。扣在掌心里的两只饱胀结实的乳仿佛是两个手榴弹，迅速引爆他的身体。晓音反抗得异常激烈。她居然穿着打了死结的裤子。曹平的身子堵在打了死结的裤子外面，胡乱顶着撞着找不到门路。混乱，撕扭，晓音一抬腿，所有蛮力都狠狠击落在曹平的要害处。那样的剧痛，让曹平痛不欲生。曹平只有一个意识，一定要制服她，这可怕的第一次。

剧痛中，曹平的下半身死死压住晓音的下半身，他的牙齿和手同时在晓音的上半身乱抓乱啃，晓音的乳头上很快有血渗出来。晓音发出惊骇的惨叫，她的人也陷入了混乱中。晓音的手像老鹰的利爪朝曹平的脸身子没头没脑地投掷，血一道道地从曹平脸上流淌下来，模糊了他的视线。而晓音的嘴还在无法无天的嘶喊当中，晓音的眼神更是一支支利剑，剑剑吃人索命，每一道怒视的剑光都让曹平不敢直视。

循着这样两道犀利的剑光，曹平的手伸向那两处光源，插入，深入，扭转，拽曳，拉扯……插入的一瞬间，晓音就没有发出声音了，她痛晕过去，晕死过去。接下来，过程就轻松了。曹平仿佛是插入两处温热的泉眼，可以触摸到一些柔软的腺体，滑腻，难以掌控，还在掌控之中……他终于把它们都掏了出来，它们还各自连着一根奇怪的白线。曹平解下裤腰处的钥匙，用钥匙细细的边缘轻拉慢扯割断那股白线。

三

曹平把两颗球体握在手里，血浆糊了一手一身。握着那两颗球体，像握着两颗珠宝，这是两颗可以证明他实力和能力的珠宝。他朝山下缓缓走去。他走过溪水边，他把珠宝放入溪水中小心清洗，轻轻搓揉，珠宝乖巧浮动在他的掌心中，此时，它们再也不会发出那骇人的剑戟一样的光芒。曹平把两颗珠宝放进口袋，开始清洗身体各处的血迹。流水带走了红色的血迹，曹平忽然热泪盈眶，那一刻他意识到：被他小心揣在衣袋里的那两颗珠宝，从此再也不会发光发热流泪了。

走进派出所时，曹平人已经清醒。他对警官平静地说：我刚才，挖掉了，一个人的，眼睛。他语速缓慢，吐字清晰。可没人相信他的鬼话。这个浑身湿透的家伙看起来并没有发疯，也没有喝醉，为什么要说疯话醉话。你再胡说就把你关起来。有人厉声警告他。曹平从口袋里掏出那两颗珠宝，小心翼翼摆放在桌子上。珠子仿佛有定形功能，那个厉声警告他的民警看到珠子瞬间张口结舌目瞪口呆。

茶园，深深的茶树底下，卧着晓音血肉模糊的不会动弹的一具身体。是从两处挖空了的泉眼灌进来的冷风吹醒了晓音，她开始竭尽全力的喊叫，而竭尽全力的喊叫听起来也只是一个女孩子细若游丝的哼哼："救……命……救……命……救……命……"一个耳尖的孩子捕捉到了她的哼哼，孩子差点以为是谁在和他捉迷藏。他越过茶道，拨开茶枝。晓音两汪血红的深潭涌进他的视线，像遇见鬼，孩子连滚带爬冲向山脚，撕裂的喊叫惊动了全村。

晓音的母亲第一个赶上山。晓音被母亲艰难地背在背上，分不清是血迹还是泪迹从两边濡湿了晓音母亲的衣裳。你再哭，我就不背你了。宁愿相信母亲是真心疼爱着晓音，是真心不想再让晓音多流一滴眼泪。可母亲的声音听起来并没有多少感情。母亲背着晓音急匆匆冲下茶园，进了家门，两个人一起瘫倒在地下。

现在，两家人都是笑话了，一个大悲剧。

曹平从派出所转到看守所转到法院，一年之后，终审判决执行死刑。曹平再也没有出现在晓音面前，再没有出现在茶园，再也没有回来过，他用一个举动断送了自己的前生今世。曹平的母亲一夜之间哭白了头。死寂的深夜，她夜夜啼哭。哭他愚蠢冲动的傻儿子，哭那个未过门就害了她全家的狐狸精："瞎了眼好啊，老天有眼让她瞎了。可老天无眼啊，为什么要收了我家平儿的命啊……"曹平的父亲在一边日夜陪伴。得知噩耗的那刻，他正骑在某个女人身上逍遥快活，他从极乐的巅峰滚落下来，呜呼哀哉，从此不举。曹平母亲用厌弃的眼光扫过废人一样的曹父，继续专心自己的哭诉："不公啊，收了这个废人才好哇，还我的平儿……"

晓音家里也有人在哭，是晓音一个人在哭。从大哭到小哭到不哭，眼睛里已经流不出泪水了，只除了可疑的流质脓液。从剧痛到阵痛到微痛到不痛到最终的结痂，原本以为泉眼失缺之后，只会永远保持失缺，可没有任何东西作填补，也会结痂。在最深处形成了一层脆弱的薄膜，定形，浅浅阻挡外界的风沙和凶险。

这些都可以适应。最难的是从此深陷暗黑。

欲哭无泪。

四五岁时的那种刻骨的孤独感再次入侵晓音身心，刚刚建立起来的一点自信和开心又彻底坍塌了。身心陷入永远的暗黑。再不用管什么天气，再不用管白天黑夜，再不用管开灯熄灯，从此身心被永远的暗黑统治主宰。

是比父亲突如其来的暴打更加恐怖的暗黑，比亲人的漠视更加无情的暗黑，比突然发疯的野狗突袭更加猝不及防的暗黑。没有哪种感觉可以形容这样的恐慌。从高空处一脚跌空，无底限的下坠跌落一直在进行之中。从光明处向下向下向下，坠入无力回天的暗黑之境。前面一脚是地狱，退后一步还是地狱，身前身后，皆是屏障、险境、绝路。

晓音拒绝使用盲杖。

她的倔脾气上来了，她试着摸索前行的每一步都带着怒气怨气和火气。她就是要把自己往险境上送。她踏出的每一步都鲜血淋淋。石子刺穿了她的脚板，在乱石中她也疾步如飞。直接撞上树枝就真接撞倒或者摔倒，头上起几个红肿就当成是额外的勋章奖励。如果能直接翻下山崖，那就是最好的一了百了。她带着这样的决绝和生硬和这片突然变得面目全非的土地山林进行着重新磨合，向退而进，向死而生。

多少天过去了，晓音终于平静下来。她拆下包裹的纱巾，一副墨镜从此成了她的另一双庇护之眼。睡觉时也从不摘下。她终于平静下来了，听风，听雨……

晓音靠在大门上，风从墨镜后头灌进来，微凉的感觉。风吹拂着她的头发，风一直温柔地朝她吹拂着，无限珍惜，万般疼爱。某一时刻，她想到了曹平，那个从此在这个世界上销声匿迹的曹平，再也不能感觉到春风吹拂的曹平，晓音心里滚过了剧痛。

## 四

几年前，刘俊来村里收茶叶就认识了晓音，他们会说说话开开玩笑，刘俊收了几年茶叶，消失了几年，现在他又出现了，现在，他的目光长久地停在晓音身上。

他听说了这个小山村里的事，晓音的事。他山南水北四处闲逛，走到这个小村庄，被眼前这个盲姑娘决裂的举动震惊了。他看着她在小路上气急败坏地走来走去，摔倒了再爬起来再摔倒再爬起来，她撞出老大的红包他看着心疼又觉得好笑。她怔怔地在河边一直徘徊着。她用看不见的视线感觉着远方，倾听河水，向前走向后退，她的每一步都牵动着他的视线。怕她走进水深。还好，她跌跌撞撞又走回来了。她跌坐在青草丛里，长久发呆，掩面哭泣。他远远看着，那一刻，他很想抱住她。

晓音知道有人就在她附近，是刘俊，她知道这个人。他身上有一股特殊的气息——老鸦骚，虽然他隔得挺远，她还是机敏地捕捉到他的急促呼吸。他一直尾随着她这个盲人，她以为他自己神不知鬼不觉，哼，笨蛋，他想做什么，他敢做什么。晓音坐在草丛里，任凭刘俊用他的气息和呼吸一次次入侵。

刘俊走进晓音的家。他支支吾吾地说：我想带晓音去治眼睛。这句话让晓音的心腾地一亮。晓音的爹妈巴不得刘俊把晓音带走，或者她被任何一个人带走都可以，这个瞎子在家里是一个大包袱，这个包袱在村子里是个大笑话。晓音心里明镜似的。她知道刘俊不仅仅是想带她去治眼睛，但是他敢说这句话，晓音感激不尽。这个世界上，只要还有人，还有地方可以收留她，她都感激。

他们一起坐着班车走了，晓音第一次离开了她的家。她不知道母亲哭了没有，她是哭了。她朝向家的方向，一个劲儿挥动双手，仿佛从此永别。他们并没有去医院，刘俊直接把晓音带回了自己的家。他们坐了很长时间的车，刘俊搀扶着她走了很长的路才终于抵达刘俊的家。刘俊的爹妈早已过世，一个姐姐远嫁外地，平时少有往来。晓音把刘俊的家里里外外摸了一遍，他的家比晓音家更简单困窘。这些都不要紧，只要这个地方还是一个家。晓音抚摸着酸痛的腿，松出一口气。

傍晚，刘俊烧好热水，他扶着晓音跨进木桶。在温热的水流中，晓音很快放松下来，她的身体第一次敞开在一个陌生人面前。她任由他的手在她的身体四处游走，她放弃了抵抗，放弃了怀疑，放弃了自身的一切棱角，在木桶中随波逐流。

木桶中晓音也不肯摘下墨镜，这样就显得更加美艳。她的身体还是一块尚未开掘的土地，虽然遭遇一些变故，却不影响整块土壤的肥美。眼前的玉雕美人让刘俊看得心跳加速血脉贲张。晓音的头斜靠在木桶边，水波纹一圈一圈漾在她的乳间。刘俊的手抚过晓音的肌体，如同捋下一片清净完整的茶叶，他干脆地把晓音抱出木桶，在肮脏的被面上，他的身体以第一个入侵者的身份生硬撞开了晓音的身体疆域。

过后，一朵小茶花在被面上洇开，很快变得色泽陈旧，刘俊几乎忽视了这抹陈旧血迹。他是这样潦倒的男子，在这样破落的一个地方，根本不会有正常女人会甘心留下来做她的女人，除非是这个看不见的瞎子。眼前这个略微瑕疵残损的女人正是最佳人选，而且她还有一个处子之身，这点让刘俊格外兴奋。他睡在晓音身边，心满意足地响起了鼾声。

晓音很久都没有入睡。

第一次就是这样的。她当年千辛万苦誓死而拒的第一次就这样的。并不很痛，也并不很难受。可是当年为什么要那样拼死反抗呢。为此，她失去了双眼，为此，曹平失去了一条命。有意义吗？晓音坐起身，细细抚摸刘俊的身体，高矮胖瘦，大小长短，在那儿，一截蠕虫软软趴伏在毛发丛生处。乡村的夜一如既往的静，在微微不适与疼痛中，在身边男人陌生而悍勇的鼾声中，晓音迷迷糊糊睡着了。

醒来，晓音很自觉地在屋子里摸索起来。屋子是陌生的，她用手用脚一寸寸丈量感知。从卧室到厨房的步数，从灶台到米缸的距离，山泉水被引进厨房的水缸，这是非常方便的一件事情，山泉水呜呜咽咽流淌出一屋子的幽静，也仿佛浅浅滋生出过日子的细水长流。

不知道摸索了多长时间，她跌跌撞撞试探一切，挑战一切，她希望可以生起火做好饭。这个过程中，自始至终她都带着一点点孩童邀功的迫切心情，她迫切想要向他证明她的价值。

在一个瞎子百般艰难而执着的努力下，屋子齐整了，炊烟从烟囱中冲上去，饭菜摆在了桌子上。晓音化身为一个田螺姑娘，从无变出有。

刘俊醒了。傻乎乎看着洁净清爽起来的家，懒洋洋地笑出了声。他屋前屋外走了一圈，他在饭桌上坐下来，吃了几口，突然把筷子用力一搁，发出的声响吓了晓音一跳。这期间，晓音一直昂着头，墨镜之后的神经一直紧跟着刘俊的动静起起落落。她怔住的时候，刘俊风一样窜过来，簇拥着她，把她推坐在桌前："老婆，吃饭。"晓音的脸迅速羞红，她端起碗筷，像获得无上荣光的一个称号，开始了慢动作一样的进食。刘俊打着饱嗝酒足饭饱。他安安心心看着这个盲姑娘放下碗筷，在屋子四处移动。他靠在床上，翘个二郎腿，晓音在他的视线中远远近近。

傍晚的木桶时光是刘俊最热情高涨的时刻。晓音自己褪下衣裳，慢慢迈进木桶，如同清洗一株白菜，刘俊里里外外上上下下卖力着。水声哗啦，水溅满地。

晓音很快怀孕了。她在水池边哇哇呕吐，想要刘俊搀扶一把，悬空的手怎么也抓不着刘俊的那一只手。她不知道他在哪里、他的表情、他的心情。空气中并没有嗅到他独特的体味，他也许出门了。她刚才打了瞌睡。晓音叫了几句他的名字，什么动静也没有。她又哇哇呕吐了一阵，倒在床上昏昏欲睡。

两张嘴巴，胃口都很好，米缸很快见底。刘俊说："我出门去想想办法。"第二天他回来，带回来一些米和一些青菜。晓音高兴地张罗着。吃饭的时候，刘俊说："你爸妈身体都挺好，不过，他们不怎么想你……"晓音捧着饭碗，头埋得低低的，脸涨得通红。他居然跑到她的家里去伸手拿东西还是借了钱吗？晓音发问的勇气都没有，难道这就是他养家糊口的门路吗。

刘俊对晓音身体的热情还是持续高涨，有时他出汗了，独特的气息格外浓重，呛得晓音会窒息。晓音抓紧被单，任他折腾，每一次都是折磨。孕期里，刘俊一直都对这件事保持着高涨热情，一直到孩子快要出生。

孩子快要出生的日期，刘俊把晓音送回娘家。爹娘不好说什么，刘俊家里没有别的亲人，只能这样。月子坐到半个月时，刘俊说出门去攒钱，一再嘱托晓音的父母要照顾好晓音和他的女儿。他信誓旦旦说过一段时间就会让他们一家人都过上好日子。可他这一出门，以后都再没有了消息。

女儿取名秀秀。秀秀头发乌黑浓密。母亲说秀秀模样长得很像晓音小时候，眼睛又黑又亮。抱着秀秀，晓音像抱着她的整个世界。

因为秀秀的出现，晓音的习性脾气完全改变。以前做姑娘时，这个家并没有给予她格外多的宠爱，现在，一个大拖油瓶还带着一个小拖油瓶，她又不比从前那样能干。现在她和她的孩子完全仰仗爹妈的施舍，还有来自哥哥嫂子的恩赐。

晓音的爹妈对秀秀还是不错的，隔代亲是一个原因，也许他们看着戴墨镜的晓音，内心愧疚大过厌烦。但是儿媳妇已娶进家门，她是个厉害角色，俨然当家主妇主管一切，他们都要看着儿子和儿媳妇的脸色讨生活。晓音心知肚明，竭尽所能帮忙干活。可不管她做什么，都难讨嫂子欢心认可。在嫂子的骂骂咧咧中，晓音度日如年。

这一天，从茶山回来的路上，晓音的爹被毒蛇咬伤，救治不及时导致毒气攻身，当天晚上就断了气。晓音的哥哥正在外地打工，无法及时回家奔丧，半个月后的一个夜晚，他和工友喝酒解闷，回厂的路上遭遇车祸，身子一瞬间被碾压碎裂，他没来得及和家人说上一句遗言就匆匆上天去陪伴老父亲。嫂子是那样雷厉风行的人，满了七七之后，带着遗腹子火速嫁给了同村一个鳏居多年的村民，从此人前人后都与他们家再无半分瓜葛牵扯。两个男人的消失让这个家一夜之间轰然坍塌，嫂子的改嫁离去更是雪上加霜。晓音抱着秀秀和母亲一起如同丧家之犬寝食难安，她不知道她们要怎样才能把秀秀安好地托付长大。

# 五

苏自强救星一样出现了。

苏自强是和媒人一起出现在屋子里的。都是媒人在说话。说他今年二十八岁，爹娘死了好多年，家里穷，住得偏远，一直娶不上媳妇，并不嫌弃晓音和女儿秀秀，愿意和她一起好好过日子。要是晓音同意的话，就下聘礼，订婚。

下聘礼，订婚，这是两个相当有分量的步骤。晓音把聘礼交到母亲手上，感觉母亲的手在微微颤抖。也算多少还了母亲一份人情，偿还了母亲这一年多时间对晓音和秀秀的关照，母亲这么多年来的担惊受怕，都没有过过什么好日子。这点聘金也能让母亲维持一段时间的生计吧，晓音在心里松出一口气。

订婚时结结实实热闹了一天，村民围了四桌，喝酒时气氛很好。苏自强搀扶着晓音一桌一桌敬酒，大家都说晓音这回总算苦尽甘来。

订婚后，苏自强请了两个同村一起前来接晓音和秀秀回家。下了班车，苏自强牵着晓音走了半天路，爬山路时苏自强把晓音背在了背上。背了一程之后换了另外一个男人背，又换了另外一个男人再背，背了一程又一程。只听见男人扑哧扑哧的呼吸、抹汗珠、吸烟。烟味混合着男人的汗味结结实实朝晓音的鼻腔里灌注，山林越来越静寂，路越来越陡峭，满耳满山的鸟鸣啁啾，狗吠的声音远远传来，终于到了。苏自强把晓音放在自家院子的地下，两个同村在院门告别回家，屋子陷入静寂。

站在空无一人的院子里，秀秀拽着晓音的衣角，怯生生问："妈妈，这是哪里？""这是家，这是妈妈和秀秀以后的家。"晓音搂抱着秀秀。她不知道自己被背着淌过了几条河翻过了几座山，此刻，她站在空空落落的山顶之上的院子里，仿佛一脚踩在虚无的云端。

苏自强锁好院门，关好屋门。灯光下，晓音和秀秀如同是他刚刚从山林里捕获到的两只野山羊，瑟瑟发抖，楚楚动人。

苏自强还喘着粗气，声音却不带一丝感情："你从此不能走出这间屋子。"

"你不能走出这间屋子。"

"你不能走出这间屋子。"

这句话一个晚上在晓音耳朵里反反复复回响着。

苏自强是有过性经验的，他在晓音身上埋头苦干，把子弹精准地射入晓音的腹地深处。他拽着晓音的长头发，一边干一边重复着这句话："你不能走出这间屋子。"

他说到做到。他在家，晓音才可以和秀秀一起走到院子里。他一出门，晓音和秀秀只能被他锁在屋子里，休想跨到院子一步。

晓音是可以的，出门和不出门并没有什么区别。但可怜了秀秀，长时间被锁在屋子里，和盲眼母亲朝夕相对，人都变得有些痴傻。

晓音哀求苏自强，你锁上院门就可以了，让秀秀在院子里晒晒太阳吧。苏自强用巴掌和拳头回答她，疾风骤雨一样地击打。晓音躲闪着，在秀秀惊天动地的哭声，晓音生怕伤着了秀秀，起高嗓门急急呼喊："秀秀你跑角落里去，秀你蹲下来，秀你闭上眼睛……"山顶之上的独门独院，如果不是避世桃源，就肯定是人间地狱。

不知道苏自强是受过什么样的伤害，他可以那么冷酷无情地对着晓音痛下狠手，从第一夜拽落的那一小撮头发开始。第二夜，第三夜，夜夜夜夜。哪怕晓音怀了孩子，怀了第一个男孩子，怀了第二个男孩子，他的拳头从不曾停歇过一夜。

反正都是要打的，不打一阵他就不会安睡，苏自强是把这样的过程当成了睡前催眠。打的时候，如果晓音发出了声音，那时间就要无限期延后了。打得晓音全身没有一块好肉，没有哪一块骨头不痛，这个时候，他雪上加霜，他死命干着晓音。哪处不痛啊，哪处的肉被牵动着都会更痛啊。晓音咬紧牙关，空洞的眼睛流不出泪水。苏自强允许她一直戴墨镜，也许那两眶空洞让他看了煞风景败兴头。苏自强从她身体里拨出仿佛带有倒钩一样的那件工具，心满意足死睡过去。无数个深夜，晓音抱着怀里秀秀的小小身躯，想不通自己这究竟什么命，会遭遇这样的苦报。

怀孕第六个月，那天，苏自强回来，一把把晓音推倒在地，当时晓音肚子一下子收紧，晓音捧着肚子，表情痛苦。苏自强看着晓音的惨样，紧张起来，没有再加重拳力。晓音的肚子却一直坠痛，她在角落哼哼唧唧。忽然，晓音听到院子里传来磨刀的声响，一下一下，刮哧刮哧，每一下都仿佛擦着晓音的耳边呼啸过去……过了一会，冰冷的铁器贴近了晓音的大腿根部："如果孩子没有了，你就死定了。"

是晓音命大，从小到大，各种各样的击打都没能将晓音的生命之火吹灭扑熄。她足月生下一个男孩，苏自强松了一口气，此后的拳打脚踢只是更加随意任性。

苏自强的身体里住着一个魔鬼，只能这样认定了。他开始了武力扩张，屋子里的三个人，晓音、秀秀、他们刚满月的儿子都是他发泄的对象。当苏自强开始把对象扩张到女儿和儿子身上时，晓音的噩梦开始了。之前，无数个被打得麻木时刻，晓音心灰意冷地想，要眼睛也没用，她一点儿也不想看见苏自强的面孔，现在，她迫切察觉到眼睛的重要。她要赶在苏自强的拳脚到达之前，先一步把她的骨肉安置妥当。可她看不见，许多时候，她仰着脖子昂着头，如同一只时刻处在戒备当中的母山羊，警醒惊觉。只要苏自强一进屋，她神经绷紧，感知嗅闻着苏自强的一举一动。有时，她故意用语气激怒苏自强，让他把注意力转向自己。当他的拳头落在她身上，她反而安心了。至少，这个夜晚，她的骨肉平安了。随着门锁的转动，苏自强出门，晓音和女儿、儿子搂抱在一起，这样的苦日子不知道什么时候才会熬到头。

第二个男孩出世时。母亲翻山越岭来看她，月子伺候到一半，母亲看不惯苏自强的言行，说了苏自强两句，说第三句时，"啪"响起了一声巴掌，可巴掌并没有落在晓音的脸上。三个孩子晓音依次摸过去，孩子们都没有啼哭的迹象。母亲的饮泣走漏了风声，苏自强竟然把巴掌甩向母亲。

母亲不敢多加停留。晓音哀求母亲把秀秀一起带走，留在这山顶上，不知道哪天就会遭遇灭顶之灾。母亲带着秀秀逃离而去。苏自强哐当一声踢上院门，不解气，冲着狗儿死命踹上一脚，痛得黑狗落荒而逃。

母亲走了，秀秀走了，晓音松出一口气。好了，如果这儿终于会是她章晓音的坟墓，那她就和她的骨肉一起葬身此地吧。

# 六

山林湿气重，晓音的脚气特别严重。水泡，溃烂，无休无止的痒。有女邻居和晓音隔墙传话，说可以用烟叶泡脚的秘方。可是家里并没有烟叶，苏自强是不抽烟的。我改天给你带一些来。女邻居隔墙这样说，晓音多想再说一些其他的话啊，透露一点点风声，心里也会获得一点点安慰。可是，她一次也没有和她们说起过发生在院子内的更大的隐情。苏自强警告过她，你要是告诉了别人我打你，那天就是你的死期，也是你家人的死期。这样的警告如同一句偈语，将晓音封死噤声在森严的家规里。

烟叶带来了，女邻居让她的老公把烟叶转交给在一起打牌的苏自强。苏自强回来后，在院子里就把烟叶扯得粉碎，一脚一脚碾踩："你个瞎子，你腿烂断了才好，你这个废人。"他疯瘴一样冲过去，把晓音怀里的孩子扯夺了摔在一边。在两个孩子哭天抢地的哀嚎里，他骑上晓音身体，搋紧她的头发，把她的头搋得高高昂起来，他一掌打翻了墨镜，把口水吐进空洞的眼眶里："你个瞎货，你是不是想他过来操你，你是不是让他操过了……"

扑哧扑哧……磨刀的声音响起来了。晓音正心急如焚想要点燃柴火。十月落了几阵秋雨，雾气浓重，柴火湿沉。如果不能及时做好饭菜，没有吃饱的苏自强一旦朝她下手，下手只更狠更猛。果然，苏自强冲进灶台，在烟熏火燎中连扇了她好几个耳光，愤愤离去。接着，空荡荡地院子里回响着那瘆人的扑哧扑哧磨刀声响。

战战兢兢吃了晚饭，晓音和两个孩子一起哆哆嗦嗦睡下了，她一直在做梦。惊心动魄的梦，古怪离奇的梦。曹平拖扯着她，刘俊拖扯着她，最后，苏自强提着菜刀在烟雾里现身了，杀气腾腾。不管晓音朝哪个方向奔跑，都是绝路。在梦中，她居然可以清晰地看见每一个人，通红的眼，无情嘴脸，拉扯，撕打……最后，苏自强魔王一样最终俘获了她。苏自强一步一步逼近过来，苏自强说："你要怎样死？你要怎样死？"

这是真的。晓音从梦里骇醒过来。这是真的。苏自强正贴近她的耳朵，冷飕飕地灌进她耳朵里这几个字：你要怎样死？塞进她耳朵里这几个字后，声音消失了，苏自强隐身不见。晓音完全清醒。她在床边慢慢摸。摸到了一根麻绳，这是真的。又摸到了一把菜刀，这是真的。刚才扑哧扑哧都是真的，"你要怎样死"，这一切都是真的。

晓音的脑袋炸裂了，看不见的兵器已将她的身体刺死过千回百回了。炸裂了的脑袋冒出了一个清新的念头，这个念头像一朵皎洁的百合花朵，这念头的显现让晓音的身心如同被月色清洗，她的身心沉浸在从未有过的安静明澈之中。

院子里肯定有月光了。秋月皎洁的夜晚，一屋子都是鼾声，身边，晓音的骨肉发出鼾声是浪花轻轻喘息。另一张床上传来的刺耳鼾声就是潜在的威胁，是一个炸弹，是一条毒蛇，是一条疯狗，或者是一个冰冷的无情锋刃。晓音一直醒着，因为这样一个决定的产生而充满了安宁的力量。她慢慢摸下床，摸到另一张床边，在那起起伏伏的鼾声前静静听。她携带了菜刀而来，她循着鼾响的方向，举起了菜刀……

她估算得精准，距离鼻息下方，半掌距离处正是咽喉，她手起刀落，有液体飙出来，溅在她脸上脖子上，有响动跟着爆发出来，她那么冷静那么果断，手起刀落，手起刀落，手起刀落……整整十六刀。从刀锋落脚的破碎感中，她知道苏自强的颈脖处、胸前正盛开出一朵空前绝后的壮丽的血色之花。

过程应该是蛮激烈的。孩子们惊天动地的哭喊惊醒了晓音。晓音终于从噩梦中清醒过来了。她扔下菜刀，沿着孩子们哭喊的方向，一步一步游上岸。

游上岸，她又再次潜回深水，那邪恶的厌恶的深红的污浊之水，她用被子蒙盖住那朵血色之花。她那么清醒。天亮时分，她坚决不要她的骨肉看见这一朵恶灵之花。

"妈妈，晚上我们可以睡在一起了，是吗？"孩子并不知道眼前发生的一切。

"是的，妈妈会永远陪伴着你们。"

天亮了。孩子们看见了一切。血迹渗入地下，床上的人一动不动。

孩子问晓音："爸爸死了，是吗？"

"是的。"

孩子再一次确认："他不会再打我们了，是吗？"

"是的。"

# 七

晓音打开院门，第一次领着孩子们走出去。

她请邻居去报案。

晓音向警察陈述完毕，她想自杀，但警察把她看护得很好，她没有机会。

她打算了要死，她从来不怕死，活着是一件比死更可怕和艰难的事。

庭审结束时，一个女孩子的声音叫着妈妈。晓音整个人都被那个声音钉在地上，泪水顺着她干瘪的眼皮流下来。是秀秀。自从母亲将秀秀带走，她再也没有见过搂抱过亲吻过的女儿秀秀。这个声音，不管再过多少年，她都会记得，都可以辨认出来。那一声妈妈一直回响在晓音耳畔，是秀秀的一声"妈妈"把她的心从欲死的边缘拉扯回了牵肠挂肚的人间。

晓音在狱中渡过了安稳的十年。因为目盲，她不能下车间劳动，她被安排在监狱的按摩室学习按摩。这是一项太适合她的工作了。她不用再担惊受怕，再也没有拳头锤砸向她，她所有的神经都集中于指尖。身体部位、穴位、轻重力度，她很快掌握得恰到好处。她帮别人按摩时，对方对她的指法赞不绝口。她第一次感知到，原来身体对于身体，并不只有苦痛磨难存在，身体之于身体，原来可以带来这样的舒服体验。

白天，她专注于按摩。夜晚，她全身心都牵挂着她的三个骨肉。母亲身体欠佳，秀秀被送到儿童村。她的两个儿子也被分别送给寄送人家。他们都那么小，不可能会来看望她。她除了牵挂惦念，除了长吁短叹，她什么也做不了。

　　最初两年，晓音每天都被噩梦缠绕，那些男人在梦中继续对她百般摧残万般折磨。虽然在梦中，晓音也像知道底牌一样，上半夜是惶恐的梦，下半夜她就在梦中掌握了主动。她操起眼前随便什么家伙，朝面前张牙舞爪的妖魔鬼怪追杀过去，在梦里追杀得酣畅淋漓。每一夜都在大汗淋漓中惊醒过来。

　　刑期第六年，秀秀在儿童村领导的带领下，前来看望晓音。秀秀变化太大了。声音变了，一点儿不是记忆里那个脆生生的声音。模样变了，高了。轮廓变了，有了大姑娘的模子。秀秀还算乖巧，让晓音的手在她脸上和身上乱摸乱捏。见面结束时，秀秀摊开攥紧的手心，悄悄塞进晓音手心一张纸币。是一张百元钞票。这个片断让晓音事后回想了无数次，每想一次就泪水涟涟。太懂事了，太懂事了，她是怎么存放的这一百块钱啊。

　　晓音获得减刑两年，刑满十年，她被提前释放。

　　这期间，秀秀只看过她那一次，可有那一次就足够了，足够她数月数年的反刍。释放后，她要做的第一件事情就是把秀秀接来同她一起住。秀秀已经在工厂上班了。晓音在厂门口等她下班，戴着墨镜的秀秀模样显眼。秀秀不太习惯晓音对她表示出的亲昵，也坚决不肯和母亲同住在出租屋。秀秀只和晓音相处过五岁之前的时光，她被送到儿童村之后，外婆也和她失去联系，在她心里，儿童村才是她真正意义上的家吧。晓音却不想和秀秀再分开一分一秒，每次和秀秀短暂分开，晓音朝向秀秀身影远离的方向，一再重复那几句话："秀，不要早恋，好好工作。"

　　晓音想方设法又去"看"了她另外的两个骨肉。大儿子平平性格非常内向，一句话也不说，也不太让晓音触摸他。晓音简直嗅到当年苏自强身上散发出来的锈刀一样的冰冷气息。她流着泪水向儿子解释：妈妈当年那样做真的迫不得已。晓音用纸巾擦抹着自墨镜后涌出的泪水，这个模样让平平心软了，他脱口叫出一句"妈妈"。

小儿子安安则完全不记得眼前这个墨镜女人是谁。他正放学，玩得满身汗。眼前这个墨镜女人一把拉扯住自己，手胡乱往他额头上抹着汗珠，还把手伸进他背部去试探汗水，真是太奇怪的女人了。安安一扭身子，跑得没影没踪。

## 八

晓音在一家盲人按摩店工作。她娴熟的按摩技法让回头客大增，老板看到她笑眯眯的，把她当财神一样供着。不用出工的时候，晓音在出租房里学会了上网，学会了使用微信，摇一摇，专为盲人设计的可以读屏的手机功能帮助了她，她可以自如与陌生人说话。

只能听声音，她不会让别人看见她的模样。她喜欢这样的相处，轻松快乐。没有什么放不下的。孩子们都过得都还好，这点让她最开心，三十六岁的晓音重新绽放了笑容。现在她的样子可真美丽，这么多年的生活阅历让她变得聪明稳重，墨镜一撑，更有一种说不出的清秀俏丽。

她认识了一个男人，是在一起做按摩工作的男技师徐翔。徐翔的眼睛在一次工地事故中被炸瞎了，他也是吃了很多苦头才熬到今天技师这一步。盲人才好，两个人都是盲人才最好，谁也不会嫌弃谁。让晓音感动的那一次，她生病了，半夜只能打电话给徐翔。他心急火燎地赶来，两人一起摸索着出门，带她挂急诊，他在医院一直细心照顾着，直到她痊愈。晓音第一次对男人有了依恋的感觉。

那次之后，他们就在一起了。迄今为止，没有哪个男人让晓音产生过这样的美好体验。徐翔对晓音身体百般疼惜，这让晓音喜极而泣。身体与身体的接触，竟然还有这样完全不同的滋味感受。她之前有过的那些生活都是噩梦。

"但是不能要孩子，我有三个孩子了，我得照顾他们。"

"可以。"

"以后我们买了房子，把秀秀接一起来住，我们就是完整的一家人了。"

"可以。"

经历了重重磨难，现在，晓音真正算"看见"了生活的一丝曙光。

在他们的新家，墙上、桌上摆放着他们的合影，墨镜之后的影像神采奕奕。有一张照片光影打得特别到位。阳光下，徐翔怀抱晓音，他们深情注视着满山茶园，微风吹拂之下，晓音化身为其中一树绿茶，会落会生，一次次修剪，一度度重生。

2016.05

图书在版编目（CIP）数据

有情 / 宋亚萍著. -- 南昌：江西人民出版社，2020.8
ISBN 978-7-210-12398-9

Ⅰ.①有…　Ⅱ.①宋…　Ⅲ.①散文集－中国－当代
Ⅳ.①I267

中国版本图书馆CIP数据核字（2020）第156564号


**有情**

宋亚萍　著
责任编辑：章　雷
出版：江西人民出版社
发行：各地新华书店
地址：江西省南昌市东湖区三经路47号附1号
编辑部电话：0791-86898860
发行部电话：0791-86898815
邮编：330006
网址：www.jxpph.com
E-mail：jxpphwym@sina.com　web@jxpph.com
2020年10月第1版　2020年10月第1次印刷
开本：880毫米 × 1230毫米　1/32
印张：10.25
字数：220千
ISBN 978-7-210-12398-9
赣版权登字—01—2020—385
版权所有　侵权必究
定价：39.00元
承印厂：江西华奥印务有限责任公司
赣人版图书凡属印刷、装订错误，请随时向承印厂调换